Rudolf Baumbach

Trug-Gold - Erzählung aus dem 17. Jahrhundert

Rudolf Baumbach

Trug-Gold - Erzählung aus dem 17. Jahrhundert

ISBN/EAN: 9783743628366

Hergestellt in Europa, USA, Kanada, Australien, Japan

Cover: Foto ©Andreas Hilbeck / pixelio.de

Weitere Bücher finden Sie auf **www.hansebooks.com**

Trug-Gold.

Trug=Gold.

Erzählung aus dem 17. Jahrhundert

von

Rudolf Baumbach.

—

Achte Auflage.

Berlin 1893.

Verlag von Albert Goldschmidt.

Die erste Ausgabe dieses Buches erschien unter dem Autor-
namen: „Paul Bach".

Erstes Kapitel.

Was sich im Wald begab.

Wenn im Sommer des Jahres 165* ein Mägdlein auf dem Tanzboden ihrem Tänzer die Worte zuflüsterte: „Es ist heute recht heiß", und der Angeredete stotternd und erröthend zur Antwort gab: „Fürwahr, tugendsame und ehrbare Jungfrau, Ihr habt Recht, es ist sehr heiß", so war keiner, der dem Pärlein widersprochen hätte, denn die Hitze war in der That sehr groß, und zwar nicht erst zur Zeit der Hundstage, wo die Sonne vom Kalendermacher Erlaubniß hat zu sengen und zu brennen,

fondern, wie die Chronik meldet, schon zu Ende
Mai.

Halbverbrannt von den heißen Strahlen der
Sonne war Saat und Wieswachs; Gräser und
Kräuter lechzten nach Regen, aber keine Wolke
senkte sich nieder, um die halbverdursteten zu
tränken. Und das war schlimm. Ja, hätte
Frau Holle ihr Federbett im Winter tüchtig
geschüttelt, daß sich im Frühling die Saaten im
schmelzenden Schnee hätten sättigen können, so
würde man wohl den lieben Regen noch eine
Weile haben missen können. Nun aber hatte
es im Winter fast gar nicht geschneit, und eine
Bauernregel sagt:

> „So folgt ein Frühling trocken, heiß,
> „Dem Winter ohne Schnee und Eis,
> „Dann gute Nacht Kern, Korn und Heu,
> „Denn mit der Ernte ist's vorbei.“

Item, es war an einem solchen heißen
Maientag. Drückend lag die Hitze auf den
Feldern, durch die sich wie eine weiße Schlange
die staubige Landstraße hinwand. Glühend
hing die Sonne am wolkenlosen Himmel, und
das nahe Waldgebirge sandte kein erfrischendes
Lüftchen herüber; der Wald brauchte seine
Kühle für sich selbst.

Auf der Flur war's einsam.

Die geschäftige Frau Feldmaus lag faul
und verdrossen auf ihrem Lotterbettlein im
unterirdischen Haus; sie getraute sich nicht, nach
dem Stand ihres Weizens zu sehen.

Im tiefen Keller saß Meister Maulwurf,
aber auch zu ihm drang die Hitze. Er ver-
speiste Engerlinge, Regenwürmer und andere
kühlende Sachen in großer Menge, doch das
half nur wenig; er litt viel und verwünschte
seinen Pelzrock, auf den er sonst so stolz
war.

Es gab auch einen, der sich des unfrucht-
baren Wetters freute, das war der Hamster.
Der alte Geizhals hockte in seinem geräumigen
Vorrathshaus, bewachte wie ein Drache seinen
Hort und berechnete an seinen Krallen, wieviel er bei der zu erwartenden Mißernte an
seinem vorjährigen Korn gewinnen könne.

Von den vornehmen Bewohnern der Flur
war also keiner sichtbar, aber Gesindel trieb
sich genug umher. Der Buschklepper Carabus
lauerte an der Heerstraße, um unschuldige
Marienkäfer und harmlose Würmer zu würgen;
das Ameisenproletariat schaffte und schanzte,
und das Heupferd in seinem grünen Wämslein, nebst seiner Sippe Grille und Heimchen,
geigten und spielten auf ihren Hackebrettlein

unverdrossen, denn dem Volk wird jeder Tag
zum Fest.

Die Vögel waren allesammt dem Buchenwald
auf der Höhe zugeflogen: dort war's kühl.
Aus dem Porphyrfelsen sprang schäumend und
sprudelnd ein lebendiger Brunnen, der sich als
Bach in vielen Krümmungen, oft durch Steine
gehemmt, thalwärts seinen Weg suchte.

Über den saftigen Kräutern und Blumen,
die am Bach wuchsen, schwebten blaue Wasser-
jungfern und buntscheckige Falter, goldiggrüne
Käfer schwärmten brummend um die duftigen
Holunderdolden, und aus der Krone der höchsten Buche erscholl das Lied des Edelfinken.
Er sang nicht lange allein; die anderen Vögel,
nachdem sie an der Quelle ihren Durst gelöscht
hatten, fielen ein, und bald sang der Chor voll-
stimmig das ewige Lied von der Waldschönheit.
Das klang so glockenrein und wunderbar, wie
kaum der Englein Gesang im Himmelssaal er-
schallen mag.

Plötzlich schwiegen die Sänger und verbargen
sich im Laub. Nahte sich ein Marder oder eine
Wildkatze, schlich sich ein hungriger Fuchs heran,
oder zog ein Weih seine Kreise über dem Wald?
Keins von dem; es kam ein Wanderer, ein
junger, schlanker Gesell, der gar mühsam am

Stab einher hinkte. Sein mit Federn geschmück=
ter Hut war arg bestäubt und zerdrückt. Er
trug an einem Bandelier von Leder ein langes
Stoßrapier, auf dessen stählernem Gefäß die
Sonnenstrahlen, die durch das Blätterdach hie
und da drangen, lustig blinkten und blitzten.
Hinten hing ihm ein kleines Ränzel, doch schien
nicht viel darin zu sein.

Der Bursche zog den Hut vom Haupt und
strich sich die braunen Locken aus dem erhitzten
Gesichte zurück. Die frische Waldluft spielte
mit seinen Haaren und kühlte ihm wohlthuend
die heißen Schläfen.

„Hier will ich Mittagsruhe halten," sprach
er, „die Quelle ist Wirth, ich bin der Gast."

Nach diesen Worten löste er sein Schwert=
gehänge, warf Degen und Ränzel auf das
Moos und zog aus dem Sack ein Stück Brot
nebst einer strohumflochtenen Flasche. Diese
füllte er knieend an der Quelle und trank in
tiefen Zügen das kalte Bergwasser.

„Bei meiner Ehr'," sprach er, „Hippokrates
und Galenus haben Recht, wenn sie das Wasser
preisen. Hätte selbst nimmer geglaubt, daß es
so köstlich zu trinken wär'. Indessen ist ein
Schluck Wein auch nicht zu verachten, wenn
man einen hat."

Er sprach's, trank von neuem und streckte
sich dann am Rand des Baches zum Mahle
nieder. Das Brot war schwarz und von der
Sonne wohl ausgedörrt. Der Gesell fragte
indeß nicht lange, hieb vielmehr wacker mit
den Zähnen ein, und in kurzer Zeit war er
fertig.

Als der Wandergesell seine karge Mahlzeit
beendigt hatte, seufzte er tief auf und lächelte
hinterdrein, dann starrte er in das schäumende
Wasser, als wolle er die Steine auf dem Grunde
zählen, und schließlich summte er halblaut ein
Lied. Es war ein Wanderlied, in welchem
das Wasser, der Vogel und die Sonne gefragt
werden: wohin des Wegs? und alle geben
Bescheid, alle haben ein Ziel. Der Schluß aber
lautet:

> „Wohin des Wegs
> „Wahd' Menschenkind?
> „Zum Glück durch Leid,
> „Zur Ruh durch Qual
> „Über Berg und Thal —
> „Die Welt ist weit!“

So sang der junge Gesell und wischte sich
eine Thräne von der Wange; sein Haupt sank
matt zurück, er hatte eben noch Zeit, sich das
Ränzel unter den Kopf zu schieben und das

Rapier an sich heranzuziehen, dann fielen ihm die Augen zu.

Droben in den Buchen rauschte es leis' und lind, der Brunnen murmelte und schäumte, und auf dem Moos am Bach lag der junge Wanderer und träumte von seinem Glück.

Jetzt kamen die Vögel wieder aus ihren Verstecken hervor. Fürwitzig flog die Meise voran, ihr folgte muthig der Fink, der Sperling schwirrte im Zickzackflug herbei, und mit Würde nahte sich Ehren-Dompfaff, um das schlafende Menschenthier zu betrachten.

Aber sie sollten bald wieder verscheucht werden. Eine Peitsche knallte, das Knirschen von Wagenrädern ward vernehmbar, und abermals zerstob die gefiederte Schar.

Der Wagen kam heran, es war ein starkes, mit einem weißen Tuch überspanntes Vehikel, das von zwei kleinen, dickköpfigen Pferden gezogen wurde, deren Kummete mit rothen Wollenlappen, Dachsfellen und Messingscheiben gar sauber verziert waren.

Neben dem Wagen schritt der Fuhrmann, der einen sonderbaren Anblick bot. Seine Beine steckten in ungarischen Stiefeln, die einstmals sehr schön gewesen sein mochten. Sein Oberkörper war mit einem blauen, schmutzigen

Kittel bekleidet, und auf dem Kopf trug er einen spitzen Hut, den er so weit zurückgeschoben hatte, daß seine ganze Stirn und noch ein zerzauster Haarbüschel über derselben sichtbar war. Das Gesicht des Burschen hatte eine Menge Falten und Runzeln, obgleich er noch nicht dreißig Jahre zählen mochte.

Der Wagen näherte sich der Stelle, wo der Wanderer im Moos lag; weder das Geräusch der Räder, noch das Klingen der Messingbleche am Pferdegeschirr störte seine Ruhe.

Der Kerl im blauen Kittel hielt die Pferde an, als er den Schläfer sah, steckte seinen Kopf unter das Leintuch des Wagens und sprach ein paar Worte in das Innere hinein. Alsbald kam ein dreieckiger Hut zum Vorschein, unter demselben ein gelbes, mit einer großen krummen Nase versehenes Gesicht und sodann der übrige Körper eines Menschen, der, als er auf seinen Füßen stand, sich als ein stattlicher, in den besten Jahren stehender Mann erwies. Er richtete seinen Blick auf die Stelle, nach welcher der andere mit dem Peitschenstiel deutete, schlich dann leise wie eine Katze näher und betrachtete den schlafenden Gesellen.

„Erkennst du ihn?" fragte er dann leise den anderen.

Der Gefragte nickte verdrossen.

„Laß einmal Deine Peitsche knallen!"

Der im blauen Kittel that, wie ihm geheißen, und jetzt erwachte der Schläfer. Sein
erster Griff war nach dem Degengefäß, er ließ
jedoch die Hand wieder sinken, als er den
Wagen und die beiden Männer sah, und erwiderte ihren Gruß.

„Nichts für ungut," nahm der stattliche
Mann mit dem Dreispitz das Wort, „nichts für
ungut, daß wir Euch aus dem Schlaf geweckt
haben. Ihr thätet besser, Euren Weg zwischen
die Beine zu nehmen, anstatt hier an der
Straße zu liegen. Es läuft im Land noch
immer viel Gesindel umher, das trotz des
Friedens den Krieg auf eigene Faust forttreibt.
Gesellt Euch zu uns, wenn Ihr Lust habt, und
falls Ihr müde seid, mögt Ihr immerhin aufsteigen; es ist Platz genug für mich und Euch
im Wagen. Daß wir keine Buschklepper sind,
seht Ihr."

Der Angeredete lachte. „Ich wäre sicher
unter Räubern und Mördern," sagte er; „wer
nichts zu verlieren hat, hat wenig zu fürchten.
Übrigens ist mir's lieb, in Gesellschaft zu
reisen, und wenn Ihr's mit Eurem Anerbieten
ernst meint, so bin ich's gern zufrieden, eine

Wegstrecke zu fahren, denn müde bin ich wie
ein Hund."

Die beiden stiegen in den Wagen, der griesgrämliche Rosselenker knallte mit der Peitsche,
die Pferde zogen an, und fort ging's.

Drinnen unter dem weißen Tuch war's ganz
wohnlich; ein paar Bündel und Kästen ließen
Platz genug für zwei Personen, und für einen
weichen Sitz war durch Stroh und darüber gebreitete Pferdedecken auch gesorgt. Ein schneeweißer Spitz mit klugen, schwarzen Augen kam
schweifwedelnd herbei und schnupperte an den
Kleidern des Fremden; sein Herr faßte ihn
beim Kragen und hob ihn auf das Wagentuch.
Dort stand er nun mit gespreizten Beinen und
betrachtete sich die Gegend.

Der Mann mit dem Dreispitz holte aus
einer Ecke eine Flasche und bot sie seinem
Gast.

„Das ist ein Tropfen," sagte er, „wie hierzuland keiner wächst," und der Bursche nickte,
als er getrunken hatte, zustimmend.

„So," fuhr jener fort, „jetzt macht's Euch
bequem und laßt uns eins plaudern, damit die
Zeit schneller vergeht. Wer seid Ihr und wohin wollt Ihr?"

Dem jungen Gesellen schien die Frage nicht
sehr zu behagen, er mußte aber doch eine
Antwort geben, darum sprach er zögernd:

„Daß ich ein Student bin, das erseht Ihr
wohl aus meiner Kleidung, und wenn ich Euch
sage, daß ich gegenwärtig ein fahrender bin,
so werdet Ihr mir's auch glauben. Wollt Ihr
aber noch mehr wissen, so kann ich Euch ver-
melden, daß ich ein Baccalaureus der Medizin
bin und jetzo von der Universität Zechstädt in
meine Heimat reise."

„Ei," sagte der andere, „das ist ja ein glück-
liches Zusammentreffen! Wisset, Herr Baccalaureus, daß ich gelernter Medicus bin. Ich
nenne mich Doktor Rapontiko und bin in Padua
daheim. Der dort mit der Peitsche ist mein
Gehilfe Balthasar Klipperling aus Wien, dies
sind meine Pferde Pyramus und Thisbe, und
der dort oben auf dem Wagen sitzt, ist Salep,
mein Spitz. Nun kennt Ihr meine Angehörigen.
In Padua und Bologna habe ich die Medizin
von Grund aus studirt, bin auch durch eifriges
Studium der alten Schriften und anhaltendes
Meditiren und Experimentiren hinter manch
Geheimniß gekommen, davon Ihr im Reich
nichts ahnt und jetzo fahre ich in Deutschland
umher, um meine Arkana feilzubieten. Mehr

als ein Reichsfürst hat mich an seinem Hoflager mit großen Ehren ausgezeichnet, und mancher hat mich beschworen, sein Leibmedicus zu werden. Doch hab' ich's ihnen immer rundweg abgeschlagen, denn als ansässiger Doktor könnte ich nicht mehr hilfespendend im Land umher-reisen; und das geht nicht an, denn die ganze Menschheit soll theilhaft sein der wundersamen Medikamente des Doktor Rapontiko."

Der Student blickte während dieser Rede den Sprecher von der Seite an; er wußte recht wohl, was von dergleichen fahrenden Ärzten zu halten sei, und als Baccalaureus der Medi-zin fühlte er sich weit erhaben über das Ge-lichter der Quacksalber und Theriakkrämer. Weil ihm aber der Mann Gastfreundschaft er-wiesen, wollte er ihn nicht kränken mit stolzer Rede, er ließ es sich also gefallen, daß der andere ihn Kollege titulirte, und hörte schließ-lich mit Wohlgefallen den Aufschneidereien des Doktors zu.

„Ja," fuhr dieser fort, „man hat mich allenthalben hoch geehrt, und wo ich gewesen bin, preist jung und alt meine heilkräftigen Tränklein und Latwergen. Aber ich habe auch Feinde und Widersacher; dazu gehören nament-lich meine seßhaften Kollegen, die mir allerlei

Hindernisse in den Weg legen; freilich ist's
nicht zum Verwundern, wenn die armen Schelme
vor Neid grün und gelb anlaufen, denn vor
meinem Elixir, meinen Magenpillen, meiner
Kropfsalbe können ihre Medikamente nicht bestehen. In Zechstädt, wo ich mich zuletzt aufhielt, haben es die Herren Professoren der
Medizin sogar durchgesetzt, daß mir die Ausübung meiner Kunst von Amts wegen untersagt
wurde, aber im geheimen habe ich nichtsdestoweniger viel praktizirt und viele meiner Arzneien abgesetzt. Ja, sogar die Ehefrau des
Doktor Heinsius, der am heftigsten wider mich
gestritten, ist bei mir auf der Herberge gewesen
und hat mich ihres Kropfes wegen um Rath
gefragt. Ist das nicht ein Triumph meiner
Kunst?"

„Da, in Zechstädt," fuhr der Doktor Rapontiko fort, „habe ich eine seltsame Geschichte vernommen. Doch Ihr kommt ja selbst von der
Universität und habt jedenfalls auch von der
Teufelsbeschwörung gehört, die dorten alle Ge-
müther in Aufregung gebracht hat?"

Der Baccalaureus besah seine Fingernägel
mit großer Aufmerksamkeit und sagte, er sei schon
lange aus der Stadt fort, er habe sich unterwegs bei Vettern und Freunden aufgehalten,

auch bei den Herren Pastoren vorgesprochen und wisse daher nichts von dem, was der Doktor meine.

„Dann will ich's Euch erzählen, so gut ich's eben weiß," erwiderte dieser und schlug behaglich ein Bein übers andere.

„Es ist ein Kleeblatt von Studenten gewesen, die haben, wie es die Herren zu thun pflegen, gern allerlei Kurzweil und Narrethei getrieben, und eines Tages ist es ihnen denn beigefallen, den Satanas zu zitiren. Wie sie's angestellt haben, weiß ich nicht, aber das steht fest, daß der Gottseibeiuns wirklich erschienen ist. Dem einen, und zwar dem tollsten der drei Gesellen hat er sogleich den Hals umgedreht, die andern sind an dem Ort, wo sie die Beschwörung vorgenommen, halbtodt vorgefunden worden. Einer von den beiden ist wenige Stunden darauf gestorben, nachdem er noch vor giltigen Zeugen den ganzen Hergang getreulich berichtet hat. Der andere war mehrere Tage schwer krank, endlich ist er aber wieder genesen und alsbald haben ihn die Herren vom Konsistorio beim Schopf gefaßt und eine rigorose Untersuchung angestellt. Da der Student nichts hat bekennen wollen, so hat das Gericht beschlossen, schärfer zu inquiriren und die peinliche Frage anzuwenden. Der Scharfrichter mit seinen Knechten ist von der Hauptstadt gekommen, und alles ist für die Tortur hergerichtet worden. Aber die Zechstädter sind wie die Nürnberger; sie hängen keinen, sie hätten ihn denn vorher. Als die Richter gekommen sind, um den Inquisiten abzuholen, war der Käfig leer. Nun könnt Ihr Euch denken, wie wüthend die Herren vom Gericht und von der Geistlichkeit darüber sind, daß ihnen der Braten aus den Zähnen genommen ist. Es ist ihnen seit lange nicht geworden, einem mit den Daumenschrauben und den spanischen Stiefelein zu Leibe zu gehen und ihn schließlich zu Gottes Ehre zu verbrennen. Darum haben sie aber auch nach allen Weltgegenden hin Landreiter nach dem Flüchtlinge ausgeschickt, und ich glaube, sie bringen ihn zurück, denn weit kann er noch nicht sein."

Der Student war mit dem Beschauen seiner Fingernägel noch nicht zu Ende gekommen.

„Ei," sagte er, „das ist ja eine sonderbare Geschichte, aber daß sie ihn zurückbringen, das ist denn doch nicht wahrscheinlich; das Land ist nicht groß, und er wird nunmehr sicherlich über die Grenze sein."

„Das hilft ihm wenig," sagte Doktor Rapontiko und zog die Augenbrauen in die Höhe,
„das hilft ihm wenig, denn wie Ihr vielleicht
wißt, sind hier herum alle Fürsten miteinander
verschwistert und verschwägert, und einer thut
dem andern gern den Gefallen, einen Flüchtling auszuliefern, notabene wenn er ihn hat.
Es ist noch keine Stunde her, daß uns ein
Landreiter begegnet ist; er hieß uns anhalten,
guckte in den Wagen und forschte, ob wir
keinen Burschen gesehen hätten, der so und so
ausschaue. Er berichtete auch, daß dem, welcher
den entflohenen Teufelsbanner einbrächte, eine
Belohnung von zwanzig Thalern verheißen sei,
und das ist viel Geld, zumal bei den schlechten
Zeiten."

Der Baccalaureus wurde blaß.

„Es sollte mir leid sein um das junge
Blut, wenn sie ihn fingen," fuhr der Doktor
fort, „es ist ein gar schmucker Gesell."

„Kennt Ihr ihn denn?" fragte der andere
rasch und erhob sich aus seiner liegenden Stellung.

„Ei freilich," erwiderte der Medikus und
streckte sich bequemer aus, „freilich kenne ich
ihn; ich habe mir den Vogel zeigen lassen, als
er bewußtlos im Spital lag, und habe mir
seine Züge genau eingeprägt."

Der Student ließ seinen Blick über die Gestalt des Sprechenden gleiten und spielte mit dem Griff des neben ihm liegenden Rapiers Der Doktor blieb in seiner bequemen Lage und sprach weiter:

„Er ist, wie ich sagte, ein schlanker, kräftiger Knabe, ungefähr von Eurem Wuchs, hat auch solche Locken wie Ihr, und große blaue Augen, just wie Ihr. Auf der linken Wange hat er eine kleine Narbe, gerade wie Ihr. Und wenn Ihr seinen Namen wissen wollt, so kann ich Euch auch dienen; er heißt Fritz Hederich und ist Baccalaureus der Medizin wie Ihr."

„Hört einmal, Meister Rapontiko," sagte der Student, „ich will Euch ein Wörtlein im Vertrauen sagen. Der Fritz Hederich bin ich."

„Was Ihr nicht sagt!" fuhr der Doktor auf und gab sich Mühe, ein erstauntes Gesicht zu machen.

„Laßt mich ausreden," sprach der andere. „Wenn Ihr mich in der Absicht in Euren Wagen gelockt habt, um mich zu verrathen, so habt Ihr gehandelt, verzeiht mir das Wort, wie ein Esel. Denn ehe ich mich von Euch ans Messer liefern lasse, eher nagele ich Euch wie einen Frosch mit meinem Rapier an den

Boden des Wagens feſt. Das hättet Ihr bedenken ſollen, werther Doktor Rapontiko."

Und im Nu blinkte der Stahl in der Fauſt
des Baccalaureus, und die Spitze der langen
Klinge war drohend auf das runde Bäuchlein
des Doktors gerichtet. Der aber gerieth nicht
aus der Faſſung.

„Ihr ſeid mir ein ſchöner Kumpan!" ſagte
er. „So alſo vergeltet Ihr Gaſtfreundſchaft!
Einen unbewehrten Mann und überdies Euren
Wirth wollt Ihr niederſtechen? Das wäre für-
wahr eine Heldenthat. Schämt Euch, Herr
Baccalaureus!"

Fritz Hederich ließ die Klinge ſinken.

„So ſprecht, was Ihr von mir wollt, damit
ich weiß, woran ich mit Euch bin."

„Trinkt erſt einmal auf den Schreck," ſagte
der Medicus in gemüthlichem Tone und reichte
dem Flüchtling die Weinflaſche. „Ich habe nur
Gutes mit Euch vor. So, trinkt noch einmal
und nun ſetzt Euch wieder nieder."

Fritz Hederich gehorchte, behielt aber den
Degen in der Hand.

„Ich will Euch nicht verhehlen," fuhr der
Doktor fort, „daß ich Euch auf den erſten Blick
erkannt habe, als ich Euch an der Quelle
ſchlafend fand. Ich habe Euch aber keineswegs

aufgenommen, um Euch den Häschern zu über-
liefern, sondern aus christlicher Nächstenliebe."

Der Medicus machte dazu ein sehr ernstes,
ehrliches Gesicht.

„Ja, aus purer Nächstenliebe," fuhr er fort,
„denn es hätte mir aufrichtig leid gethan, wenn
ein Mann, wie Ihr, dem hochpeinlichen Gericht
überliefert worden wäre. Daß ich mir den
Spaß machte, Euch ein wenig mit meiner Erzählung zu torquieren, war wohl nicht ganz
recht. Ihr seid indessen immer noch glimpf-
licher weggekommen, als wenn Ihr dem Meister
Hämmerlein und seinen Gesellen in die Hände
gefallen wäret. Ich bitt' Euch 'also alles ab
und hoffe, Ihr tragt mir's nicht weiter nach."

Der Sprecher reichte dem Baccalaureus die
Hand, welche dieser zögernd ergriff.

„Gut," fuhr der Doktor fort, „das wäre ab-
gemacht. Und nun, werthgeschätzter Kollega,
sagt mir, wie könnt Ihr so unvorsichtig sein,
in Eurer Studentenkleidung in die Welt hinein-
zulaufen und Euch am hellen lichten Tage an
der Landstraße zum Schlaf niederzustrecken?
Wie durch ein Mirakel seid Ihr den Landreitern entgangen."

„Ich glaubte, hier jenseits der Grenze sicher
zu sein," erwiderte Fritz Hederich.

„Darüber," versetzte der Medicus, „seid Ihr
nun aufgeklärt; nein, Ihr seid keineswegs
außer Gefahr, und um Euch zu behüten, habe
ich Euch in meinen Wagen genommen. Ihr
müßt Eure Kleidung vertauschen, und ich will
Euch gern dazu behilflich sein. Fürs erste ver-
bergt den Lerchenspieß und den Hut mit den
Federn unter dem Stroh."

Fritz Hederich blickte den Doktor miß-
trauisch an.

„Oho, lieber Gesell," rief dieser halb lachend,
halb zornig, „traut Ihr mir immer noch nicht?
Na wartet, ich will Euch ein Pfand geben."

Er griff in die Brust und zog eine lange
Pistole unter dem Wams hervor.

„Da nehmt das," sagte er, „und sobald Ihr
Unrath merkt, schießt mich nieder. Überzeugt
Euch nur, die Pistole ist wohl geladen."

Fritz Hederich wurde roth und reichte dem
Arzt die Hand. „Ich traue Euch," sagte er
und verbarg dann Hut und Degen unter dem
Stroh.

Der Doktor gab ihm eine Jacke von grobem,
blauem Tuch nebst einem dreieckigen Hut und
sagte:

„Nun müssen wir noch das Geslcht ein
wenig verändern." Er befahl seinem Gesellen,

die Pferde anzuhalten, nahm ein Kästchen unter den Arm und stieg mit seinem Gast aus. Etwas abseits von der Straße im Walde mußte sich Fritz Hederich auf einen Stein setzen, und Doktor Rapontiko begann mit großem Geschick ihm die Haare zu kürzen.

„Das Bärtlein nehmen wir auch weg, es ist ohnedies noch zu jung und wollig," sagte der Doktor und entfernte behend den Stolz des Baccalaureus. „Und nun erlaubt, daß ich Euch ein wenig dunkler mache."

Er nahm aus einem Büchslein eine Salbe und bestrich das Gesicht des jungen Gesellen.

„So, nun beschaut Euch einmal!" Er hielt ihm ein kleines Spiegelglas vor. „Eure eigene Mutter würde Euch nicht wieder erkennen."

„Die ist lange todt," murmelte der Student.

„Todt, ei das ist ja recht schlimm, und der Herr Vater?"

„Auch todt, alles todt," erwiderte Fritz und ließ den Kopf hängen.

Der Medicus betrachtete den jungen Burschen, und seine kleinen Augen funkelten vor Freude.

„Und wohin gedenkt Ihr jetzt zu gehen?" fragte er lauernd. „Weiß ich's?" antwortete jener. „Vom Aufgang zum Untergang; die Welt ist weit."

„Hm, hm", brummte der Doktor, „das ist eine eigene Geschichte. Da ist's wohl mit Eurem Säckel gut bestellt?"

Fritz Hederich lächelte wehmüthig und zog aus der Tasche ein ledernes Beutelein; es war schlaff wie ein alter Handschuh. Er warf's ins Gras.

Dem Doktor genügte diese Antwort, und er trieb den Baccalaureus an, wieder zu dem Wagen zurückzukehren. Da der Weg jetzt ziemlich steil bergauf führte, so stiegen die beiden nicht wieder auf, sondern schritten hinter dem Gefährt drein.

Einige Zeit lang sprach man kein Wort, jeder ging seinen eigenen Gedanken nach. Die Sonne neigte sich der blauen Bergkette zu, und im Wald ward's stiller und stiller.

Doktor Rapontiko räusperte sich. „Ihr habt also kein bestimmtes Reiseziel, Herr Baccalaureus?"

„Nein."

„Seht," fuhr der Doktor fort, „ich ziehe jetzt auf die Messe nach Indenfurth, und wenn Ihr mich begleiten wollt, — wer weiß, ob dort nicht Euer Glück blüht."

Der Baccalaureus schwieg.

„Zieht mit mir, unterstützt mich in der

Ausübung meiner Kunst, und ich gebe Euch dafür Zehrung und Obdach; mit anderen Worten, werdet mein Gehilfe."

Fritz Hederich stand still und blickte den Sprecher fragend an. War das Ernst oder Scherz? Er, ein Baccalaureus, sollte Geselle eines fahrenden Arzneikrämers werden?

„Na, was sagt Ihr zu meinem Vorschlag?" fragte der Doktor.

„Ich sage Euch großen Dank für Eure Absicht," war die Antwort, „aber daraus kann nichts werden."

„Oho, nicht so hitzig! überlegt Euch einmal die Sache. Seht, ich bin ein Mann, der weiß, wo Barthel den Most holt, und es hat's noch keiner zu bereuen gehabt, der sich mir anschloß. Ihr macht Euer Glück. Ihr seid, ich will Euch nicht schmeicheln, ein hübscher, schlank gewachsener Bursche, so eine rechte Augenweide für die Frauen und Mägdlein. Wenn Ihr mein Kamerad seid, gebt Acht, wie sich alles, was Hauben und lange Röcke trägt, zu Euch drängt und Rath begehrt gegen Zahnschmerz, Seitenstechen, Herzklopfen und noch ganz andere Leiden und Gebresten."

Er kniff die Augen zu und blinzelte den Baccalaureus an.

„Malt Euch das einmal recht aus. Auch
will ich nicht unbillig sein und Euch gern einen
Theil des Gewinnes überlassen, vielleicht den
Zehnten oder ein Achtel. Na, was meint Ihr?"

„Meister," sprach Fritz Hederich, „ich kann's
nicht; ich könnte es nicht übers Herz bringen,
vor Eurer Bude zu stehen und die Leute durch
allerlei Späße und Possen anzulocken, wie das
so zu Eurem Handwerk gehört. Ich kann's
nicht."

„Ei, wer spricht denn davon? Habt Ihr geglaubt, Ihr sollt mein Hanswurst werden?
Hohoho! So war's nicht gemeint. Das würde
auch der dort," er wies auf den Rosselenker,
„nicht zugeben, denn er ist mein Hanswurst,
und was für ein Hanswurst! Balthasar Klipperling aus Wien ist ein Genie, er kann
alles: Gesichter schneiden, Rad schlagen, Pech
fressen, Feuer speien und hundert Ellen Band
aus dem Mund ziehen: er weiß alle Thier-
stimmen nachzuahmen, kann Karten tanzen
und Geld verschwinden lassen, Messer und Gabeln
verschlucken und sich mit dem Fuß hinterm Ohr
kratzen. Balthasar Klipperling aus Wien ist
der erste Hanswurst im heiligen römischen Reich.
Aber seine Künste sind nur für den großen Haufen,
ich selber befasse mich nicht mit dergleichen, und

auch von Euch will und kann ich solches nicht
verlangen."

„Also," fiel Fritz Hederich ein, „was für
Dienste wollt Ihr, daß ich Euch leiste?"

„Fürs erste," antwortete Doktor Rapontiko,
„helft Ihr mir beim Anfertigen meiner Tränklein und Pulver. Das ist für Euch, der Ihr
die Materia medica kennt, ein Kinderspiel; und
wenn Ihr mir beiläufig ein Geheimniß abguckt,
will ich's nicht krumm nehmen. Zweitens —
hm, hm — ja zweitens — seht, lieber Gesell,
ich will einmal recht aufrichtig mit Euch reden.
Also ich habe Euch schon berichtet, daß ich in
Padua und Bologna studirt und absolvirt; das
ist aber schon eine Weile her, und über dem
Experimentiren und der Praxis ist mir so manches
entfallen, was ich einstmals inne hatte, z. B.
die lateinischen und griechischen Wörter, ohne
die der Doktor doch einmal nicht auskommt.
Ihr kommt gerade frisch aus der Lehre und
werdet ohne Zweifel in diesen Dingen gut beschlagen sein."

Der Baccalaureus strich sich das Kinn und
nickte.

„Gut," fuhr der Doktor fort, „da würde
es denn Eure Sache sein, mit Eurem Latein
einzuspringen, wenn es sozusagen mit meinem

Latein zu Ende ist. Und drittens, doch das habe ich
Euch schon gesagt, drittens sollt Ihr mir helfen, die
Kunden zu bedienen, wobei ich hauptsächlich das
Weibervolk im Auge habe. Dafür erhaltet Ihr
eine gute Verpflegung — Schmalhans ist bei
mir weder Küchen- noch Kellermeister — nebst
einem Theil der Einnahme, und wenn Ihr
nebenbei einen Handel mit Riechfläschchen,
Scheermessern und Kalendern halten wollt, so
will ich auch nichts drein reden. Nun, wie
ist's? Schlagt ein, Herr Baccalaureus!"

Fritz Hederich steckte seine Rechte unter das
Wams, aber er schlug das Anerbieten seines
Gastfreunds auch nicht geradezu aus. Er müsse
sich die Sache überlegen, meinte er, guter Rath
komme über Nacht, und morgen sei auch noch
ein Tag.

Doktor Rapontiko aber ließ nicht ab mit
Zureden und malte das Wanderleben so lustig
und bunt aus, daß dem andern das Bedenken
mehr und mehr schwand.

Die Sonne war längst untergegangen, und
die Pferde, müde von dem heißen, langen Weg,
schleppten den Wagen nur noch mühsam vorwärts.

„Kommen wir bald zur Herberge?" fragte
Fritz Hederich.

„Bald," antwortete der Doktor, „das heißt

Ihr werdet es Euch gefallen laſſen, im Wagen zu ſchlafen, falls es Euch unter den Bäumen zu kühl ſein ſollte, denn wir kommen heute an kein Haus mehr und müſſen im Walde übernachten."

Er wandte ſich zu Balthaſar Klipperling und ſprach mit ihm in einer fremden, ſonderbar klingenden Sprache. Wieder ging's vorwärts in den finſtern Wald hinein, die Buchen verſchwanden, und an ihre Stelle traten Tannen, die immer mächtiger wurden, je weiter man vordrang.

Jetzt brach durch das Dickicht ein rother Lichtſchimmer; Salep der Spitz ſchlug an, die Pferde wieherten und ſtanden dann plötzlich ſtill. Fritz Hederich, der mit dem eifrig ſprechenden Medicus ein Stück zurückgeblieben war, ſah, wie rechts und links vom Weg dunkle Geſtalten auftauchten und den Hanswurſt anhielten.

„Habt keine Furcht," ſagte der Doktor mit Würde, „Ihr ſteht unter meinem Schutz," und zog den Baccalaureus nach vorn. Dort wechſelte er mit den Männern ein paar Worte, dieſe ſchüttelten ihm zur großen Verwunderung des Jünglings derb die Hände und ſprangen dann wieder rechts und links in den Wald. Fritz Hederich wünſchte ſich jetzt die Piſtole, die er dem Doktor großmüthig überlassen hatte. Dieser beeilte sich, seinen Gefährten aufzuklären.

„Denkt nichts Schlimmes", sagte er. „Die dort im Walde lagern, sind Spielleute und Gaukler, lauter fahrendes Volk, welches gleich mir auf die Messe nach Judenfurth zieht. Die Waldblöße da drüben — sie heißt der Brand — ist ein Lagerplatz, der alljährlich wieder aufgesucht wird, weil er just in der Mitte des Waldes liegt; Dörfer und Einkehren sind hier weit und breit nicht zu finden. Ihr werdet lustige Gesellschaft treffen. Seht nur, meine Pferde rennen wie die arme Seele nach der Himmelsthür; sie kennen die Stelle so gut wie ich und wissen, daß sie dort gute Rast halten können."

Man kam zum Lagerplatz. Da sah's bunt aus. Über einem großen Feuer briet ein mächtiger Hirschziemer am Spieß, den ein in bunte Lappen gekleideter, buckeliger Knirps wandte. Wagen, mit Leinwanddecken versehen, standen ringsumher, große Hunde lagen vor denselben, die Pferde weideten im Wald. Männer, Weiber und Kinder, die ersteren zum Theil bewaffnet, lagen oder saßen in Gruppen auf dem Moos. Einige schliefen, andere tranken, schwatzten, schrieen und lachten, wieder andere arbeiteten an den Wagen, an Pferdegeschirren oder an Geräthschaften, die sie zur Ausübung ihrer Kunst brauchten. Aus dem dunkelsten Winkel des Lagers klangen leise Saitentöne in richtiger und falscher Folge, und aus den Wagen heraus drang zuweilen feines Kinderweinen.

Doktor Rapontiko und sein Hanswurst schienen unter diesen Leuten sehr angesehen zu sein, denn von allen Seiten drängte man sich an sie heran, als sie mit ihrem Wagen angefahren kamen, und das Händeschütteln, Begrüßen und Befragen wollte schier kein Ende nehmen. Fritz Hederich wurde gemustert und, wie es ihm schien, mit mißtrauischen Blicken betrachtet, als ihn aber der Doktor als seinen Gehilfen vorstellte, ward auch er willkommen geheißen.

Der Hanswurst spannte die Pferde aus, fesselte ihnen die Vorderfüße und ließ sie grasen. Ein Bund Stroh und einige Decken aus dem Wagen des Doktors wurden auf dem Boden ausgebreitet, und nun war man zu Hause. Balthasar Klipperling aus Wien mischte sich unter die übrigen, Doktor Rapontiko aber blieb bei seinem Schützling zurück. Er saß gravitätisch, die Hände auf einen beschlagenen Stock gestützt, auf einem Strohbündel und sprach sehr herablassend mit den Leuten, die an seinen Sitz herankamen. Auch ärztlichen Rath mußte er spenden.

Es wurde ihm ein krankes Kind gebracht, und
ein bärtiger Mann, der an Krücken herbei-
hinkte, bat ihn, seinen Fuß zu besichtigen; es
war ein Seiltänzer, der einen bösen Fall gethan hatte. Der Doktor willfahrte den Bittenden
mit großer Bereitwilligkeit, und Fritz Hederich
sah mit Erstaunen, daß der Arzt ganz dieselben
Mittel anwandte, die er selbst verordnet haben
würde. Er begann, den Mann mit günstigeren
Blicken zu betrachten.

Der Braten am Spieß war mittlerweile gar
geworden und wurde nun vertheilt. Der Doktor
erhielt das beste Stück, auch Fritz Hederich ward
gut bedacht. Dem Mahle, welches gemeinschaft-
lich eingenommen wurde, fehlte es nicht an Ge-
tränken; der bucklige Bursche, der vorhin den
Bratspieß gedreht hatte, versah jetzt das Amt
des Schenken. Der Wein war aber keineswegs
vorzüglich, deshalb ließ Doktor Rapontiko aus
seinem Wagen ein wohlverspundetes Fäßlein
bringen und gab den Inhalt desselben preis.
Bei der Behauptung des Doktors, das Fäßchen
sei das Geschenk eines reichen, dankbaren Patienten, blickte Balthasar Klipperling aus Wien den
Baccalaureus von der Seite an und schnitt eine
Fratze. Die fahrenden Leute ließen sich's wohl
sein, der starke Wein that seine Wirkung, und

man sang, jauchzte und schrie daß der Wald
widerhallte.

Ein brauner Bursche mit wirren Haaren
sprang mit einer Geige in den Kreis und setzte
den Bogen an. Alles war still, und die Geige
begann leise zu klingen wie die Klage eines
verlassenen Mädchens. Fritz Hederich horchte
auf. Die Weise wurde schneller, die Töne wurden stärker, schneidiger, und endlich brauste es
aus der Geige so wild und zaubergewaltig, daß
sich der Baccalaureus an die Stirn griff.

„Das war eine Zigeunerweise," sagte der
Doktor zu ihm, als der Geiger plötzlich geendigt
hatte. „Und nun gebt Acht!"

In den Kreis sprangen ein Bursche und ein
Mädchen, beide schön an Körper und phantastisch
gekleidet. Der Zigeuner begann von neuem
zu spielen, und mit den ersten Tönen seiner
Geige begann der Bursche sich dem Mädchen
zu nähern. Sie wich ihm aus. Lockender,
wollüstiger klang die Teufelsgeige, dringender
wurde der Tänzer, bis endlich sein Arm ihre
Hüfte umfaßt hatte. Und nun drehten und
wirbelten sich die zwei engverschlungen in rasen-
der Eile nach dem immer schneller werdenden
Tempo des Spiels, bis dieses jählings abbrach.
Laute Beifallsrufe lohnten den Künstlern.

„Das war ein ungarischer Tanz", erklärte
der Doktor. „Wie gefällt Euch die Dirne?
Ihr solltet sie erst einmal anf dem Seil sehen!"

Der Zigeuner spielte von neuem zum Tanz
auf, ein bleiches, hohlwangiges Weib schlug die
Zither, und der kleine Bucklige handhabte das
Triangel. Jetzt tanzte wer Lust hatte, und was
für gewandte Tänzer sah man da! Klipperling,
der Hanswurst, war keiner der schlechtesten;
mitten im Tanz überschlug er sich, kam auf die
Hände zu stehen und tanzte so eine Weile,
während er mit den Beinen strampelte. Die
Weiber und Mädchen in ihren bunten Fetzen
und Flittern sprangen wie die Korkstöpsel und
überboten sich in üppigen, herausfordernden
Stellungen. In den Pausen machte der Becher
fleißig die Runde, und auch Fritz Hederich blieb
im Trinken nicht zurück. Er log mit seinem
Beschützer unter einer alten, moosbehangenen
Tanne und blickte auf das vom Feuer beleuchtete
Gewirre der wilden, bunten Gestalten.

Das schöne Mädchen, welches zuerst getanzt
hatte, trat auf ihn zu und streckte ihm die
Hand entgegen; sie sprach auch ein paar Worte,
aber der Baccalaureus verstand ihre Sprache
nicht. Willenlos folgte er ihr, und im nächsten
Augenblick befand er sich unter den Tanzenden.

Der feurige Wein des Doktors hatte seine müden Lebensgeister gewaltsam aufgerüttelt und seinen Jugendmuth zu wilder Lust angefacht. Das Mädchen in seinem Arm flog wie eine Feder über den Boden, er fühlte ihren Athem, das Wogen ihrer Brust, er sah ihre leuchtenden Augen, ihre kleinen Zähne und ihre weiße Stirn unter dem schwarzen Lockengeringel, und dann sah er nichts mehr.

Als der Tanz zu Ende war und die Musikanten einen Augenblick rasteten, trat der Doktor zu Fritz Hederich und fragte:

„Wie behagt's Euch unter uns? Habt Ihr Ähnliches hinter Euren Mauern, in Euren dumpfen Städten, wo um zehn Uhr die Lumpenglocke läutet und der Nachtwächter mit seinem Spieß an die Fensterläden klopft, hinter denen noch ein Licht schimmert? Ist das nicht ein Leben wie im Elysio? Wie steht's, lieber Gesell, habt Ihr Euch besonnen, so schlagt ein und werdet mein Gehilfe. Was ich Euch zugesagt, das halte ich. Schlagt ein, Ihr werdet's nicht bereuen!"

Doktor Rapontiko hielt dem Baccalaureus die Hand hin; dieser hatte nur halb gehört, was jener zu ihm gesprochen. Mit den Augen suchte er das Mädchen, das ihm entflohen war,

und als er sie, vom Tanz rastend, tiefathmend
an eine Tanne gelehnt erblickte, so besann er
sich nicht länger, schlug in die dargereichte Rechte
und eilte dann in raschen Sprüngen auf die
Schöne zu, die ihm die Arme entgegenstreckte.
Im Nu waren die beiden wieder in dem
tanzenden Knäul; Doktor Rapontiko aber rieb
sich schmunzelnd die Hände und ging.

Unablässig erklangen die Instrumente, unermüdlich rasten die Tänzer, erscholl das tolle
Jauchzen und Kreischen der fahrenden Leute.
Das Feuer sandte mächtige Rauchwolken zu
dem klaren Sternenhimmel, und aufgescheuchte
Vögel flogen mit klagendem Ruf dem Innern
des Waldes zu. Wäre ein Wanderer zufällig
durch den Wald gekommen, er würde geglaubt
haben, die wilde Jagd habe sich aus der Luft
auf die Erde niedergelassen und feiere hier
einen Sabbath.

Fritz Hederich saß mit seiner Tänzerin unter
einem Baum; sie füllte ihm den Becher, wenn
er ihn hastig geleert hatte, immer wieder aufs
neue und küßte ihm den letzten Tropfen von
der Lippe. Er lehnte das Haupt an den Stamm
der Tanne und zog das Mädchen an seine
Brust, dann schloß er die Augen. Es schien
ihm, als ob die Musik und das Jauchzen der

Tanzenden sich immer weiter entfernte, jetzt klang es ihm nur noch im Ohr wie leises Summen, und dann war alles still.

Doktor Rapontiko trat zu dem Schlafenden. Er winkte dem Mädchen, kniff sie in die Wange und sprach in leisem Ton sehr freundlich mit ihr. Dann griff er in die Tasche, zog eine Schnur böhmischer Granaten hervor und gab sie der Dirne, welche mit frohlockendem Gesicht leisen Fußes sich entfernte, um sich wieder unter die Tanzenden zu mischen.

Der Doktor blieb noch eine Weile allein bei dem Schlafenden, den er wohlgefällig betrachtete. Dann ging er und kam mit Balthasar Klipperling zurück. Mit vereinten Kräften hoben sie den schlafenden Baccalaureus auf und legten ihn in den Wagen.

„Wir haben ihn," sprach Doktor Rapontiko.

Der andere nickte, warf seinen Hut zwischen die Beine hindurch und fing ihn sehr geschickt wieder mit dem Kopf. Das war ein Kunststück, auf welches sich Balthasar Klipperling, der Hanswurst, viel einbildete.

Zweites Kapitel.

Vom Magister Xylander.

Jn dem Waldgebirge, wo wir das fahrende Volk verlassen haben, entspringt ein Flüßchen, die Ammer geheißen. Kurz nachdem ihr durch Zuflüsse verstärktes Gewässer aus den Bergen in ein weites, grünes Thal getreten ist, fließt sie im Bogen um ein altes Städtchen, dem sie den Namen Ammerstadt gegeben hat. Dann zieht sich der Fluß in anmuthigen Windungen weiter, um nach einem Lauf von wenigen Meilen die Mauern einer zweiten, ebenso kleinen Stadt zu bespülen; das ist Finkenburg.

Ammerstadt und Finkenburg sind jetzt unbe-
deutende Ortschaften, damals aber, als sich das
zutrug, was wir im vorigen Kapitel erzählt
haben, waren sie die Hauptstädte zweier Fürsten-
thümer und die Residenzen zweier demselben
Geschlecht angehörigen Fürsten.

Der Herr von Ammerstadt, Fürst Rochus,
war noch minderjährig und stand unter Vor-
mundschaft. In Finkenburg regierte ein alter
Herr. Er hieß Moritz, schrieb sich aber Mauritius, und zu dem Namen fügte er eine lange
römische Zahl, welche ersichtlich machte, daß er
in seinem Hause nicht der erste dieses Namens sei.

Seine Regierung war gesegnet, und seiner
väterlichen Fürsorge hatte es das Land zu ver-
danken, daß es von allen Ländern des deutschen
Reiches während des großen Krieges am wenigsten zu leiden hatte.

Kein Glück auf Erden ist ungetrübt; Fürst
Mauritius hatte keine männlichen Leibeserben,
sondern nur eine Tochter. Mit Grausen blickten
daher die Finkenburger in die Zeit, da das
Fürstenthum an Ammerstadt fallen, da aus der
Residenz Finkenburg eine glanzlose Landstadt
werden mußte. Ein Trost für den Fürsten und
das Volk war es, daß es der Diplomatie gelang, eine Verlobung zwischen der Prinzessin

Dorothea von Finkenburg und dem jungen Fürsten Rochus zustande zu bringen, und als es bekannt wurde, daß letzterer nach dem Ableben des Fürsten Mauritius sein Hoflager abwechselnd in den beiden Städten halten werde, da erschien dem Volk der Finkenburger die Zukunft minder schwarz.

Damit dem jungen Fürsten die Zeit bis zu seinem Regierungsantritt, welchem das Beilager folgen sollte, nicht zu lang werde, beschloß man ihn reisen zu lassen, und so machte sich denn Fürst Rochus, mit Geld und Wechseln reichlich versehen und von einem kleinen Gefolge erlesener Kavaliere und erprobter Diener auf den Weg, um die Welt, das heißt die Höfe von Deutschland, Frankreich und Italien kennen zu lernen.

Bald nach der Abreise des Fürsten kam nach Ammerstadt ein junger Mann von der Hochschule zurück, woselbst er das übliche Triennium hindurch die Humaniora eifrig studirt hatte. Es war dies der Magister Hieronymus Holzmann, Sohn des Bürgers Christoph Holzmann, weiland Hofbäckers zu Ammerstadt.

Er war ein kleiner, magerer Mann mit gutmüthigen Augen und zierlichen, weißen Hän-

den. An dem Mittelfinger der rechten hatte er
zuweilen einen Tintenfleck, aber dann nahm er
ein Stück Zitrone und rieb den Finger so lange,
bis das Makel getilgt war.

Als der Magister von der über Jahr und
Tag angesetzten Vermählung des Fürsten Rochus
hörte, zuckte es in seinem Tintenfinger. Eilig
packte er seine Habseligkeiten aus und begann
mit übergroßem Eifer einen Bogen Papier zu
beschreiben, daß die Tinte herumspritzte. Zuweilen kaute er auch an der Feder, rieb sich
die Stirn und lief ein paarmal in seiner Kammer auf und ab, dann setzte er sich wieder
zum Schreiben nieder und trieb dies bis zum
Abend, ohne Speise und Trank zu genießen.
Dann überlas er das Geschriebene; es waren
lateinische Hexameter, subtil gearbeitet und
fließend zu lesen. Aber beim Lesen ward dem
Magister klar, daß er eine Arbeit begonnen, die
Wochen und Monde in Anspruch nehmen
würde. Es war ein Carmen zur Feier der
bevorstehenden fürstlichen Hochzeit, was der
Magister zu dichten unternommen hatte, und
als gründlicher Gelehrter hatte er mit dem
Ahnherrn des Geschlechtes begonnen, welcher
in der Schlacht bei Ikonium den Heldentod
gefunden hatte.

Aber der Magister schreckte nicht zurück vor
der Größe des geplanten Werkes. Täglich stand
er mit den Hühnern auf und dichtete, daß ihm
die hellen Tropfen auf der Stirn standen, und
das trieb er mit kurzen Unterbrechungen fort,
bis der Wächter mit Hornstoß und frommem
Spruch die Bürger zum Schlafengehen auffor-
derte. Am Ende mußte er sich entschließen, eine
Reise nach Finkenburg zu unternehmen, um sich
über die fürstliche Braut und manches andere
zu informiren. Er packte seine Siebensachen
zusammen und fuhr in einem Wägelein gen
Finkenburg. Sein Manuskript hielt er sorglich
auf dem Schoß wie eine Mutter ihr Kind.

In Finkenburg angekommen, miethete er sich
in der Löwenapotheke ein Hinterstübchen, wo
der Straßenlärm sein Ohr nicht traf, und ging
dann aus, um Erkundigungen einzuziehen.

Seine Bemühungen waren mit Erfolg ge-
krönt. Der alte Prediger, der die Prinzessin
in der Glaubenslehre unterwiesen, auch die
historia mundi, insonderheit die Geschichte ihres
Hauses mit ihr getrieben, gab dem Dichter
reiches Material.

Als Fürst Mauritius von der Anwesenheit
und dem Vorhaben des Magisters erfuhr, sprach
er seine höchste Zufriedenheit aus. Er beschied

den Magister auf das Schloß, unterhielt sich lange mit ihm in sehr gnädiger Weise und theilte ihm eine Menge von Einzelheiten aus dem Leben seiner Tochter mit. Er versprach auch das Hochzeitscarmen drucken zu lassen, und ordnete an, daß dem Magister das Deputat eines herzoglichen Kanzlisten verabreicht werde. Dasselbe bestand in einem halben Ries Papier, vier Bündeln Federspulen, sechs Krüglein Tinte, zwei Pfunden Streusand und einem Messerlein, um die Federn zu schneiden.

Der Magister blieb lange in Finkenburg, und der mit Laubthalern gefüllte Strumpf, den ihm seine selige Mutter als Nothpfennig hinterlassen hatte, war merklich leichter geworden. Endlich konnte der Dichter das Wort Finis unter seine Verse setzen, dann ward das Carmen — es füllte einen mäßigen Band — auf fürstliche Kosten gedruckt und mit einem Deckel aus grasgrünem Sammet versehen. Und als das geschehen war, kam auch die Nachricht, daß Fürst Rochus auf dem Heimweg begriffen sei. Da säumte Magister Holzmann nicht länger und packte ein. Sein Gönner hieß ihm einen ansehnlichen Zehrpfennig reichen und entließ den Magister sehr gnädig, der sich alsbald verabschiedete und wohlgemuth seiner Heimat zufuhr.

Als er die Mauern und Thürme seiner Vaterstadt erblickte, klopfte sein Herz in geschwinderen Schlägen. Es war am Abend, die ganze Stadt schwamm in rothem Licht, und das Dach des fürstlichen Schlosses glänzte und funkelte wie Dukatengold. Der Magister freute sich darüber, denn er hielt es für ein gutes Omen. Da aber verfinsterte sich plötzlich das Firmament, und über der ganzen Stadt lag anstatt des Sonnenscheins jener graue Nebel, der sich allabendlich, wenn die Hausfrauen das Nachtessen kochten, über die Dächer verbreitete.

Fürst und Dichter trafen fast gleichzeitig in Ammerstadt ein. Die Empfangsfeierlichkeiten waren vorüber, und der Zeitpunkt nicht mehr fern, wo der Fürst die Regierung antreten und sich vermählen sollte.

Da kam mit schwarzen Fledermausflügeln ein unheimliches Gerücht herangeflattert. In den Schenken steckten die Bürger flüsternd die Köpfe zusammen, und am Marktbrunnen und auf der Bleiche erzählten sich die Weiber haarsträubende Dinge. Fürst Rochus, besagte das Gerücht, werde sich allerdings nach erlangter Großjährigkeit vermählen, aber nicht mit seiner Base Dorothea, sondern mit einer anderen

Prinzessin, die er auf seiner Reise kennen gelernt. Und so war es auch.

Das waren schreckliche Zeiten für die beiden
Städte, und um das Bangen der Bürger noch
zu vermehren, erschien am Himmel ein gräu-
licher Komet; sein Kern stand über dem Residenz-
schloß von Ammerstadt, und sein Schweif wies
nach Finkenburg hinüber. Das bedeutet Krieg,
Krieg zwischen den beiden Nachbarstaaten, mein-
ten die Leute, und Übervorsichtige suchten sich
bereits in Hof und Garten geeignete Orte aus,
um daselbst ihr Silber zu vergraben.

Der Magister Holzmann aber war gebrochen,
vernichtet.

Zum Krieg kam es glücklicherweise nicht.
Der drohende Konflikt fand eine unvermuthete,
freilich auch sehr betrübende Lösung. Prinzessin
Dorothea erkrankte an den Blattern und starb.
Da legte Fürst Rochus Trauerkleider an, verschob seine Hochzeit mit der fremden Prinzessin
rücksichtsvoll auf ein Jahr, und über die Bürger
kam allmählich wieder Frieden und Ruhe.

Dem Magister aber, dessen Hoffnung so
schmählich zu schanden geworden, ward das
Leben in Ammerstadt unerträglich. Er verkaufte
seine Habe und wanderte nach Finkenburg aus,
woselbst er sein Hochzeitscarmen in einen Ne-

krolog der entschlafenen Prinzessin umarbeitete.
Er dedicirte es dem alten Fürsten Mauritius.

Auf des letzteren Wunsch übertrug der Ma-
gistrat von Finkenburg dem Magister eine er-
ledigte Stelle an dem städtischen Lycco.

Fürst Mauritius gab auch seinen Konsens
dazu, daß der Magister seinen Namen verändere.
Dieser hatte schon längst beabsichtigt, nach dem
Vorbild anderer Gelehrten seinen Namen ins
Griechische zu übersetzen; jetzt führte er seinen
Vorsatz aus und nannte sich fortan nicht mehr
Magister Holzmann, sondern Magister Xylander.

Das geschah in dem Jahre der großen Hitze,
da wir Fritz Hederich, den Baccalaureus, in
Gesellschaft des fahrenden Doktors verlassen
haben.

Drittes Kapitel.

———

Das Galgenmännlein.

Zn der Hauptstraße der Stadt Finkenburg fiel ein stattliches Haus vor
allen anderen Gebänden in die
Augen. Es war ganz massiv und
mit steinernen Figuren reich geschmückt. Unter jedem Fenster befand sich ein Widderkopf und am
Giebelfeld eine Gruppe von Un-
geheuern, deren Schwänze gräulich untereinander
verschlungen waren. Die beiden Enden der
Dachrinne waren durch kupferne Delphine ge-
bildet, die bei Regenwetter auf die Köpfe der
arglos Vorübergehenden große Wasserstrahlen

spieen. Eine breite, mit einem eisernen Geländer versehene Treppe führte zu einer gewölbten Thür, deren oberer Theil runde, in Blei gefaßte Fensterscheiben hatte. Über derselben stand mit großen Buchstaben geschrieben: „Apotheke zum goldenen Löwen"; und wer das gelesen hatte, der konnte mit Zuhilfenahme einiger Phantasie in dem pudelartigen Thier, das in einer Nische neben dem Eingang stand, ein Konterfei des Wüstenkönigs erkennen; von Vergoldung war nichts mehr vorhanden.

Auf der breiten Freitreppe spazierte häufig und namentlich wenn die Sonne schien, ein großer Rabe würdevoll auf und nieder. Er hieß Jakob, war uralt und in der ganzen Stadt bekannt. Jakob versah eine Art von Wächteramt vor der Apotheke und hatte es namentlich auf die nackten Füße der Finkenburger Gassenjungen abgesehen. Es gehörte zu den Lieblingsvergnügungen der Straßenjugend, dem Löwen neben der Thür eine Brotrinde oder einen Knochen in den Rachen zu stecken, oder auch demselben einen papiernen Hut aufzusetzen; aber so oft einer der Schlingel bei seinen Kameraden Derartiges in Vorschlag brachte, pflegte man sich zuvor nach dem Raben umzusehen. Wehe dem Unglücklichen, den Jakob

bei solch freventlichem Treiben ertappte; leise
schlich er sich heran und versetzte dann dem Fuß
des Arglosen einen so fürchterlichen Schnabel-
hieb, daß der Getroffene heulend und hinkend
den Schauplatz seines verruchten Thuns verließ.

Der Besitzer dieses wunderbaren Raben,
sowie der Apotheke war Herr Daniel Thomasius,
ein gar angesehener Mann. Herr Thomasius
war Wittmann, sonst besaß er aber alles, was
zum täglichen Brot gehört, Haus und Hof,
Geld und Gut und außerdem noch eine schöne
Tochter, Namens Else.

Mit dieser bewohnte er die Zimmer des
ersten Stockes, im Erdgeschoß befanden sich die
Offizin, das Laboratorium, mehrere Vorraths-
kammern und noch einige andere Gemächer.
Das zweite Stockwerk des Hauses stand größten-
theils leer; eine geräumige Stube, die nach dem
Garten zu gelegen war, hatte Herr Magister
Xylander inne.

Schon damals, als er sich in Finkenburg
aufhielt, um Stoff für das bewußte Carmen
zu sammeln, hatte er in der Löwenapotheke
gewohnt und war auf diese Weise mit Herrn
Thomasius bekannt und befreundet geworden.
Als er dann später ganz nach Finkenburg über-
siedelte, war es ihm sehr angenehm, sein altes

Quartier wieder beziehen zu können, und hier
wohnte er nun bereits seit anderthalb Jahren.
In seine Studierstube, er nannte sie sein Museum,
drang kein Geräusch von der Straße, und wenn
auch des Abends und des Morgens die Nach-
tigallen im Garten etwas zu laut wurden, so
war das doch nur einige Monate im Jahr,
und die übrige Zeit war's desto stiller.

Herr Thomasius stand hinter dem Rezeptier-
tisch. Er war ein behäbiger Fünfziger mitt-
lerer Größe, sein wohlwollendes Gesicht hatte
eine etwas bleiche Farbe, und auch sein Haar
war stark ergrant. Daran waren aber mehr
die Dünste seines Laboratoriums, als Alter und
Krankheit schuld. Er war vielmehr ein kern-
gesunder Mann, der sich seines Lebens freute.

Heute war Herr Thomasius etwas mürrisch,
denn sein Gehilfe war plötzlich ausgetreten,
und er mit dem Lehrling vermochte kaum, der
Arbeit Herr zu werden. Dazu war noch ein
Ärger über seine Schaffnerin, die alte Hanne,
gekommen. Die alte Hanne hatte nämlich —
doch ich muß etwas weiter ausholen.

In Finkenburg ward alljährlich um Michaelis
ein Markt abgehalten, welcher den sonderbaren
Namen „Zwickmarkt" führte. „Zwick" nämlich
hieß ein Gebäck, welches in Finkenburg um

jene Zeit gebacken wurde. Nun bestand unter
Freunden und Hausgenossen die schöne Sitte,
daß man sich am Morgen des Markttages auf-
lauerte, in die Arme kneipte und dazu „Zwick"
schrie. Der Gekneipte hatte die Verpflichtung,
dem Kneipenden einen „Zwick" zu verehren.

Herr Thomasius war es seit Jahren gewohnt, zuerst von seiner Schaffnerin, dann der
Reihe nach von seiner Tochter, dem Herrn
Gehilfen, dem Lehrling und schließlich vom
Knecht gezwickt zu werden. Alle, namentlich
der Lehrling, kneipten sehr zart, und es fiel
dem Hausherrn nicht ein, sich gegen das alt-
ehrwürdige Herkommen aufzulehnen, vielmehr
stellte er sich jedesmal, wenn er gekneipt wurde,
höchst überrascht und gab gern einem jeden das
überzuckerte, mit Mandelkernen gespickte Backwerk; seiner Else schenkte er auch wohl noch
etwas anderes.

Diesmal hatte Herr Thomasius, von Arbeit
überhäuft, nicht an den Zwick gedacht. Er
war des Nachts geweckt worden, um ein Tränklein zu brauen, hatte deshalb schlecht geschlafen
und kam in früher Morgenstunde, als es noch
dämmerig war, mißmuthig in das Wohnzimmer,
um seine Morgensuppe zu verzehren. Als er
die Thür öffnete, huschte eine dunkle Gestalt

hinter dem großen Kleiderspind hervor, und im nächsten Augenblick fühlte Herr Thomasius einen heftigen Schmerz im Oberarm.

„Au!" schrie der erschrockene Apotheker, und „Zwick, Zwick!" kreischte eine gellende Stimme. Es war die der alten Hanne, welche ihren Herrn hatte überraschen wollen.

„Kreuztürkenschockschwerenoth!" polterte Herr Thomasius, „ist Sie verrückt, Hanne, oder hat Sie getrunken? Was fällt Ihr ein, mich so zu erschrecken, Sie alte Schneegans!"

Die brave Hanne stand sprachlos da und blickte mit großen Augen in das geröthete Gesicht des Apothekers. So etwas war ihr noch nicht vorgekommen; ihre Mundwinkel verzogen sich in bedenklicher Weise, sie faßte den Schürzenzipfel und brachte ihn an die Augen.

„Nun, nun," lenkte Herr Thomasius ein, „jetzt lasse Sie die Kindereien; es war nicht bös gemeint. Sie ist eine brave, treue Person, Sie soll Ihren Zwick haben, verlasse Sie sich darauf, nur heule Sie nicht!"

Er wollte ihr auf die Achsel klopfen, aber seine Herablassung ward übel aufgenommen. Die alte Hanne wandte sich kurz ab und ging schluchzend zur Thür hinaus.

Das war der Vorfall, der die Verstimmung des Apothekers noch gesteigert hatte.

Er präparirte jetzt ein Pulver, und während seine Augen auf das vor ihm liegende Rezept gerichtet waren, und er mit der Reibschale hantierte, waren seine Gedanken bei der alten Hanne, die in der Küche saß und heulte. Er mußte sie versöhnen, sonst konnte er es in seinem eigenen Hause nicht mehr aushalten, das stand fest, aber über das Wie war er noch nicht mit sich einig. Er hatte auch keine Zeit, über so etwas nachzudenken, denn alle Augenblicke trat ein Kunde in die Offizin. Heute am ersten Markttag gab's doppelte Arbeit, und kein Gehilfe war zur Hand. Herr Thomasius war sehr übel gelaunt.

Der Magister kam zur Treppe herab, um, wie er zu thun pflegte, dem Hausherrn einen kurzen Besuch zu machen, bevor er in's Lyceum ging. Im letzten Jahre hatte sich Herr Thomasius für das Gezwicktwerden schadlos gehalten, indem er seinerseits den arglosen Magister mit einem derben Zwick überrumpelte; heute unterließ er es und erwiderte nur kurz und mürrisch die Fragen seines Miethsmannes.

Gegen Mittag fingen die Kunden an, spärlicher zu erscheinen, Herr Thomasius hatte sich

durch ein Schöpplein Wein gestärkt und war
etwas besser gelaunt. Er schickte den Knecht
fort, um das nöthige Backwerk zu holen, und
beauftragte ihn auch noch, ein Tuch von bunter
Wolle für die alte Schaffnerin zu kaufen. Der
Knecht brachte das Tuch, und Herr Thomasius
trug es nebst einem großen Zwick in die Küche,
wo Hanne am Feuer hantierte.

Sie wollte erst nichts hören und sehen;
zögernd nahm sie endlich das Geschenk an und
knurrte etwas, was sich Herr Thomasius mit
„Schön Dank!" übersetzte.

„Hanne," sagte er, „wenn Sie ein wenig auf
den Markt gehen will, um sich die Raritäten
anzusehen, so geh' Sie; die Else kann einstweilen
Acht geben, daß die Suppe nicht anbrennt."

Hanne antwortete nicht, und als der Apotheker noch ein paar Worte hinzufügte, raspelte
sie ein Stück altes Brot auf dem Reibeisen so
heftig, daß er sein eignes Wort nicht verstehen
konnte. Er ging wieder in seine Offizin.

Eine Viertelstunde später sah er die alte
Hanne, angethan mit dem neuen Tuch, aus
dem Haus schreiten und den Weg nach dem
Markt nehmen. Herr Thomasius hatte seine
gute Laune wieder.

Unterdessen stand die blonde Else in einer

weißen Schürze bei dem Feuer, trällerte ein
Lied und klapperte hin und wieder mit den
Deckeln der Töpfe, in denen es lustig zischte
und brodelte. Die Küchenthür knarrte.

„Bist Du's, Hanne?" fragte Else.

„Nein, Elslein, ich bin's," erwiderte eine
zuckersüße Stimme, und herein hüpfte mit einem
zierlichen Kratzfuß der Magister Xylander. Er
trug etwas Eingewickeltes in der Hand. „Es
ist doch erlaubt, hier einzutreten?"

„Ich will's Euch nicht wehren," sagte Else,
„und wenn Ihr mir helfen wollt, so ist mir's
auch recht. Dort hängt eine Schürze, und hier
habt Ihr einen Kochlöffel."

„Nein, Elslein, darum bin ich nicht her-
gekommen, wißt Ihr nicht, daß heute Zwickmarkt ist?"

„Freilich weiß ich's," erwiderte Else und
betrachtete den Magister verwundert. Als sie
den eingewickelten Gegenstand in der Hand des
Magisters sah, wußte sie, woran sie sei. „Der
Magister will von mir gekneipt sein und mir
dann einen Zwick verehren, aber da kann er
lange warten," sprach sie bei sich. Sie lächelte
boshaft und zeigte dabei zwei Reihen kleiner
Mauszähne, daß es dem braven Magister ordentlich schwül wurde.

„Elslein," sagte er und trat näher, „also
Ihr wißt, was heute für ein Tag ist? Wohlan,
hier steh' ich; Else, genirt Euch um Gottes
willen nicht!"

„Nicht im geringsten, Herr Magister, bleibt
meinetwegen bis Mittag hier stehen; seht, ich
thue, als ob Ihr gar nicht da wäret," entgegnete Else und schäumte die kochende Fleischbrühe mit großem Ernst ab, ohne den Magister
weiter zu beachten.

„Aha," dachte dieser, „sie will mich nicht
verstehen, vielleicht erwartet sie den Angriff von
mir, vielleicht hat sie mir eine Überraschung
zugedacht, sie hat nenlich in ein Tuch mit blauer
Seide ein Blümchen genäht, vielleicht..."

Er schlich sich auf den Zehen hinter Else
und kneipte sie, allerdings sehr behutsam, in
den runden Arm.

Aber da kam er gut an. Patsch! fiel der
Kochlöffel auf seine Hand, ein paar heiße Wasser-
tropfen spritzten ihm in's Gesicht, und um das
Unheil voll zu machen, ertönte hinter ihm das
laute Gelächter der alten Hanne, die von ihrem
Marktgang zurückgekommen war.

„Recht so, Else!" rief die Schaffnerin, „das
war gescheit, seht mir den Herrn Magister!"

Hieronymus Xylander war sehr verwirrt

über diesen Ausgang, er faßte sich indessen sehr bald wieder und lachte selbst übermäßig laut.

„Sieht Sie, Hanne," sagte er dann, „was ich um Sie leiden muß, ich bin nämlich nur Ihr zu Liebe gekommen, ich wollte Ihr diesen Zwick verehren."

Mit diesen Worten überreichte er der Alten das eingewickelte Gebäck, welches eigentlich für Else bestimmt war. Hanne fühlte sich sehr geschmeichelt durch die Aufmerksamkeit des Magisters und erschöpfte sich in Danksagungen. Else stand über diese Wendung betroffen und nahm das Band ihrer Schürze in den Mund.

Der Magister aber entfernte sich mit dem so wohlthuenden Gefühl der befriedigten Rache.

Die Spannung zwischen ihm und der blonden Else war indessen nur von kurzer Dauer. Dergleichen Reibereien kamen zwischen den beiden häufig vor, und der Magister Xylander pflegte bei solchen Gelegenheiten zu sagen: „Was sich neckt, das liebt sich." Else lachte dann jedesmal, wie ein fröhliches Kind lacht. Herr Thomasius aber, wenn er zugegen war, nickte bedeutsam mit dem ergrauten Kopfe.

Als um zwölf Uhr Herr Thomasius, Else und der Herr Magister bei der Suppe saßen, die trotz des Zwischenfalls nicht angebrannt

war, herrschte eine fröhliche Stimmung. Die
alte Hanne, welche die Speisen auftrug, zeigte
gleichfalls ein heiteres Gesicht, und als das
Gratias gesprochen war, kam sie der Aufforde-
rung des Hausherrn, von ihrem Marktgang zu
berichten, gern nach. Nachdem sie ein Langes
und Breites von den prächtigen Waaren erzählt,
auch zweier in rothe Wämslein gekleideter Meer-
katzen gedacht hatte, fuhr sie fort:

„Denkt Euch, da komm' ich an einen kleinen
Tisch, und hinter dem Tisch sitzt ein Weib, und
auf dem Tisch steht eine große Glasflasche, und
ringsherum ist alles gestopft von Menschen.
Ich dränge mich durch, und alsbald fragt mich
das Weib, ob ich wahrgesagt haben wolle, es
koste bloß einen Batzen. Natürlich sag' ich ja,
denn ein Batzen ist nicht zu viel. Das Weib
legt die Hand oben auf die Flasche, und da —
denkt Euch — kommt ein kleiner, schwarzer
Teufel aus dem Hals der Flasche heruntergestiegen, tanzt auf dem Boden hin und her
und steigt dann wieder hinauf."

Else und der Magister saßen sprachlos, Herr
Thomasius lehnte sich mit einem überlegenen
Lächeln im Sessel zurück.

„Jetzt," fuhr Hanne fort, „sagt mir das Weib
wahr: Ihr seid, sagt sie, in Eurer Jugend sehr

schön gewesen und hättet, sagt sie, oft freien
können, wenn Ihr nur gewollt hättet, sagt sie.
Das traf zu. Weiter sagt sie, werdet Ihr noch
viele frohe Tage verleben und nächstens, sagt
sie, vielleicht noch heute, werdet Ihr ein Geschenk erhalten. So hat sie gesagt, und das ist
auch eingetroffen, denn der Herr Magister hat
mir gleich darauf einen Zwick geschenkt. Zum
Schluß fragte mich das Weib auch noch, ob
mir der Geist in der Flasche sagen solle, wie
alt ich sei. Das hab' ich mir aber schönstens
verbeten, so vor allen Leuten."

Weiter hatte Hanne einen wilden Mann
mit einem Ring in der Nase und einer Krone
von bunten Federn auf dem Kopf gesehen, und
zuletzt berichtete sie von einem berühmten
Doktor mit schwer auszusprechendem Namen,
der eine große Bude nächst der Stadtkirche und
viel Zuspruch habe. Sie zog ein Fläschchen mit
wohlriechendem Wasser gefüllt hervor und zeigte
es triumphirend den Anwesenden.

Herr Thomasius nahm die Phiole, eröffnete
sie und führte sie an die Nase. „Was hat denn
das Ding gekostet?" fragte er die Alte.

„Das ist kein Ding, Herr Thomasius, sondern
ein Bisamapfel," erwiderte Hanne. „Er kostet
nur zwei Batzen."

„Nur zwei Batzen," höhnte der Apotheker.
„Hanne Sie ist eine Närrin, das hätte Sie von
mir umsonst haben können, das ist keine zwei
Heller werth."

Hanne lächelte ungläubig. Der fremde Doktor
hatte ihr gesagt, er habe das wohlriechende
Ding aus Arabia mitgebracht; da sie aber
wußte, daß Herr Thomasius in solchen Dingen
keinen Widerspruch vertragen konnte, so schwieg
sie weislich.

„Wenn ich heute Nachmittag nicht so gar
viel zu schaffen hätte," fuhr der Apotheker fort,
„so ginge ich selber einmal auf den Markt und
betrachtete mir den Kram des Quacksalbers.
Zuweilen findet man darunter einen Schatz, von
dem der Besitzer selbst nichts ahnt. Meine
Jerichorose und den Riesenfinger habe ich auch
von solch einem wandernden Arzt erhandelt. —
Du aber, Else, wenn Du auf den Markt gehst,
hütest Dich wohl, von dem Kerl etwas zu kaufen.
Bei Ihr, Hanne, kommt meine Warnung zu
spät, und bei dem Magister fruchtet sie nichts,
denn ich seh's ihm an, daß er vor Begierde
brennt, den Doktor um ein Mittel gegen seine
Leichdornen anzugehen. Nun, mir kann's nichts
verschlagen. Ich gehe jetzt in die Offizin;
wenn Ihr noch ein wenig bei meiner Else

sitzen bleiben wollt, Herr Magister, so habe ich
nichts dagegen, denn Ihr seid ein gesetzter und
gelehrter Mann, von dem Du noch viel lernen
kannst, Else!"

Es war Nachmittag, und die Herbstsonne
schien heiß auf das Marktgewühl. In den
Morgenstunden hatte man die nöthigen Einkäufe
für das Haus gemacht, der Nachmittag war
dem Vergnügen gewidmet, und daß für mancherlei Unterhaltung gesorgt war, wissen wir bereits
aus dem Bericht der alten Hanne. Die Bürger
der guten Stadt Finkenburg wandelten mit der
Frau Liebsten am Arm bedächtig zwischen den
Buden auf und ab, hie und da stehen bleibend,
um etwas Augenfälliges zu besichtigen, oder
um mit einem Bekannten ein paar Worte zu
wechseln. Bauern und Bäuerinnen im Sonn-
tagsputz bahnten sich mit den Ellenbogen Weg
durch das Gedränge, und die Straßenjugend
lärmte und musizirte auf kleinen hölzernen
Querpfeifen und Trompeten, wie sie um wenige
Heller auf dem Markt zu kaufen waren. Da
die Besitzer von Schaubuden nicht ermangelten,
durch allerlei Getöse, als Beckenschlagen, Trom-
meln und Knarren die Aufmerksamkeit des
Publikums auf sich zu lenken, auch die Ver-
käufer mit immer heiserer werdenden Stimmen

ihre Waaren feilboten, so war der Lärm nicht
gering. Aber so war's den Finkenburgern eben
recht, so war's immer gewesen, und das gehörte
mit zu dem Marktvergnügen.

Herr Thomasius hatte Zeit gefunden, auf
den Markt zu gehen. Er schritt, den Knopf
seines langen Stockes unter das Kinn haltend,
würdevoll zwischen den Reihen der Verkaufs-
stände einher und spähte nach der Bude des
Arztes, von dem ihm seine Schaffnerin berichtet
hatte.

„Gehorsamer Diener, Herr Thomasius," schrie
ihn ein altes, dürftig gekleidetes Männlein an,
welches hinter einem mit getrockneten Kräutern
und Wurzeln bedeckten Tisch stand.

„Schön Dank, Wurzelpeter," lautete die
freundliche Entgegnung, „wie gehen die Geschäfte?"

„Schlecht, schlecht, Herr Thomasius, heute
will niemand von meinen Kräutern etwas
wissen; hier liegen Kamillen, Wohlverlei, Be-
rufskraut, Wurmwurz und Teufelsabbiß noch
gerade so, wie ich sie hingelegt habe, niemand
kauft, alles läuft dem fremden Doktor zu. Hätt'
ich den Schwamm nicht, ich verdiente nicht das
Marktgeld."

Der Alte war ein Kräutermann aus dem Gebirge, der nebenbei auch Schwämme sammelte und Zunder daraus bereitete.

Herr Thomasius, welcher dem Wurzelpeter das Jahr über manchen Groschen zu verdienen gab, bewährte seine Gönnerschaft dadurch, daß er ein großes Stück Zunder kaufte und es, ohne zu handeln, bezahlte.

„Wo hat der Medikus seine Bude?" fragte er.

Das Wurzelmännlein deutete mit dem knöchernen Zeigefinger nach einem Menschenknäuel, über welchem an einer Stange befestigt ein großes Stück bemalte Leinwand schwebte. Herr Thomasius schlug, von einem trüben Blick des Wurzelpeters gefolgt, die angezeigte Richtung ein und gelangte halb schiebend, halb geschoben durch die Menge bis vor die Bude des Arztes.

Das große Bild, welches der Wind leise hin und her bewegte, war in drei Abtheilungen getheilt. In der ersten sah man eine menschliche Figur, deren Körper alle möglichen Gebresten an sich trug; aus ihrem Munde hing ein Zettel, auf dem die Worte standen:

O weh mir armen Lazarus!
Mich schmerzt der Kopf, der Bauch, der Fuß.

Das Aug', das Ohr, der Zahn, die Zunge,
Herz, Leber, Nieren, Milz und Lunge.
Ist denn kein Mensch auf Erden nicht,
Der mich wieder zusammenricht't?

Auf dem zweiten Feld schüttete ein Mann,
der einen rothen gestickten Rock und an der
Seite einen Degen trug, dem Patienten den
Inhalt eines großen Löffels in den offenen
Mund. Hier trug der rothe Mann einen Zettel,
auf welchem geschrieben war:

Du armer Mann, ich helfe Dir
Mit meinem Lebenselixir.
Mit meinen wunderkräft'gen Pillen
Vermag ich jeden Schmerz zu stillen.
Doktor Rapontiko bin ich genannt,
In allen Reichen wohlbekannt.

In der letzten Abtheilung sah man den ge-
heilten Kranken; er hatte die Krücken wegge-
worfen, und seine Gliedmaßen strotzten von
Fleischbündeln. In seinem Gesicht prangten
zwei große, zinnoberrothe Kleckse. Auf dem
Zettel, der ihm aus dem Munde hing, stand:

Heisa, juchheisa, Dideldum!
War vormals siech und schwach und krumm,
Bin jetzo wohlgemuth und frisch,
Gleichwie im Wasser die schuppigen Fisch'.
Das hat mit seiner Kunst und Kraft
Doktor Rapontiko geschafft.

Nachdem Herr Thomasius das Bild beschaut und die Verse gelesen hatte, wandte er seine Augen auf die Bude selbst. Diese hatte eine Galerie, zu welcher eine Treppe emporführte. Der Medikus selbst war nicht sichtbar, er übte wahrscheinlich im Innern seine Kunst aus. Einstweilen unterhielt der Hanswurst das Publikum. Unser alter Bekannter, Balthasar Klipperling aus Wien, stand, gekleidet in ein buntes, mit Schellen behangenes Gewand, den spitzen Hut auf dem Kopf, vor der Bude und hielt am Zaum eins der kleinen Pferde, die des Doktors Reisewagen zu ziehen pflegten.

„Pyramus," redete der Hanswurst das Pferd an, „sag' an, wieviel Monden ein Jahr hat."

Pyramus tippte zwölfmal mit dem Vorderhuf auf den Boden.

„Und wieviel Tage hat die Woche?"

Das Pferd wußte es.

„Pyramus, sag' an, wer ist unter den Herrschaften hier der Gelahrteste?"

Pyramus ging im Kreis herum und blieb vor einem Bauer stehen, der vor Verwunderung das Maul aufsperrte. Laute Beifallsrufe lohnten dem Hanswurst und seinem gelehrigen Schüler.

„Pyramus, wer ist der tapferste Mann unter den Herrschaften?"

Das Pferd suchte und blieb vor einem Grenadier stehen, der mit einer Dirne am Arm dastand und gaffte. Der Kriegsmann machte ein dumm-vergnügtes Gesicht.

„Pyramus, wieviel hat der Herr Korporal Knöpfe am Rock?"

Das Pferd gab die Zahl richtig mit dem Vorderfuß an.

„Pyramus, wer ist das schönste Weiberleut im Kreis?"

Die Weiber und Mädchen kicherten. Pyramus bezeichnete die Dirne am Arm des Soldaten als die schönste. Diese wurde roth und lachte.

Alsdann folgte eine sehr indiskrete Frage, den Lebenswandel der Dirne betreffend, und Pyramus schüttelte energisch den dicken Kopf. Das Volk johlte, das Weibervolk kreischte, die Dirne machte sich von dem Grenadier los und lief davon. Letzterer sah anfangs sehr grimmig aus, da aber alle lachten, so lachte er mit, und das war das beste, was er thun konnte.

Jetzt erschien oben auf dem Gerüst der Doktor Rapontiko. Er trug einen rothen, mit goldenen Tressen besetzten Rock, seidene Strümpfe und einen Degen; die Schnallen auf seinen Schuhen und die Ringe an seinen Fingern

blitzten von großen böhmischen Steinen. Er
gab mehreren Personen, die ihn konsultirt hatten,
das Geleite und blieb dann noch ein paar
Augenblicke auf der Galerie stehen. Mit der
Rechten strich er sich über die metallenen Knöpfe
seiner langschößigen Weste und blickte gedanken-
voll zum Firmament empor; die vor seiner
Bude versammelte Menge würdigte er keines
Blicks. Hinter dem Doktor war ein junger
Mann aus dem Innern der Bude getreten.
Er war ganz schwarz gekleidet, und sein bleiches
Gesicht drückte tiefe Trauer aus. Wie im
Traum ließ er seine großen Augen über die
Menge schweifen und starrte dann in's Leere.
Unter den Leuten unten erhob sich ein Geflüster,
und aller Augen richteten sich auf Fritz Hederich,
den Gehilfen des Doktors.

„Der Arme ist ein vornehmer Kranker,"
sagte eine Frau, „und der Doktor soll ihn gesund machen."

„Nein," sagte eine andere, „er ist der Gesell
des Doktors, und so bleich sieht er aus, weil
er den ganzen Tag Gift kocht."

„Er ist aus Welschland," sagte eine dritte,
„dort sind alle Leute blaß. Dieser hat außerdem
noch das Heimweh und friert auch, denn hier

bei uns im Finkenburgischen ist's viel kälter als
in Welschland."

„Ich hab' gehört," sprach eine vierte, „daß
der junge Mensch ein Prinz von Polen, oder
gar aus der Türkei ist, der nur so zum Spaß
im Lande herum reist."

„O bewahre," sagte eine fünfte, „er ist als
Kind von den Zigeunern gestohlen worden und
weiß selber nicht, wo er daheim ist."

Mittlerweile waren mehrere Leute auf das
Gerüst gestiegen und vom Doktor und seinem
Gehilfen in das Innere der Bude geführt
worden. Balthasar Klipperling aus Wien un-
terhielt wieder das Volk mit seinen Späßen.
Er war ein vielseitiger Hanswurst, auch die
Verse auf dem Aushängschild hatte er gedichtet.

Herr Thomasius war in die Bude eingetreten. Der Doktor sah ihm sogleich an, daß er
eine respektable Person sei, und wollte sich ihm
zuerst widmen. Der Apotheker aber sagte kurz:

„Erst die andern, ich will nachher ein Wörtlein mit Ihm sprechen." Er setzte sich auf einen
Stuhl, den ihm Fritz Hederich hinstellte, stützte
das Kinn auf sein Rohr und wartete geduldig,
bis der Arzt den letzten abgefertigt hatte. Als
dies geschehen war, wandte sich Doktor Rapontiko zu ihm mit den Worten:

„Nun bin ich zu Euren Diensten, wo fehlt's, wo sitzt das Übel, daß ich's fasse und mit der Wurzel ausrotte?"

„Mir fehlt, Gott sei Dank, nichts," antwortete Herr Thomasius, „und gesetzt, es wäre an dem, so käme ich sicherlich nicht zu Ihm, Meister Rapontiko, denn ich verstehe selbst etwas von dem Rummel, ich bin der Apotheker Daniel Thomasius hierselbst."

So sprach er und erhob sich stolz. Dem Doktor wurde es angst. Kam der Apotheker vielleicht, um ihm auf die Finger zu sehen? Wollte er ihm gar den Verkauf der Medikamente untersagen? Sehr kleinlaut fragte er:

„Womit kann ich denn dem Herrn dienen? Ich will nicht fürchten —"

Herr Thomasius lächelte, als er die Angst des Medikus sah. „Lirum, larum," sprach er, „denke Er nicht, daß ich Ihm den Markt verderben will. Wenn Er meinen klugen Mitbürgern die Groschen aus der Tasche lockt, was kümmert's mich! Nein, ich komme vielmehr, um Ihm etwas zuzuwenden. Lasse Er mich einmal Seinen Kram besehen, vielleicht finde ich etwas, was ich brauchen kann. Hat Er vielleicht Violenwurz?"

„Ireos florentinae radix?" fiel der Doktor
ein, „das versteht sich, weiß wie frisch gefallener
Schnee. Kommt nur, Ihr werdet staunen, wenn
Ihr meine Raritäten seht."

Der Doktor, der außerordentlich geschmeidig
geworden war, winkte seinem Gehilfen und
führte den Apotheker in einen Verschlag, wo
sich die Niederlage befand. Da sah man
allerlei getrocknete Kräuter und Wurzeln, außerdem noch eine Menge anderer Gegenstände,
Seeigel, Korallen, Zähne vorweltlicher Thiere,
verschrumpftes Gewürm und einen Hasen mit
sechs Beinen. Der Apotheker betrachtete alles
genau, kaufte einiges.

„Nun will ich Euch meine größte Kuriosität
zeigen," sprach der Medikus, öffnete eine ver-
schlossene Kiste und entnahm derselben ein kleines
Kästchen, welches die Gestalt einer Todtenlade
hatte; es war mit schwarzem Sammt überzogen
und mit silbernen Flittern geziert.

Neugierig streckte Herr Thomasius seine
Hand nach dem Särglein aus, aber der Arzt
ließ dasselbe nicht, er öffnete den Deckel, und
der Apotheker sah, auf Wolle gebettet, einen
kleinen, braunen Wurzelmann, angethan mit
einem Scharlachröcklein.

„Ein Alraun!" rief entzückt Herr Thomasius, „ein Alraun!"

„Ja, ein Alraun, ein Galgenmännlein," bestätigte der Arzt und schickte sich an, das Särglein zu verschließen.

Der Apotheker hielt ihn am Ärmel fest und holte tief Athem.

„Wartet, wartet," sprach er, „laßt mich's doch erst mit Muße beschauen."

Er betrachtete die Wurzel wie ein Jüngling den Gegenstand seiner ersten Liebe.

„Was wollt Ihr für das Galgenmännlein?" rief er dann, „ich kaufe es, sagt schnell, was Ihr dafür haben wollt!"

„Es ist mir nicht feil," antwortete der Doktor und verschloß das Kästchen.

„Verkauft mir das Männlein," bat Herr Thomasius, „ich zahle es gut," seine Stimme klang weich und flehend wie die eines Kindes, welches bei der Mutter durchsetzen will, daß der Deckel vom Honigtopf weggenommen wird.

„Nein," erwiderte der Medikus, „es bringt mir Unglück, wenn ich es verkaufe; Ihr glaubt nicht, wie schwer es hält, einen echten kräftigen Alraun zu bekommen."

„Ich weiß, ich weiß," versetzte Herr Thomasius, „aber Ihr kommt weit in der Welt umher und

findet sicherlich wieder einen anderen Galgenmann."

„Schwerlich," sagte der Doktor, „denn wie
Ihr wißt, wächst die Wurzel nur auf Richt-
stätten und muß in der Johannisnacht gegraben
werden. Damit ist's aber nicht abgethan. Soll
das Galgenmännlein zauberkräftig wirken, so
muß es von einer reinen Jungfrau um
Mitternacht unter tiefem Schweigen gehoben
werden. Ein Hündlein muß es aus der Erde
ziehen, dann schreit es wie ein Kind; und wenn
die Jungfer sich entsetzt und einen Laut von
sich giebt, oder wenn das Hündlein bellt, so bekommen die bösen Geister Gewalt über die
Dirne, und sie ist rettungslos verloren. Geht
alles soweit gut, und vergißt die Dirne, die
Wurzel mit einem Kreuzdorn zusammenzubin-
den, so verliert sie ihre Kraft und alles war
umsonst."

Der Apotheker hörte nur mit halbem Ohr,
was der andere sagte. Er hatte seine Augen
auf das Kästchen gerichtet und seinen Beutel
gezogen. Jetzt nahm er einen Dukaten heraus
und hielt ihn dem Doktor entgegen.

Dieser lachte. „Einen Dukaten? Wo denkt
Ihr hin?"

„Zwei," bot der Apotheker.

Doktor Rapontiko schüttelte den Kopf.

„Drei, vier, fünf."

„Zwölf Dukaten, weil Ihr der Apotheker Thomasius seid, nicht mehr und nicht weniger," sagte endlich der Doktor. „Und dann müßt Ihr mir noch versprechen, mein Hühneraugenpflaster und meine Magenpillen Euren Freunden und Bekannten anzupreisen."

„Zwölf Dukaten sind viel Geld," sprach Herr Thomasius nachdenklich, „thut's nicht die Hälfte, nicht sechs?"

„Wenn Ihr nicht wollt, so behalte ich meinen Alraun und Ihr Euer Geld, ich trenne mich ohnehin ungern von meinem Galgenmann."

„Gebt her, gebt her," rief der Apotheker leidenschaftlich. Er riß dem Doktor das schwarze Särglein aus der Hand. „Also es gilt, zwölf Dukaten, der Alraun ist mein."

Als es jetzt ans Bezahlen ging, sah Herr Thomasius, daß er nicht genug Geld bei sich habe. Doktor Rapontiko erbot sich, ihm die Wurzel aufzuheben, bis er das Geld geholt habe, aber das mochte der Apotheker nicht, er wollte sein Kleinod nicht mehr aus der Hand lassen, weil er fürchtete, der Handel möchte den Arzt gereuen.

„Hier," sagte er, „sind vier Dukaten; gebt mir den da," er wies auf Fritz Hederich, „mit in meine Behausung, daß ich ihm das fehlende Geld einhändige."

Der Doktor war's zufrieden. Er gab dem Apotheker noch einige Verhaltungsmaßregeln in Betreff des Alrauns. Wenn Vollmond eintrete, müsse er gebadet werden, sonst schreie er und geberde sich sehr ungestüm. Herr Thomasius hörte das Geschwätz des Quaksalbers geduldig an und ging dann, gefolgt von Fritz Hederich, nach der Löwenapotheke. Er schaute nicht rechts, nicht links und hielt das Särglein mit dem Galgenmann krampfhaft fest.

*   *   *

Doktor Rapontiko hatte damals richtig gerechnet, als er den flüchtigen Studenten zum Gehilfen annahm. Fritz Hederich war ein unbezahlbarer Lockvogel für alles, was lange Röcke trug, und seit jener Zeit konnte sich der Arzt nimmer über Mangel an Zuspruch beklagen. Dem Baccalaureus behagte anfangs das lustige Leben des fahrenden Volkes sehr, er war guter Dinge und lebte in den Tag hinein wie der Vogel auf der Heide. Als aber das Wanderleben den Reiz der Neuheit für

ihn verloren hatte, und er das Treiben seiner
Gefährten genauer betrachtete, schlug sein Froh-
sinn in das Gegentheil um.

Der Medikus hatte sich anfangs seinem
Gehilfen gegenüber stets einen Schein von
Würde und Menschenfreundlichkeit zu geben
gewußt, nach und nach ließ er die Hülle fallen
und gab sich, wie er war. Da sah denn der
Baccalaureus, daß jener nichts war als ein
gemeiner Betrüger, dem jedes Mittel, den
Leuten das Geld aus der Tasche zu locken,
recht war. Er sah mit Schrecken, daß er der
Spießgesell eines Gauners geworden war, und
trachtete danach, sobald als möglich frei zu
werden. Auf ein Jahr hatte er sich durch
Handschlag verpflichtet, und das Jahr wollte
und mußte er aushalten; er hörte nicht auf
die versuchende Stimme, die ihm zuflüsterte,
einem Schurken brauche man nicht das Wort
zu halten.

Als das Jahr zu Ende ging, sah sich Fritz
Hederich nach einem Unterkommen um. Er
wollte versuchen, als Schreiber einen Dienst zu
bekommen, aber nirgends, wo er anklopfte,
ward ihm aufgethan. Entweder machte man
Ausflüchte, man sei von der Brauchbarkeit des
Bittstellers überzeugt, könne aber keinen Ge-

brauch von seinem Anerbieten machen; oder
man sagte ihm geradezu, einem fahrenden
Gaukler wie ihm könne man kein Vertrauen
schenken. Fritz Hederich, der um jeden Preis
von dem Arzt loskommen wollte, stellte seine
Ansprüche tiefer; er bat und flehte um eine
geringe dienstliche Stellung; man verweigerte
sie ihm und schlug ihm die Thür vor der
Nase zu.

Einstmals traf er einen ehemaligen Kameraden von der Universität. Diesem gab er sich
zu erkennen und erfuhr, daß man nach seiner
Flucht aus Zechstädt seinen Namen ans schwarze
Brett geschlagen habe, daß er auf hundert Jahre
relegirt worden sei. Er ersah auch, daß Doktor
Rapontiko damals geflunkert hatte, als er von
nachsetzenden Landreitern erzählte. Sein ehe-
maliger Kommilito sagte, die Herren vom Konsistorio seien im Grunde herzlich froh über die
Flucht des Baccalaureus gewesen, weil dadurch
dem Ärgerniß ein rasches Ende gemacht worden
sei. Als nun Fritz seinen Kameraden bat, ihm
zu einem ehrlichen Brot zu verhelfen, zuckte
dieser mitleidig die Achseln und brachte die
Ausflüchte vor, die jener schon oft hatte vernehmen müssen. Wenn ihm mit einem kleinen
Geldgeschenk gedient sei, so wolle er ihm nach

Kräften geben. Fritz Hederich dankte und ging traurig seines Weges.

Doktor Rapontiko sah recht wohl, was mit seinem Gehilfen vorging, und er lachte jedesmal im Stillen, wenn jener von einem seiner vergeblichen Gänge wieder zu ihm zurückkehrte. Er wußte, daß er den Vogel an einer Kette hielt, die fester war als Stahl und Eisen.

Fritz Hederich wurde immer stiller und schwermüthiger, aber in demselben Maße, als die gesunde Farbe von seinen Wangen wich, stieg sein Werth als Lockvogel. Der arme, todtenblasse, junge Mensch in der schwarzen Kleidung war ein noch besseres Anziehungsmittel als der blühende, geschmeidige Bursche von ehemals. Überdies ließen es der Doktor und Balthasar Klipperling, der Hanswurst, nicht an geheimnißvollen Andeutungen über Geburt und Abstammung des bleichen Gesellen fehlen, was natürlich viel dazu beitrug, bei den Leuten das Verlangen zu steigern, mit dem räthselhaften Menschen in Berührung zu kommen.

Zwischen jenem Tage, an welchem der fahrende Arzt den Baccalaureus schlafend an der Quelle gefunden hatte, und heute lagen sechszehn Monate, und diese Zeit hatte genügt, aus dem lebenslustigen, übermüthigen Studenten einen

unglücklichen, schwermüthigen Menschen zu schaffen, der mit sich und der Welt haderte.

*　　*　　*

Fritz Hederich schritt hinter Herrn Thomasius
her, der sich im Zickzack seinen Weg durch das
Marktgewühl bahnte. Er schaute erst auf, als
der Apotheker vor seinem Hause ankam.

Jakob der Rabe lief eilfertigen Schrittes
auf seinen Herrn zu und grüßte ihn mit
wiederholtem Kopfnicken, dann sah er Fritz
Hederich von der Seite an und sprach: „Lump!"

Der Apotheker lachte. „Das darf Er ihm
nicht übel nehmen," sagte er zu Fritz, und das
war das erste Wort, welches er an ihn richtete.
„Mit dem Wort ‚Lump‘ begrüßt er jeden Fremden, sogar den Herrn Bürgermeister, meinen
Gevattersmann. Er kann drei Worte sprechen:
‚Jakob‘, so heißt er selbst, ‚Lump‘ und —"

„Else," schnarrte der Rabe.

„So heißt nämlich meine Tochter," erklärte
der Apotheker; „ist das nicht ein gescheiter
Vogel?"

Fritz Hederich bejahte das und bückte sich,
um den Raben zu streicheln. Jakob duckte
sich, machte einen Katzenbuckel und duldete es,
daß Fritz ihm mit der Hand über das glänzende
Gefieder fuhr.

„Das wundert mich," sprach Herr Thomasius, „er ist sonst karg mit seiner Freundschaft. Aber jetzt lasse Er den Raben und komme Er, damit wir unser Geschäft beendigen."

Der Apotheker schritt durch die Offizin und begab sich, gefolgt von Fritz Hederich, in das erste Stockwerk. Fritz wollte bescheiden vor der Thür warten, aber der Apotheker sagte:

„Komm' Er nur mit herein."

Wie sie in das Wohnzimmer traten, kam Else ihrem Vater entgegen gesprungen, und als sie das sonderbare Kästlein in seiner Hand sah, klatschte sie in die Hände und rief fröhlich aus:

„Laß sehen, Vater, was Du mir mitgebracht hast."

„Das ist kein Spielzeug für Dich," antwortete der Alte, „aber sehen sollst Du's."

Er öffnete das Särglein und zeigte ihr den Wurzelmann.

„O das herzige Ding! Gelt, Du schenkst mir's?"

„Nein, Else, das bekommst Du nicht. Faß es nicht an! Es ist eine große Rarität, ein Alraun."

Und nun erklärte er weitläufig, was es für eine Bewandtniß mit der Wurzel habe. Else

hörte zu, und über das Galgenmännlein hin
flog ihr Auge zu dem Baccalaureus, der, den
Hut in der Hand, an der Thür stehen geblieben war.

„Ja so," sagte Herr Thomasius, den der
fragende Blick seiner Tochter an den Warten-
den erinnerte, „den dort hatte ich fast vergessen.
Komm' Er her, guter Freund, und nehm' Er
sich einen Stuhl. Ich gehe, das Geld zu holen."

Auf dem Tisch stand ein Imbiß, den Else
für den Vater hergerichtet hatte. Sie blickte
auf den Weinkrug.

„Vater, soll ich ihm einen Becher Wein
geben?" flüsterte sie leise, „er sieht so krank
aus."

Herr Thomasius nickte und ging in's Neben-
zimmer.

Dem Baccalaureus that die Freundlichkeit
des Mannes wohl. Er setzte sich nieder, und
als Else ihm einen Becher reichte, trank er
haftig den dunklen Wein, aber er sprach kein
Wort und sah sein Gegenüber nicht an. Es
war lange her, daß Fritz Hederich in einem
Zimmer, wie dieses war, gesessen hatte. Der
große, grüne Kachelofen, die Schreine mit
Schnitzwerk und glänzenden Schlüsselschildern,
das kleine Spiegelglas mit der Pfauenfeder da-

hinter, die alten, gebräunten Familienbilder mit
den Immortellenkränzen, die Töpfe mit Gold-
lack im Fenster, und der sauber gedeckte Tisch
vor ihm, das alles heimelte ihn an und weckte
in ihm die Erinnerung an sein elterliches Haus,
an seine glückliche Kindheit. Eine Thräne fiel
heiß auf seine Wange, und ein tiefer Seufzer
entrang sich seiner Brust.

„Vorbei, vorbei, verloren auf immer!"

Else saß schweigend dem jungen Mann
gegenüber; es wurde ihr angst, als sie seine
Erregung sah. „Wenn nur der Vater zurück-
käme!"

Er kam, setzte sich in seinen Lehnstuhl und
zählte die Goldstücke vor sich auf den Tisch.
Fritz Hederich rührte die Hand nicht. Der
Apotheker griff in die Tasche, holte eine kleine
Münze hervor, und reichte sie dem Baccalaureus.

„Da hat Er etwas für den Gang. Nun,
was wird's, warum nimmt Er das Geld
nicht?"

„Herr," sagte Fritz Hederich mit leiser Stimme,
„Ihr seid betrogen; die Wurzel, die Euch der
Medikus verkauft hat, ist kein Alraun."

Als hätte er sich auf einen glühenden
Schmelztiegel gesetzt, so fuhr der Apotheker von
seinem Sitz auf.

„Was sagt Er? Kein Alraun? Was denn sonst?"

„Eine Zaunrübe," sagte Fritz Hederich. „Der Doktor hat solcher Wurzeln wohl an die hundert; er versteht's, sie herzurichten, daß sie wie Alraunwurzeln aussehen. Glaubt mir's, er betrügt Euch."

„Ei da soll doch gleich —" schrie Herr Thomasius und schlug mit der Faust auf den Tisch, daß die Teller und Gläser zusammenklirrten. „Der infame Spitzbube der, der Betrüger! An den Galgen muß er mitsammt seinen hundert falschen Galgenmännlein, an den Galgen!"

„Vater!" mahnte Else ängstlich.

Der Apotheker kam zu sich. Er sah bald auf den Wurzelmann im Särglein, bald auf den Baccalaureus. Sein Gesicht nahm allmählich wieder den gewöhnlichen Ausdruck an.

„Es ist brav von Ihm," sagte er dann zu Fritz Hederich, „daß Er mir reinen Wein einschenkt. Er scheint mir ein ehrlicher Kerl zu sein; geb' Er mir Seine Hand."

Fritz reichte dem Apotheker die Hand, und in seinem Kopf blitzte der Gedanke auf: wenn dich dieser Mann rettete!

„Nehme Er die Wurzel wieder mit," sprach
Herr Thomasius jetzt in ganz ruhigem Ton,
„oder halt! ich will selber mit Ihm gehen und
Seinem Herrn die Meinung sagen."

Er setzte seinen Hut auf und ergriff das
lange Rohr.

„Komm' Er!"

„Herr," sprach Fritz Hederich mit zager
Stimme, „erweist mir die Gunst und gewährt
mir eine Unterredung unter vier Augen."

„Was will Er noch?" fragte Herr Thomasius
verwundert. „Indessen, Er hat mich vor Schaden
bewahrt, darum ist es billig, daß ich Ihm gefällig bin. Komm' Er mit mir da herein."

Er ging mit Fritz in das Nebengemach und
schloß die Thür hinter sich zu.

Else war allein in der Wohnstube zurückgeblieben. Sie betrachtete das falsche Galgenmännlein noch einmal recht mit Muße, dann
nahm sie es aus dem Särglein, versuchte es
auf seine Füße zu stellen, und freute sich, wenn
der Wurzelmann umpurzelte. Bald aber ward
sie des Spiels überdrüssig, sie bettete das kleine
Ding wieder in seine Lade und schloß den Deckel.
Der Fremde blieb lange bei dem Vater; was
er ihm wohl mitzutheilen hatte? Und wie krank
der arme Junge aussah! Vielleicht konnte ihm

der Vater helfen, denn der Vater — das sagten
alle Leute — verstand von der Heilkunst mehr
als zwölf Doktoren. Else ging nach der Thür.
Horchen — das wäre nicht fein, aber wenn
man zufälliger Weise ein Wörtlein aus dem
Gespräch hörte, das wäre wohl kein großes
Unglück. Im nächsten Augenblick hatte sie ihre
schwere Flechte zurückgeschoben und ihr kleines,
rosenfarbiges Ohr an das Thürschloß gedrückt.
Das waren merkwürdige Dinge, die der Fremde
erzählte. Vom Teufel, vom Tod und vom
Scharfrichter sprach er. — Else bekam die Gänse-
haut. Weiter hörte sie, wie der Vater sagte:
die Narren die, — was Teufel — der giftige
Dampf, der hat's gethan. — Else richtete sich
auf, aber gleich darauf neigte sie ihren blonden
Kopf wieder zu der Thür und jetzt blinzelte
sie zur Abwechselung durch das Schlüsselloch.
Der Fremde nahm aus seiner Brusttasche ein
Päcklein; er entfernte das umhüllende Tuch,
entfaltete ein großes Pergament und reichte es
dem Vater. Dieser las und nickte während des
Lesens mit dem Kopf. — Ich helfe Euch, sprach
jetzt der Vater, da habt Ihr meine Hand, Herr
Baccalaureus. Er hatte es so laut gesprochen,
daß Else erschreckt aufgefahren war.

Als Herr Thomasius gleich darauf in das

Zimmer trat, stand Else, den Rücken der Thür
zukehrend, am Tisch und betrachtete angelegentlich das Käſtchen mit dem Wurzelmann. Als
ſie aufblickte, kam ihr der Vater viel größer
vor als ſonſt; er ſchritt kerzengerade wie ein
Grenadier aus der Kammer, hinter ihm trat
Fritz Hederich in das Zimmer, ſein Geſicht zeigte
eine helle Röthe, ſeine Augen glänzten. Herr
Thomaſius nahm das ſchwarze Särglein und
gab ſeiner Tochter den Auftrag, die Dukaten
aufzuheben, dann ergriff er ſeinen Stock und
entfernte ſich mit ſeinem Begleiter.

Drunten in der Offizin öffnete der Apotheker
einen Kaſten und hielt dem Baccalaureus eine
Hand voll dürren Krautes vor die Naſe. „Was
iſt das?“

„Tormentille.“

„Gut, was iſt das?“

Fritz Hederich wußte wiederum Beſcheid.
Das Examen wurde weiter fortgeſetzt, und
immer waren die Antworten richtig.

„Ihr ſcheint nichts verſchwitzt zu haben.
Nun aber merkt auf! Was iſt das?“

Fritz Hederich nahm die getrockneten Blätter
in die Hand, beroch ſie und ſagte dann:

„Das Kraut ſchaut aus wie Cicnta, iſt’s aber
nicht, ſondern Kälberkropf.“

„Optime,“ erwiderte der Apotheker und klopfte
den Baccalaureus auf die Schulter. „Mein
voriger Subjekt hat sich anführen lassen und
das Kraut für Cicuta gekauft. Jetzt wollen
wir’s sein lassen, morgen werde ich sehen, wie
Ihr in der Rezeptirkunst beschlagen seid. Zuvörderst wollen wir mit dem saubern Herrn
Rapontiko unsere Rechnung ins Gleiche bringen.“

Er schwang seinen Stock, wie ein Feldherr
seinen Degen, und trat mit Fritz Hederich auf
die Straße. Dieser sagte unterwegs zu seinem
Beschützer, er fürchte einen heftigen Auftritt
von Seiten des Doktors; derselbe werde ihn
jedenfalls nicht gern ziehen lassen, er werde
keinen Anstand nehmen, seine, des Baccalaureus,
Vergangenheit bekannt zu machen, und dann
stehe es schlimm um ihn. Der Apotheker sprach
ihm Muth ein:

„Ich bin Senator der Stadt Finkenburg,
und der Bürgermeister ist mein Gevatter, da
müßte es nicht mit rechten Dingen zugehen,
wenn es mir nicht gelänge, Euch dem Alraun-
falsarius aus den Zähnen zu nehmen.“

Die beiden Männer kamen zu des Doktors
Bude und stiegen die Treppe hinauf. Der Arzt
stand an der Galerie und machte einen tiefen
Bückling, als der Apotheker das Gerüst betrat.

„Wenn Er glaubt, ich bringe Ihm das
Geld, so ist Er auf dem Holzwege," begann
Herr Thomasius. „Hier hat Er seinen Alraun,
oder vielmehr seine Zaunrübe, und nun gebe
Er mir meine vier Dukaten wieder."

Doktor Rapontiko machte ein verblüfftes
Gesicht. „Ich weiß nicht, was Ihr wollt,"
brachte er endlich hervor, „Ihr glaubt doch
nicht —?"

„Papperlapapp!" fiel der Apotheker ein,
„gebe Er mir im Augenblick mein Geld, oder
Er soll sehen, was geschieht!"

Der Medikus warf seinem Gehilfen einen
giftigen Blick zu, griff in die Tasche und reichte
dem Apotheker die Goldstücke. Dieser besah sie
genau und steckte sie dann ein.

„So," sagte er, „das wäre abgethan. Nun
sei Er so gut und rechne Er mit diesem da
ab, denn ich nehme ihn mit mir."

Der Doktor stand starr wie der Sankt Jörg
auf dem Marktbrunnen von Finkenburg.

„Ja, Meister," sprach Fritz Hederich, „erlaubt, daß ich meine Siebensachen hole, ich verlasse Euch und wünsche Euch alles Gute."

Der Doktor wechselte die Farbe und lachte
gezwungen.

„Herr," sprach er zu dem Apotheker gewandt,
„es ist wohl Euer Ernst nicht?"

„Ob es mein Ernst ist!" sagte Herr Thomasius und stieß seinen Stock auf den Boden.
„Glaubt Er, daß ich Spaß mit Ihm treibe?"

„Was," schrie der Arzt, und sein Gesicht
wurde kirschbraun, „den da wollt Ihr zu Euch
nehmen, den Bettelstudenten, den Teufels-
beschwörer?"

Die Leute, die vor der Bude standen, horchten auf.

Fritz Hederich ballte krampfhaft die Fäuste.

„Nehm' Er sich in Acht!" rief der Apotheker.
„Sonst lasse ich Ihn einstecken mit sammt seinem
falschen Galgenmann, Er erbärmlicher Quacksalber Er!"

Bei diesen Worten verlor der Doktor seine
Selbstbeherrschung; seine schwarzen Augen roll-
ten, seine Zähne knirschten. Er sprang auf den
Apotheker zu und führte in der Wuth mit seinem
schweren Stocke einen Schlag gegen ihn. Aber
Fritz Hederich warf sich dazwischen und fing
den Streich mit dem Arme auf. Der Doktor
raste wie eine wilde Bestie. Blitzschnell hatte
er sein Messer gezogen, und wer weiß, welch
üblen Ausgang die Sache genommen hätte,
wenn nicht plötzlich kräftige Fäuste den Wüthen-

den von hinten gepackt und niedergerissen
hätten.

Die gaffende Menge hatte anfangs mit stummer Verwunderung zugesehen, wie einer der
angesehensten Bürger mit dem Doktor heftige
Worte wechselte, als aber letzterer zu Thätlich-
keiten überging, waren im Nu ein paar Bursche
die Treppe hinaufgesprungen, und von diesen
wurde jetzt der Doktor festgehalten, als ob er
in einem Schraubstock säße.

Wie anderwärts, so war es auch in Finkenburg Sitte, daß jede Volksbelustigung durch eine
Prügelei ihren würdigen Abschluß fand. Eine
Rauferei gehörte zum Markte, wie das Amen
zur Predigt.

Die mißvergnügten Stadtknechte, die in ihrer
zeisiggrünen Uniform vor dem Rathhause herum-
lungerten, hatten im Laufe des Nachmittags
mehrmals die guten alten Zeiten berufen, da
an Markttagen mindestens ein Mann erschlagen
wurde. Jetzt schien ihr Weizen zu blühen, denn
von der Bude des Arztes her erscholl Schreien
und Toben. Die Stadtknechte kamen eben dazu,
als der Streit durch das Dazwischentreten der
Bürger beendigt war. Sie ließen sich den Hergang erzählen, dann eignete sich einer von ihnen
den Stock, der andere das Messer des Doktors

an, die übrigen packten diesen selbst. Sie wollten auch den Gehilfen und den Hanswurst mit sich nehmen, aber Balthasar Klipperling hatte sich wohlweislich aus dem Staube gemacht, und für Fritz Hederich erklärte der Senator und Apotheker Thomasius Bürgschaft leisten zu wollen. Die Stadtknechte machten Schwierigkeiten, da erschien aber zum Glück der Herr Bürgermeister.

Der Apotheker sprach angelegentlich mit ihm, die beiden Herren schüttelten sich die Hände, und Fritz Hederich erhielt die Weisung, sein Bündel aus der Bude zu holen.

Er raffte seine Habseligkeiten zusammen und schickte sich an, mit seinem Gönner den Schauplatz zu verlassen. Herr Thomasius hielt ihn noch zurück und machte ihn aufmerksam auf das, was jetzt vorging. An die Stange, welche das Gemälde mit den Versen trug, wurde eine Leiter gelegt und das Bild heruntergenommen, dann kamen Männer mit Hammer und Nägeln und nagelten die Bude des Doktors zu.

Als Fritz Hederich mit dem Apotheker an dem Rathhause vorüberging, sahen sie eine große Menschenmenge vor demselben versammelt, und Herr Thomasius sagte:

„Wenn Ihr Abschied von Eurem bisherigen Meister nehmen wollt, so bemüht Euch dorthin."

Vor dem Rathhaus stand ein hölzerner Esel, und auf dem Esel ritt im Scharlachrocke der Doktor Rapontiko. Er saß da mit gesenktem Haupt und zerbiß in ohnmächtigem Grimm die Unterlippe. Der Janhagel, der kurz vorher mit andächtigem Maulaufsperren den Medikus betrachtet hatte, jauchzte und gröhlte und bewarf die gefallene Größe mit allen Stoffen, die ihm just zur Hand waren.

„So werden bei uns die bestraft, die den Marktfrieden brechen," sagte Herr Thomasius und lenkte in die Hauptstraße, wo dem Baccalaureus die Löwenapotheke winkte, wie das Land dem Schiffbrüchigen.

„Hanne," sprach Herr Thomasius, als er nach Hause gekommen war, „das ist mein neuer Subjekt, Herr Hederich. Führe Sie ihn in seine Stube. — Morgen früh um halb sechs Uhr," fuhr er zu dem Baccalaureus gewendet fort, „kommt Ihr zum Frühstück zu mir, dann will ich Euch sagen, was Ihr zu thun habt. Heute Abend bleibt Ihr in Eurer Stube, die Hanne wird Euch Euer Abendbrot bringen. Gehabt Euch wohl und nehmt Euch zusammen, damit wir gute Freunde werden."

Herr Thomasius ging, und Hanne geleitete den neuen Subjekt in seine Stube.

Spät am Abend saß die alte Schaffnerin noch bei der blonden Else. Vom Wurzelpeter hatte Hanne erfahren, was sich auf dem Markte zugetragen, und nun berichtete sie ihrem Herzblatt das Gehörte und noch einiges, welches ihr die Phantasie eingab.

„Und wie manierlich und fein er ist! Denk' Dir, Else, wie ich ihm das Bett überzogen und Trinkwasser gebracht habe, hat er gesagt: „Ich dank' Euch, Jungfer Hanne!" Der vorige Subjekt hat mich immer nur schlechtweg „Hanne" genannt, und „schön Dank" oder so etwas hab' ich niemals von ihm gehört. — Gieb Acht, Else, der neue Subjekt ist kein richtiger Subjekt, der ist was viel Besseres!"

Else machte große Augen.

„Meine Mutter, Gott hab' sie selig," fuhr Hanne fort, „hat mir einmal eine Geschichte erzählt von einem Gärtner, der hat eine schöne Tochter gehabt, und da ist einmal ein junger Gesell gekommen, der hat sich als Knecht bei dem Gärtner verdingt und — so genau weiß ich die Geschichte nicht mehr — kurz und gut, er ist ein Königsohn gewesen und hat das Mädchen geheirathet, und sie ist eine Königin geworden. Else, denk' an mich, der Vater hat's auch gesagt, hinter dem jungen Gesellen steckt etwas, wenn's auch just kein Prinz ist."

Else lachte, die alte Hanne küßte ihren Liebling und ging mit ihrem Öllämpchen aus der Kammer. Else vergrub sich in die Federkissen und träumte vom Galgenmännlein.

Unter ihr im Erdgeschoß lag Einer, der schlief einen Schlaf ohne Traum, so sanft und wohlig wie vor Jahren, da ihm noch seine Mutter allabendlich das Kopfkissen schüttelte.

Viertes Kapitel.

In der Löwenapotheke.

Der Herbst war ins Land gekommen. Die Laubbäume, die den Sommer über ihren Blätterschmuck kräftig gegen den anstürmenden Wind vertheidigt hatten, wurden müde und schwach und überließen ihre vergilbten Blätter dem Meister Boreas, der sie lustig über die Wege tanzen ließ. Die Schwalben hielten große Volksversammlungen auf dem Dach der Löwenapotheke und rathschlagten über den Tag der Abreise. Jakob, der Rabe, spazierte auf seiner Treppe auf und ab und betrachtete das Schwalbenvolk mit geringschätzigen Blicken. „Lump, Lump,

Lump!" sagte er, und in der Rabensprache setzte er hinzu: „Bleibe im Lande und nähre dich redlich, ich lobe mir eine feste Anstellung."

Ähnliches dachte Fritz Hederich. Es war ihm zu Muthe, wie einem, der aus bösem Traum erwacht. Eifrig erfüllte er seine Pflicht, und wenn die Mörser erklangen, wenn die Flammen unter den Kolben und Tiegeln prasselten, so däuchte ihm das liebliche Musik, und es war ihm, als ob durch das einförmige Geräusch die Weise des Wiegenliedes vom schwarzen und vom weißen Schaf leise klinge.

Doktor Rapontiko war nach überstandener Strafe mit seinem Hanswurst, Balthasar Klipperling, eiligst von dannen gezogen, ohne, wie Fritz Hederich und sein nunmehriger Prinzipal befürchtet hatten, eine Bosheit auszulassen.

Fritz hatte sich rasch in die neue Thätigkeit gefunden, und Herr Thomasius hatte seine Freude an dem fleißigen Gehilfen. Anfangs hatte er wohl ein scharfes Auge auf den Subjekt, als er aber inne ward, daß derselbe seine Sache verstehe, so ließ er ihn gewähren und kam des Tages nur für eine oder zwei Stunden in die Offizin. Außer dem Laboratorium, in welchem Fritz Hederich hantirte, hatte Herr Thomasius ein zweites, in welchem er allein

arbeitete. Niemand durfte die Schwelle desselben überschreiten und immer war die Thür
verschlossen. Zuweilen arbeitete Herr Thomasius mehrere Tage ununterbrochen in dem geheimen Gemach, dann mußte ihm die alte
Hanne das Essen durch ein Schiebfensterlein
reichen.

Die alte Hanne war die Gönnerin des
neuen Herrn Subjekts von der Stunde an, da
dieser zum erstenmal das Haus betreten hatte.
In den ersten Tagen betrachtete sie ihn mit
gespannter Miene, es war ihr immer, als
müsse er plötzlich seine Hülle abwerfen und sich
als ein goldener Prinz entpuppen. Da aber
nichts dergleichen geschah, vielmehr Fritz Hederich wie ein rechter Subjekt sich um nichts als
um die seiner Obhut anvertrauten Büchsen
und Phiolen kümmerte, so verlor er in den
Augen der Schaffnerin allerdings von Tag zu
Tag mehr von seinem Nimbus, aber keineswegs etwas von ihrer Zuneigung. Diese be-
thätigte sie vorläufig dadurch, daß sie ihm jeden
abgesprungenen Knopf sofort wieder annähte
und ihm Busenstreifen und Manschetten mit
einem Lockeisen kräuselte.

Mit Else kam der Baccalaureus nur Mittags zusammen. Herr Thomasius saß da am

oberen Ende des Tisches, rechts von ihm Else,
links der Magister Xylander und neben diesem
Fritz Hederich. Das Tischgespräch drehte sich
stets um solche Dinge, die dem letzteren fern
lagen, und so nahm er denn sein Mahl meist
schweigend ein. Er hatte mit Else noch kein
Wort gesprochen, außer wenn er ihr die Tages-
zeit bot, und Else dankte ihm dann jedesmal
mit einem kurzen Kopfnicken. Sie ist hochmüthig, dachte Fritz Hederich. Er ist ein Stock,
dachte Else.

Was den Magister Xylander betrifft, so
war er in der ersten Zeit sehr zurückhaltend
gegen den neuen Hausgenossen gewesen, nachdem er aber vom Apotheker vernommen hatte,
daß der Subjekt ein Studirter, ja sogar Baccalaureus sei, hatte er sich ihm genähert und gefunden, daß Fritz Hederich ein Mensch sei, mit
dem man ein vernünftiges Wort sprechen
könne.

Der Magister fühlte sich in dem Hause des
Herrn Thomasius sehr behaglich, aber etwas
hatte er bisher vermißt, und der neue Subjekt
schien ganz geeignet, die Lücke ausfüllen zu
können.

Herr Hieronymus Xylander war, wie wir
wissen, Lehrer am Finkenburger Lyceo, und er

erfüllte seine Pflicht gewissenhaft. Als seinen eigentlichen Beruf aber sah er das Lehramt nicht an, er betrachtete es eben nur als Milchkuh, und sein Hoffen war auf etwas ganz Anderes gerichtet.

In seinem Museo hing unter Glas und Rahmen ein Holzschnitt, welcher einen Mann darstellte, der einen Lorbeerkranz trug. Dieser Mann war kein anderer, als der hochberühmte, gekrönte Dichter Martin Opitz von Boberfeld. Unter dem Bild hing, gleichfalls unter Glas, ein Blatt Papier, auf welchem stand:

„Über Herrn Martin Opitzen auf Boberfeld
sein Ableben.

„So zeuch denn hin in dein Elyserfeld,
„Du Pindar, du Homer, du Maro unsrer Zeiten,
„Und untermenge dich mit diesen großen Leuten,
„Die ganz in deinen Geist sich hatten hier verstellt.

„Zeuch jenen Helden zu, du jenen gleicher Held,
„Der jetzt nichts Gleiches hat, du Herzog deutscher Saiten,
„O Erbe durch dich selbst der steten Ewigkeiten,
„O ewiger Schatz und auch Verlust der Welt.

„Germania ist todt, die Herrliche, die freie,
„Ein Grab verdecket sie und ihre ganze Treue,
„Die Mutter, die ist hin. Hier liegt nun auch ihr Sohn,

„Ihr Rächer und sein Arm. Laßt, laßt nur alles bleiben,
„Ihr, die ihr übrig seid, und macht euch nur davon;
„Die Welt hat wahrlich mehr nichts Würdig's zu beschreiben.
Paul Flemming.“

Zu dem Bild des gekrönten Poeten blickte
der Magister oft mit sehnendem Auge empor
und fuhr sich dann mechanisch mit der Hand
über den Kopf, wo freilich kein Lorbeer, sondern nur spärliches blondes Haar zu finden war.

Der Magister Xylander war ein Dichter, dem
nichts fehlte als die Anerkennung, aber er gab
die Hoffnung nicht auf und arbeitete unverdrossen.

Wenn er nun ein Poem gedichtet, ausgefeilt
und sauber abgeschrieben hatte, so wollte er es
natürlich auch jemandem vorlesen, aber da erging es ihm übel. Anfangs hatte er dazu die
Tochter des Herrn Thomasius ausersehen. Als
er nach Finkenburg gezogen war und sein Quartier in der Löwenapotheke aufgeschlagen hatte,
war Else eben zum ersten Male an den Tisch
des Herrn getreten und also vom Schulbesuche
losgesprochen. Herr Thomasius hatte den Magister gebeten, er möge, wenn er wolle und
Zeit habe, hin und wieder seiner Else einige
Belehrung über allerlei wissenswerthe Dinge angedeihen lassen, und der Magister hatte sich auch
bereit dazu erklärt. Er erzählte der blonden
Else vom Perserkönig Xerxes, vom Stachel-
schwein, von den ägyptischen Pyramiden, vom
feuerspeienden Berg Vesuvius, von Romulus

und Remus, von den Menſchenfreſſern, von
Diogenes, vom Walfiſch und noch manchem
Anderen, und Elſe hörte gern zu. Als aber der
Magiſter anfangen wollte, ſeine Schülerin in
die Geſetze der Poeterei einzuführen, und ihr
ſeine Gedichte vorlas, begann ſie zu gähnen
und zum Fenſter hinauszuſehen, ja ſie erklärte
ihm rund heraus, ſie langweile ſich, alle Lieder,
die man nicht ſänge, ſeien ihr zuwider. Der
Magiſter wollte ſie eines Beſſern belehren, aber
Elſe blieb dabei, die Poeſie ſei langweilig, und
ihr Vater beſtärkte ſie in dieſer Anſicht, indem
er dem Magiſter eines Tages ſagte, er könne
nicht begreifen, wie ein verſtändiger Mann ſolche
Allotria treiben möge. Seit dieſer Zeit behielt
der Magiſter ſeine Perlen für ſich, und wenn
er durchaus nicht anders konnte, ſo deklamirte
er ſeine Carmina des Abends, wenn alles
ſchlief, den vier Wänden ſeines Muſei und
blickte dabei abwechſelnd in den Spiegel und
auf das Bild des Boberſchwans.

Seitdem Fritz Hederich in die Löwenapotheke
eingezogen, brauchte der Magiſter nicht mehr
den tauben Wänden zu predigen. Der Subjekt
lieh ihm nicht nur willig ſein Ohr, ſondern er
zeigte ſogar Verſtändniß für die Schönheiten
der Xylandriſchen Poeſei.

Mehrmals in der Woche, wenn die Offizin geschlossen war, stieg Fritz Hederich mit seiner Lampe hinauf in den zweiten Stock, wo ihn der Magister in seinem Museo erwartete. Da war es gar wohnlich und traulich. Im Ofen prasselten mächtige Scheite und nahe beim Ofen stand ein großer Lehnstuhl für den Herrn Subjekt. Auf dem Tische neben der Lampe lag eine giftgrüne Mappe, welche die Manuskripte des Magisters barg, und etwas abseits stand eine bauchige Flasche nebst zwei Gläsern. Während der Magister eins seiner langen Helden- oder Lehrgedichte vortrug, lehnte sich der müde Fritz behaglich im Lehnsessel zurück, nahm hin und wieder einen Schluck und ließ seine Gedanken spazieren gehen. Machte der Magister eine Pause, so murmelte Fritz halblaut: „Vortrefflich, sehr gut gesagt!" oder etwas dergleichen. Und wenn er gar um sein Urtheil befragt wurde, so pflegte er zu antworten: „Ich bin zwar kein feiner Kenner, Herr Magister, aber mein Gefühl sagt mir, daß —" So weit kam er jedesmal, dann fiel ihm der Magister in die Rede und sprach: „Ihr wollt sagen, Herr Baccalaureus —" und nun entwickelte er seine eigene Ansicht, und Fritz Hederich nickte mit dem Kopfe und sagte: „So meinte ich's."

Der Magister hatte also auch Ursache, mit
dem Baccalaureus zufrieden zu sein, und er
äußerte oft gegen Herrn Thomasius, er solle
sich glücklich schätzen, einen solchen Subjekt zu
besitzen, worauf ihm einmal der Apotheker
trocken erwiderte: der Subjekt Hederich sei
allerdings ein sehr geschickter Mensch, hoffentlich
sei er auch gescheit genug, sich durch die Poeterei
nicht verderben zu lassen.

Es waren ruhige Tage, welche die Insassen
der Löwenapotheke, vom Hausherrn bis herab
zu Jakob, dem Raben, verlebten.

Draußen wirbelten die Flocken; die steinernen Männer, mit denen das Haus geziert war,
und der Löwe neben der Thür trugen weiße
Kappen, und Jakob hinterließ bei seinen Spa-
ziergängen zierliche Fußtapfen.

Die Finkenburger gingen einher in großen,
mit vielen Krägen versehenen Mänteln, alle
hatten Nasen, wie der Wirt zur goldenen Gans,
dessen Zinken auch zur Sommerzeit, nicht nur
im Winter, wenn es schneite, funkelte wie auf
dem Kirchendach der Wetterhahn im Abend-
sonnenschein.

In der Löwenapotheke war starke Nachfrage
nach Mitteln gegen Frostbeulen, und der Lehrling des Herrn Thomasius verabreichte die

lindernde Salbe mit Händen, die roth wie ge-
sottene Krebse und unförmlich wie Bärentatzen
waren. Er trug seine Leiden mit Geduld, denn
er wußte, daß er von Herrn Thomasius zum
Weihnachtsgeschenk ein Paar Fäustlinge erhalten werde.

Wie im Innern der Löwenapotheke die
Tage, Wochen und Monde sich gleichmäßig ab-
haspelten, so auch draußen in Stadt und Land.

Im Wirthshaus zur goldenen Gans, wo sich
im Herrenstübchen allabendlich die Patrizier der
Stadt Finkenburg versammelten, wurde zwar
hin und wieder von Kriegsgefahr und kommen-
den schweren Zeiten gesprochen, aber der Herr
Bürgermeister verjagte alle Sorgen mit der
bündigen Versicherung, daß man Frieden halten
werde, und er mußte es doch wissen.

Der Winter neigte sich seinem Ende zu, und
der Schnee schmolz. Die Ammer trat, wie sie
das seit Jahrhunderten gethan hatte, über und
hemmte für einige Tage den Verkehr; den
Weiden entsproßten silberne Kätzchen, und die
Grenadiere, die vor dem fürstlichen Schlosse
schilderten, trugen keine Mäntel mehr. Auf den
vom Schnee befreiten Plätzen sammelten sich
die Kinder, um ihre Frühlingsspiele, Ball und
Reifenschlagen, zu beginnen. Der saftige Weiden-

baum mußte seine Zweige zu Pfeifen und
Schalmeien hergeben, und nun quiekte und
dudelte die Finkenburger Jugend um die Wette
mit den Spatzen, die dem rauhen Winter mann-
haft Stand gehalten hatten und jetzt dem ab-
ziehenden den Reisemarsch pfiffen.

Da geschah etwas, was sich die ärgsten
Schwarzseher aus dem Herrenstübchen der goldenen Gans nicht hatten träumen lassen.

Fürst Mauritius starb plötzlich, und das Land
mußte nun an Ammerstadt fallen.

Die Finkenburger waren sehr niedergeschlagen, denn jetzt war es um den Glanz der
Stadt gethan.

Fürst Rochus war überdies bekannt als ein
Mann, der Neuerungen liebe; hatte er doch in
Ammerstadt das Amt des Kuhhirten und das
des Nachtwächters, welche seit undenklichen
Zeiten in einer Person vereinigt gewesen, eigen-
mächtig getrennt, anderer Reformen von geringe-
rer Tragweite nicht zu gedenken. Er erließ
zwar sofort nach dem Tode seines Vetters ein
Manifest, in welchem er gelobte, die Rechte der
Stadt Finkenburg zu wahren und alljährlich
einige Monate in Finkenburg zu residiren, aber
die Bürger sahen doch mit trüben Blicken in
die Zukunft.

Rochus, Fürst von Ammerstadt-Finkenburg, war ein kluger Herr; wohlweislich ließ er in Finkenburg vorläufig alles beim alten, sogar von seinem Vorsatz, die citrongelbe Montur der Finkenburger Grenadiere mit der kleidsameren apfelgrünen des Ammerstädter Heeres zu vertauschen, stand er einstweilen ab. Ferner that er noch etwas, wodurch er sich rasch in der Gunst der Finkenburger festsetzte.

Auf dem Marktbrunnen stand ein sandsteinerner Sankt Georg mit dem Lindwurm, beide, Ritter und Drache, waren aber vom Zahn der Zeit arg mitgenommen, und aus dem Rachen des Ungeheuers sproß lustig Gras und Unkraut. Der Fürst ließ die Gruppe entfernen und an ihrer Statt ein Standbild des hochseligen Herrn errichten.

Das Denkmal ward feierlich enthüllt, und als der Prediger den Bürgern in einer blumenreichen Rede die väterliche Liebe des neuen Landesherrn zu Gemüth führte, die sich eben in der Errichtung dieses Monumentes manifestirte, da standen sie alle tief ergriffen um den Brunnenkasten herum, und als dann der Bürgermeister ein dreimaliges Hoch auf den Landesvater ausbrachte, so stimmten sie alle aus vollem Herzen und Halse ein, bis auf Einen.

Dieser Eine war der Magister Hieronymus
Xylander. Als Ordinarius der Quarta hatte
er seine Klasse zu der Einweihung des Stand-
bildes führen müssen, aber als das Vivatgeschrei
der Uebrigen erschallte, heuchelte er einen heftigen Hustenanfall; er hatte mit dem Fürsten
Rochus seinen Frieden noch nicht gemacht.

Fünftes Kapitel

Unter dem Hollunderbaum.

Das Gebäude, welches den goldenen Löwen im Zeichen führte, war ehemals ein Kloster gewesen, und man erzählte sich von demselben schauerliche Geschichten. Man wollte eingemauerte Gerippe gefunden haben, man munkelte von einem langen, unterirdischen Gang, der sich bis zu den Trümmern eines andern, entlegenen Klosters erstrecken sollte, und von vergrabenen Schätzen. Es ging auch im Lande die Sage von einem Mönch und einer Nonne, die wegen eines begangenen Frevels keine Ruhe

im Grabe finden könnten und nächtlicher Weile
in dem ehemaligen Kloster spukten.

Auch zu Fritz Hederich war die Sage gedrungen, die alte Hanne aber, die ihm sonst
über jedes Ding bereitwillig Auskunft ertheilte,
gab ausweichende Antworten, wenn der Subjekt auf den Klosterspuk die Rede brachte.

An das Haus stieß ein großer Garten, der
sich bis an die alte Stadtmauer erstreckte.
Diese hatte Herr Thomasius theilweise abtragen
lassen und mit Epheu bepflanzt. Ein alter,
zerfallener Thurm war zu einem Gartenhäuschen umgestaltet worden, aus dessen Fenstern
man eine herrliche Aussicht nach den Bergen
genoß. Den größten Theil des Gartens nahmen
Gemüsebeete ein, welche unter der Obhut der
alten Hanne standen, auf einem abgegrenzten
Raum kultivirte der Apotheker Arzneipflanzen.

Als es Frühling geworden war, hatte sich
Fritz Hederich, der etwas von der Gärtnerei
verstand, mit Vergnügen der Arbeit unterzogen,
diesen Theil des Gartens in Stand zu halten.
Wenn er nicht in der Offizin oder im Laboratorium beschäftigt war, so begab er sich in
den Garten und pflegte die heilsamen und die
Giftkräuter mit gleicher Liebe. Die Bewegung
in der freien Luft und der Duft der frischen

Erde thaten ihm gut und verliehen seinen Gliedern wieder ihre ehemalige Geschmeidigkeit.

Eines Tages, als Fritz Hederich die Erde um einen Busch auflockerte, hörte er plötzlich einen dumpfen Knall, das Fenster des geheimen Laboratoriums fiel in Scherben in den Garten, und aus dem Innern drang schwarzer Qualm.

Fritz war mit ein paar Sätzen im Haus und eilte nach der Thür des Laboratoriums. Diese wurde eben von Innen aufgestoßen, und auf der Schwelle stand, angethan mit einem langen, rothen Talar, Herr Thomasius, starr und steif wie das zur Salzsäule verwandelte Weib des Erzvaters. Zerschmetterte Kolben und Flaschen lagen auf dem Estrich, und zwischen den Trümmern floß eine brennende Substanz.

Der Baccalaureus sprang schnell herzu und ergriff eine Tischdecke, mit der es ihm gelang, die Flamme zu dämpfen.

Herr Thomasius war noch stumm vor Schreck; willenlos ließ er sich von seinem Subjekt den rothen Mantel ausziehen und sich ins Freie führen. Fritz eilte noch einmal in das Laboratorium zurück, um sich zu vergewissern, daß kein glimmender Funke zurückgeblieben sei. Die Flamme war völlig erstickt, und durch das zerbrochene Fenster entflohen die letzten Rauch-

wolken. Er verschloß die Thür und kehrte zu
dem Apotheker zurück, der bleich und gebrochen
auf einer Bank im Garten saß. Mechanisch
nahm er den Schlüssel des Laboratoriums und
nickte nur mit dem Kopf, als ihn Fritz fragte,
ob er zu seiner Stärkung Wein begehre.

Als Fritz mit dem Weinkrug zurückkam,
hatte sich der Apotheker etwas erholt, er trank
und brach dann in heftige Klagen aus:

„Nun war alles vergebens, nun muß ich
das Werk wieder von neuem beginnen, all' die
Mühe war umsonst, umsonst!" — „Habt Ihr
die Thür verschlossen?" unterbrach er sich plötzlich.

„Freilich, und ich habe Euch bereits den
Schlüssel gegeben."

„Richtig, richtig. Ach Fritz, das ist ein
harter Schlag für mich. Ihr seht mich verdutzt
an und könnet nicht begreifen, daß ich wegen
der paar Gläser jammere, aber wenn Ihr
wüßtet —! Kommt, begleitet mich hinein, wir
wollen sehen, wie es drinnen aussieht!"

Sie gingen nach dem Laboratorium.

„Ein Glück ist's nur," sagte Herr Thomasius,
„daß weder die Hanne noch meine Else etwas
gemerkt hat, wenn ich jetzt zu all dem Unglück
auch noch das Weibergewinsel und das neugierige Gefrage anhören müßte! Ihr seid ein

verständiger Mensch, habt Geistesgegenwart, thut, was zu thun ist, und fragt nicht wie, wo, warum."

Man trat in das Laboratorium, und der Apotheker betrachtete jammernd den Schaden. Fritz Hederich ließ seine Augen herumgehen, es war hier nicht anders als in jedem Laboratorium, nur sah er mehrere alte Codices, von denen einer mit einer schweren Kette geschlossen war. Der Apotheker räumte zusammen und ließ es geschehen, daß ihm der Subjekt half.

„Glücklicher Weise," sagte er, „hat das Feuer meinen Büchern und Schriften nicht geschadet. Es ist kein Unglück so groß, daß es nicht noch größer hätte sein können. Hier ist jetzt nichts mehr zu thun, ich muß eben wieder von vorn anfangen. Laßt uns gehen."

Draußen vor der Thür blieb Herr Thomasius noch einmal stehen, faßte seinen Subjekt beim Rockknopf und drehte denselben hin und her.

„Weil Ihr durch das Unglück gewissermaßen mein Vertrauter geworden seid," sagte er, „so will ich Euch heute Abend, nein, besser morgen früh, sagen, was ich hier laborirt habe, und welche Hoffnung mir zu Schanden geworden ist. Übrigens glaube ich, habe ich in der Ver-wirrung vergessen, Euch zu danken; das thue ich hiermit, und von heute an zahle ich Euch pro Quartal drei Gulden mehr und gebe Euch die Permission, an zwei Wochentagen des Abends nach sechs Uhr auszugehen."

Das, was Herr Thomasius am folgenden Tag seinem Subjekt mittheilte, war sozusagen ein Stadtgeheimniß. Nicht nur die Bewohner der Löwenapotheke, sondern die ganze Stadt wußte, daß Herr Thomasius viel, viel Geld ausgab, um die Tinktur zu entdecken, mit der man unedle Metalle in edle verwandeln könne. Da er aber geflissentlich jedes Gespräch über seine geheimen Arbeiten vermied, und da man wußte, wie übel er neugierige Fragen aufnahm, so hütete man sich wohl, in seiner Gegenwart an die Heimlichkeiten zu rühren.

„Seht, Fritz," sagte der Apotheker zu seinem Subjekt, als sie beisammen in dem geheimen Laboratorium saßen, dessen Fenster vom Glaser bereits wieder geflickt waren; „seht, es ist mir nicht ums Gold zu thun — ich habe Gott sei Dank genug, um meiner Else eine reiche Aussteuer geben zu können, — sondern um die Entdeckung selbst. Daß es eine Tinktur giebt, oder vielmehr zwei, eine weiße, welche Silber, und eine rothe, die Gold erzeugt, fällt niemanden ein, in Abrede zu stellen."

Fritz Hederich nickte zustimmend.

„Der Bischof Albertus Magnus, der große Rocher Baco von Engelland und Theophrastus Bombastus Paracelsus haben die Tinktur gekannt und über deren Bereitung Andeutungen hinterlassen. Leider aber sind dieselben so dunkel, daß nur Männer, die unter gewissen siderischen Einflüssen stehen, in den Sinn der geheimnißvollen Formen einzudringen vermögen. Ob ich zu diesen Auserwählten gehöre, weiß ich nicht."

Herr Thomasius ließ den Kopf hängen und schwieg eine Weile.

„Als ich ein junger Gesell war wie Ihr," fuhr er fort, „bin ich weit in der Welt herumgekommen, ich war sogar in Wien. Dort blüht die Alchymie wie nirgends im Reich, und mehrere Kaiser haben die Adepten mit großen Ehren überhäuft. Ich selbst bin fast ein Jahr lang Schüler des hochberühmten Meisters Richthauser gewesen, den Kaiser Ferdinandus nachmals zum Freiherrn von Chaos gemacht hat. Das war einer von denen, welche unter glücklichen Zeichen geboren sind. Ich hab' es mit meinen Augen gesehen, wie er Gold, lichtes, gelbes Gold, aus seinem Schmelztiegel gezogen hat. Viel habe ich beim Meister Richthauser gelernt, aber das, worauf es ankommt, das

große Magisterium, hat er sorgfältig gehütet,
daß ich's nicht zu ergründen vermochte. Ich
habe dann Wien verlassen müssen, wie mein
Vater seliger sich zur Ruhe setzen wollte, und
ich die Apotheke übernehmen mußte. Einem
andern aber ist es gelungen, hinter das Geheimniß des Meisters Richthauser zu kommen,
und das läßt mir keine Ruhe."

Herr Thomasius schloß einen Schrein auf,
nahm ein Goldstück hervor und zeigte es dem
Baccalaureus. Es war ein Dukaten von feinstem
Gold und trug die Aufschrift:

> „Durch Wenzel Seilers Macht
> „Bin ich von Zinn zu Gold gebracht."

Fritz Hederich blickte staunend bald auf das
Goldstück, bald auf den Apotheker. Dieser
nickte mit dem Kopf und sprach mit wehmüthiger
Stimme:

„Und diesen Wenzel Seiler hab' ich gekannt.
Er war Gehilfe beim Richthauser, aber täppisch
und ungeschickt und zu nichts zu brauchen, als
zur Feuerwacht. Und doch hat er das große
Magisterium gefunden, und ich plage mich seit
Jahren, und wenn ich denke, jetzt hab' ich's bei
allen vier Zipfeln, so ereignet sich irgend ein
unglücklicher Zufall. Einmal, als alles im besten
Zug war, und die Mixtur schon wie Purpur

ſchimmerte, ließ ich vor Freude die Phiole auf
den Boden fallen. Ein andermal tropfte mir
Ruß in den Kolben, und geſtern — doch Ihr
wißt ja, was geſtern geſchah. — Ich werde nun
wieder von vorn beginnen und morgen ſchon
will ich nach Ammerſtadt reiſen, um das Nöthige
einzukaufen. Ihr aber, Fritz, ſollt von nun an
mein Gehilfe bei der Arbeit ſein. Ich will
Euch alles lehren, was ich von dem Magiſterium
weiß, damit, wenn ich plötzlich von hinnen gerufen werde, das mühſam Errungene nicht verloren gehe, ſondern jemand das Werk fortſetzen
kann. Vielleicht auch ſeid Ihr glücklicher als
ich und findet das Geheimniß. Habt Ihr Euch
ſchon einmal das Horoſkop ſtellen laſſen? Nicht?
Das müßt Ihr thun, ſobald Ihr Gelegenheit
habt, denn, wie geſagt, es hängt viel von den
planetiſchen Einflüſſen ab, unter denen der
Adept ſteht. — Jetzt wißt Ihr meine Heimlich-
keit, nun ſeid klug und haltet reinen Mund.
Vor allem aber ſagt dem Magiſter kein Ster-
benswörtchen, er wäre im Stande, die Geſchichte
in Verſe zu bringen."

Fritz Hederich verſprach, ſtumm wie ein
Fiſch zu ſein. „Morgen alſo fahre ich nach
Ammerſtadt," endigte der Apotheker. „Habt fein
Acht in der Offizin! Den Magiſter habe ich

schon gebeten, ein Auge auf das Hauswesen zu
haben. Und nun geht an Eure Arbeit!"

Am andern Morgen bei guter Stunde hielt
ein Kaleschlein vor der Löwenapotheke. Bald
trat Herr Thomasius reisefertig aus der Thür,
geleitet von allen Hausbewohnern. Er gab
seiner Tochter einen Kuß, reichte den Übrigen
der Reihe nach die Hand und stieg in die
Kutsche. Von seinem Sitz aus ermahnte er die
Zurückbleibenden noch einmal, auf das Haus
sorgsam Acht zu geben, dann zogen die Pferde
an, und fort ging's dem Thore zu.

Der Magister wurde zwei Zoll größer, als
der Wagen um die Ecke gerollt war, nun war
er der Hausherr.

„Ich begebe mich jetzunder in das Lyceum,"
sagte er mit einer Feldherrnmiene zur alten
Hanne, „wenn ich nach Hause komme, so hoffe
ich alles in der gehörigen Ordnung zu finden.
Und Ihr, Jungfer Else, thut mir den Gefallen
und guckt nicht so viel zum Fenster hinaus,
Ihr wißt, daß Euer Vater das nicht leiden
kann."

Else wurde roth vor Ärger über des Magisters anmaßende Rede, aber sie konnte im
Augenblick kein passendes Wort der Entgegnung
finden; nicht so die schlagfertige Hanne. Sie

stemmte die Arme in die Seite und sah den
Sprecher mit zornfunkelnden Augen an.

„Herr Magister," sprach sie, „es fällt mir
nicht ein, meine Nase in Eure Angelegenheiten
zu stecken, macht Ihr in Eurem Lyceum und in
Eurer Studirstube, was Ihr wollt, meinetwegen
schlagt Purzelbäume, aber laßt mich ungeschoren.
Ich bin länger als zwanzig Jahre hier im Haus
und weiß, was ich zu thun habe. Geht in
Euer Lyceum, und wenn Ihr nach Haus kommt,
so wird wie sonst die Suppe auf dem Tisch
stehen ohne Euer Zuthun. Und was die Else
angeht, die ist kein kleines Kind mehr, das zum
Fenster hinausfallen könnte, und wenn sie
jemanden nöthig hätte, der auf sie Acht giebt,
so wäre ich da, ich, die Jungfer Hanne Storchschnabelin. — Komm, Else!"

Die alte Hanne ging mit Else die Treppe
hinauf. — Der Magister reichte dem Subjekt
die Hand zum Abschied und sagte:

„Sie ist eine gute Person, aber eine Zunge
hat sie, wie des weisen Sokrates Ehehälfte. —
Auf Wiedersehen!"

Else hatte sich eigentlich vorgenommen, in
Abwesenheit des Vaters das Weißzeug einer
Musterung zu unterziehen, aber jetzt unterließ
sie das und schaute den ganzen Vormittag zum

fenſter hinaus, nur um zu zeigen, wie wenig
ſie ſich aus des Magiſters Mahnung machte,
und als dieſer gegen Mittag nach Hauſe kam,
ſah er ſchon von weitem den blonden Kopf
ſeiner Hausgenoſſin am offenen Fenſter. Er
unterließ es jedoch, irgend eine Bemerkung laut
werden zu laſſen, denn die alte Hanne ſah aus
wie eine in Kriegsbereitſchaft geſetzte Feſtung
und ſchien nur auf eine Gelegenheit zu warten,
ihr grobes Geſchütz ſpielen zu laſſen.

Nachmittags, als der Magiſter wieder ins
Lyceum gegangen war, ſetzte Elſe ihre Be-
ſchäftigung vom Vormittag fort, aber bald ward
ihr das Zumfenſterhinausſehen langweilig, denn
auf der Straße war's ſtill und öde. Sie ging
in ihre nach dem Garten zu gelegene Kammer
und ſetzte ſich dort mit dem Nähzeug an das
offene Fenſter.

Die Luft war rein und lind. Der Hollunderbaum drunten im Garten ſchickte ganze Wolken
von Duft empor, und im Gezweig ſang der
Goldammer:

„Mädel, Mädel, wie blüht's!“

Es dauerte nicht lange, ſo erklang vom
Apfelbaum im Nachbargarten leiſe zirpende
Antwort. Der Ammerling ſang lauter, brün-
ſtiger, und plötzlich ſchwirrte das Ammerfräulein

herüber zum Ammerling. Da saßen nun die beiden gelben Vögel auf dem Blüthenzweig und schnäbelten sich und zwitscherten, als ob's keine Katzen auf der Welt gebe.

Else seufzte, sie wußte selber nicht warum, sie ließ die Hände, die das Nähzeug hielten, in den Schooß sinken und blickte hinaus nach den Wolken, die langsam den blauen Bergen zuschwebten.

Warum fiel ihr jetzt der Magister ein? Sie wollte nicht an ihn denken, aber es war unmöglich. Sie zählte von eins bis hundert und wieder rückwärts — vergebens. Im Grund war sie dem Magister nicht gram, sie wußte, daß der Vater große Stücke auf ihn hielt, und daß er's gut mit ihr meine, aber jetzt war eine Stimmung über sie gekommen, in welche der Gedanke an den Magister störend eingriff. Sie nahm sich vor, ihm morgen sein Leibgericht, Beitzfleisch mit Kraut, zu kochen, und hoffte, er werde nun so gefällig sein, ihre Gedanken nicht mehr zu durchkrenzen, aber immer wieder, wie ein unter das Wasser gedrücktes Stück Korkholz, tauchte das Bild des Magisters mit seinem süßlichen Lächeln vor ihr auf.

Sie legte die Arbeit weg und sang das Lied, welches die Mädchen seit der Erschaffung der Welt in allen Zungen singen:

Aber sie wußte nicht, bei wem sie gern sein wollte, nur daß es der Magister Xylander nicht war, das wußte sie. Da war sie mit ihrem Gedankengang wieder beim Magister angekommen. Ärgerlich setzte sie sich von neuem mit ihrer Handarbeit an das Fenster. Da ging die Thür, welche aus dem Haus in den Garten führte, auf, und heraus schritt der Subjekt Fritz Hederich, um sich an seine Gartenarbeit zu begeben.

Und da kam Else auf andere Gedanken.

Wie der Subjekt jetzt heraus ins Freie trat, sah er ganz anders aus als gewöhnlich, wenn er in der Offizin stand oder schweigsam bei Tisch saß. Er trug den Kopf aufrecht und schüttelte die Haare zurück, wie ein junger Löwe, sagte Else bei sich, aber sie hatte noch nie einen jungen Löwen gesehen. Und nun nahm er die beiden Gießkannen und füllte sie am Brunnen. Else wußte, wie schwer sie waren. Sie selber konnte mit beiden Händen kaum eine empor- heben, und der Magister, der ihr früher einmal im Garten geholfen, hatte geächzt und gekeucht, als er die eine Gießkanne eine Strecke tragen mußte; Fritz Hederich hob beide empor und trug sie fort, als wären's zwei Federn.

„Wie stark er ist!" sagte Else halblaut, „und
wie gut er gewachsen ist!"

Aber gleich darauf verzog sie den Mund.
„Meinetwegen mag er sein wie der Simson,
oder der gehörnte Siegfried, was kümmert's
mich!"

Else nähte eifrig.

„Dort hinten sitzt er bei seinen Blumen
und thut, als ob nichts weiter auf der Welt
wäre als die dummen Kräuter. Da ist mir
der Magister doch zehnmal lieber. — Oho, Herr
Subjekt, wenn Er denkt, ich schaue nach Ihm
aus, so irrt Er sich sehr. Nein, so eine Ein-
bildung!"

„Au," schrie Else auf; sie hatte sich mit der
Nadel gestochen. Aus dem weißen Finger quoll
ein purpurrother Tropfen. Jetzt war's aus mit
dem Nähen, sie packte zusammen, und wenige
Minuten später war sie unten im Garten.

Fritz Hederich wühlte mit beiden Händen
in der Erde wie ein Maulwurf. Da fiel ein
Schatten vor ihm auf das Beet, und als er
aufschaute, sah er der blonden Else ins Gesicht.
Er erhob sich und wünschte guten Tag.

„Schön Dank, Herr Fritz," entgegnete Else,
und dann waren sie beide still.

Fritz Hederich blickte zum Himmel empor, räusperte sich und bemerkte, es sei heute ein schöner Tag.

Else hob gleichfalls ihre blauen Augen zu den Wolken empor und bestätigte die Wahrnehmung des Herrn Subjekt. Dann trat wieder eine Pause ein.

„Aber am Abend können wir einen Regen bekommen," hub Fritz von neuem wieder an, „dort drüben kommt eine Wolke, die bedenklich ausschaut, und auch der Laubfrosch sitzt schon seit ein Uhr unten im Wasser."

„Sagt einmal, Herr Fritz, so ein Laubfrosch muß doch ein erschrecklich kluges Thier sein! Meint Ihr nicht? Woher in aller Welt weiß der Wicht, daß es regnen wird?"

Fritz Hederich zuckte die Achseln. „Wer kann das sagen?"

„Ich will einmal den Magister fragen, das ist ein grundgelehrter Mann, der weiß alles."

„So," entgegnete der Baccalaureus, den dieses Lob ärgerte, „dann fragt ihn doch auch gleich, warum sich die Zaunwinde schließt, wenn das Wetter umschlägt."

„Thut das die Winde?" fragte Else und beugte sich nieder, um die Blumen zu betrachten.

„Das ist merkwürdig. Ihr habt wohl die Blumen
sehr lieb, Herr Fritz?"

„Ich habe sie lieb," entgegnete dieser, „denn
etwas muß der Mensch lieb haben. Und glaubt
mir, Jungfer Else, wenn man genau auf das
Leben der Kräuter Acht giebt, so entdeckt man
jeden Tag etwas Neues. Da giebt's Heimlichkeiten, die kein Mensch ergründen kann, Euer
Magister auch nicht. Hier steht zum Beispiel
die Krausemünze und dicht daneben das Bilsen-
kraut; beide haben denselben Boden und denselben Sonnenschein, und doch ist jene ein heilen-
des Kraut, und diese enthält ein scharfes Gift.
Woher kommt das? — Es ist just so bei den
Menschen. Eine Mutter hat zwei Söhne, beide
wachsen unter gleicher Pflege auf, der eine
wird ein rechtschaffener Mann, der andere ein
Thunichtgut. Wer davon die Ursache ergründen
könnte!"

Else betrachtete den Baccalaureus mit großen
Augen. Wer hätte das hinter dem Subjekt ver-
muthet, der ihr immer geschienen hatte, als
könne er nicht drei zählen. Er sprach ja fast
so schön wie der Magister, nein, noch viel schöner,
denn der war zuweilen unverständlich, aber was
der Subjekt gesprochen hatte, das kam ihr vor,
als ob sie's selber gedacht hätte.

„Ihr seid wohl sehr gelehrt?" fragte sie mit schüchterner Stimme.

„Nein, Jungfer Else, so arg ist's nicht, aber ich hätte mit Gottes Hilfe vielleicht ein tüchtiger Gelehrter werden können, wenn mich das Unglück nicht ereilt hätte."

Else wurde neugierig. Der Vater hatte ihr zwar gleich am ersten Tage, als Fritz Hederich ins Haus gekommen war, streng untersagt, den neuen Subjekt nach seiner Vergangenheit zu befragen, und sie hatte bis jetzt das väterliche Gebot nicht zu übertreten gewagt. Jetzt aber, da Fritz Hederich selber von seinem Schicksal zu sprechen anfing, war es doch am Ende natürlich, daß sie sagte:

„Ihr müßt viel erlebt haben, Herr Fritz!"

„Das weiß der Himmel!" entgegnete dieser mit einem Seufzer, „Gutes und Schlimmes, aber mehr des letzteren."

„Wißt Ihr," sagte Else mit lachendem Mund, „daß die alte Hanne Euch anfangs für einen verwünschten Prinzen oder etwas Ähnliches gehalten hat?"

Fritz Hederich lächelte. „Nein, mein Vater war kein König, er war Pastor. Ich erinnere mich nur dunkel seiner, denn ich war noch ein kleines Kind, als meine Eltern starben."

„So sind Eure beiden Eltern todt?" fragte Else.

„Sie starben an der Pest. Ich war fünf Jahre alt, als das große Sterben in unser Dorf kam. Zuerst legte sich der Vater; am Abend war er todt, und in derselben Nacht starben meine zwei Geschwister. Ich sah das alles mit an und wußte nicht, was es zu bedeuten hatte. Am andern Morgen rief mich meine Mutter an ihr Bett und sprach mit schwacher Stimme: Fritz, sagte sie, stecke dir ein Stück Brot in den Sack und lauf hinüber zum Vetter Gabriel. Ich freute mich über das Geheiß meiner Mutter, wollte ihr um den Hals fallen und sie küssen. Sie aber wehrte mich von sich ab und sprach: Lauf, lauf, als ob's hinter dir brenne. Und da lief ich denn zum Haus hinaus und durch das Dorf. Kein Mensch war auf der Straße, die Hausthüren waren verschlossen, und die Hunde heulten. Mir ward's unheimlich und ich eilte, was ich konnte. Der Vetter Gabriel wohnte in einem benachbarten Dorfe und war Schulmeister. Er nahm mich liebreich auf und behielt mich bei sich. Meine Mutter habe ich nimmer wieder gesehen; sie ist gestorben und mit den andern begraben worden."

Fritz Hederich schwieg. Else blickte ihn mit feuchten Augen an.

„Ihr habt Eure Mutter doch wenigstens
gekannt, ich aber die meinige gleich bei meiner
Geburt verloren, das ist noch viel schlimmer."

Fritz sah Else treuherzig an und reichte ihr
die Hand; da er sich aber besann, daß seine
Hand voll Erde war, so zog er sie wieder
zurück.

„Gebt mir nur die Hand, Herr Fritz," sagte
Else, „das bischen Erde schadet nichts." Und da
schüttelten sie sich die Hände wie alte Kriegs-
kameraden.

Dann sprang Fritz Hederich fort und holte
eine Gießkanne voll Wasser. Else tauchte zuerst
ihre kleine Hand hinein und nachher der Herr
Subjekt, und weil sie keine Handzwele hatte,
so schwenkte Else die Hände in der Luft umher,
daß die Wassertropfen dem Herrn Subjekt ins
Gesicht flogen, und dazu lachte sie hell wie ein
übermüthiges Kind. Endlich waren die Hände
trocken.

„Wollt Ihr mir nicht mehr von Euren
Schicksalen erzählen?" fragte Else.

„Gern," erwiderte Fritz, „es thut mir gut,
mich einmal aussprechen zu können, doch glaube
ich kaum, daß Ihr groß Behagen an meiner
Geschichte finden werdet."

„Doch, doch," sagte Else eifrig, „kommt, wir
wollen uns dort auf die Bank setzen, da ist
mehr Schatten als hier."

Unter dem Hollunderbaum stand eine Bank,
nur roh zusammengefügt, und gerade für zwei
Personen groß genug. Dort saß nun Else neben
Fritz Hederich, und letzterer erzählte, wie ihn
sein Pflegevater, der Vetter Gabriel, in die
Stadt auf die lateinische Schule gebracht habe,
damit er das werde, was der Vetter selbst
vergebens angestrebt habe, nämlich ein Gelehrter. Später sei der Vetter gestorben, zuvor
aber habe er ihm sein väterliches Erbtheil, das
er getreulich verwaltet, eingehändigt; es sei
just genug gewesen, um die Hochschule beziehen
zu können. Und nun erzählte Fritz von seinem
Leben in der Universitätsstadt, von den hochberühmten Professoren daselbst und von den
lustigen Schwänken der Studenten.

„Fast drei Jahre lang, man nennt das auf
lateinisch Triennium," fuhr Fritz fort, „habe
ich in Zechstädt die Medizinerei studirt; ich war
schon Baccalaureus und wollte nächstens dis-
putiren, um den Doktorhut zu erlangen, da
brach auf einmal alles zusammen."

Der Baccalaureus hielt inne und heftete
den Blick auf den Boden.

„Wenn Ihr nicht gern von Euren weiteren
Erlebnissen sprecht, so will ich nicht in Euch
dringen," sagte Else und wollte sich erheben.
Fritz Hederich bat sie zu bleiben.

„Es wird mir leichter ums Herz, wenn ich
einmal frei heraussprechen kann," sagte er.
„Jungfer Else, ich will Euch alles haarklein
beichten, und dann sollt Ihr sagen, ob mein
Vergehen in Euren Augen so gar groß ist."

Der kleine blondhaarige Beichtvater rückte
verlegen hin und her. Der Subjekt sprach so
feierlich, die Sache schien eine ernste Wendung
nehmen zu wollen. Wär's nicht am End' besser,
das Gespräch abzubrechen? Wer weiß, wer
weiß, welch ein Ungeheuer der Fritz ist! Else
erinnerte sich an die Bruchstücke, die sie damals,
als Fritz mit ihrem Vater sprach, erhorcht hatte
und es überlief sie kalt. Aber die Neugier
siegte, Else blieb sitzen und ließ sich herbei, des
Subjekts Beichte zu hören.

„Ich hatt' einen Kameraden," erzählte Fritz,
„das war ein sonderbarer Kumpan. Ihn freute
nicht der Wein, nicht Lustbarkeit und Gesang.
Nur unter alten gebräunten und verstäubten
Pergamenten war's ihm wohl. So saß er tagelang, nächtelang und mühte sich, Geheimnisse
zu ergründen, an die nicht gut rühren ist. Ich

machte ihm Vorstellungen, wollte ihn mit Ge·
walt hinaus ins luſtige Leben führen — ver·
gebens. Er blieb dabei, daß keine Erdenfreude
ihn entſchädigen könne für das geheime Ent·
zücken, welches er empfinde, wenn ſich vor
ſeinem Blick der Vorhang hebe, der das Sicht·
bare vom Unſichtbaren trenne. Der, ſagte er,
habe die höchſte Stufe der Gelehrſamkeit er·
reicht, der es verſtünde, ſich die geheimen Kräfte
dienſtbar zu machen, der es vermöchte, die
Geiſter zu bannen."

Elſe ſchauderte.

Der Baccalaureus fuhr fort: „Ich ſelbſt
wurde neugierig, und mein Freund ließ ſich
willig finden, mich zu belehren. Oft ſaßen wir
bis nach Mitternacht bei der Lampe und ſuch·
ten die magiſchen Zeichen des Höllenzwanges
zu entziffern, oft auch verſuchten wir es, einen
Geiſt zu beſchwören, aber es erſchien keiner.

Da kam ein fahrender Schüler von Königs·
berg nach Zechſtädt, mit dem mein Freund bald
vertraut wurde. Der fremde Student ließ bald
merken, daß er einen tiefen Blick in die Ge·
heimniſſe der Natur gethan habe und unter·
wies uns in der Magie. Dafür gaben wir ihm
Zehrung und Obdach. Wir hatten ihn oft
gebeten, eine Beſchwörung vorzunehmen, und

er hatte es uns auch zugesagt, aber er verschob das Werk immer von einem Tage zum andern. Endlich sagte er uns die Nacht an, in der die Citation vor sich gehen sollte.

Es war eine ruhige, dunkle Frühlingsnacht, als wir uns zu dem geheimen Ding anschickten. Fenster und Thüren wurden wohl verwahrt. Der Königsberger zog Kreise auf den Fußboden und schrieb magische Zeichen hinein. Wir saßen in dem innersten Kreis, vor uns standen drei brennende Lichter und ein Becken mit glühenden Kohlen. Der fremde Student ertheilte uns noch allerlei Verhaltungsmaßregeln, namentlich schärfte er uns ein, keinen Laut von uns zu geben, und dann begann die Beschwörung.

Er warf Räucherwerk und Kräuter auf die Kohlen, und als der trübgelbe Dampf aufwirbelte, sprach er ein Gebet. Hierauf nahm er ein Buch zur Hand und las mit murmelnder Stimme die Formeln. Er las lange, die Stube verfinsterte sich durch den Dampf der Kohlen, und die Lichtflammen erschienen nur noch wie dunkelrothe Punkte. Mir war's, als ob ich ein fernes Singen und Klingen hörte, und in dem aufsteigenden Rauch vermeinte ich sonderbare Gestalten zu sehen. Das Klingen und Rauschen nahm zu, eine furchtbare Angst kam

plötzlich über mich, ich wollte aufspringen, aber
da vergingen mir die Sinne."

„Hu, das ist schauerlich," sagte Else und
betrachtete den Erzähler mit furchtsamem Blick.

„Als ich wieder zu mir kam," fuhr der
Baccalaureus fort, „lag ich im Bett, und viele
Leute waren um mich beschäftigt. Man bestürmte
mich mit Fragen, aber der Kopf war mir
schwer wie Blei, ich konnte mich auf nichts
besinnen. Nach und nach erinnerte ich mich
des Geschehenen und nun erfuhr ich, daß
man mich und meine zwei Kameraden am
Morgen, der auf jene Nacht folgte, leblos
auf dem Boden liegend gefunden hatte. Der
Königsberger war und blieb todt, meinen Freund
und mich hatte man wieder ins Leben zurück-
gerufen, aber nur ich genas, mein armer Kamerad gab nach wenigen Stunden seinen Geist auf.

Kaum war ich wieder soweit hergestellt, um
gehen und stehen zu können, so kam das Gericht, und ich wurde ins Gefängniß geführt.
Mein Freund hatte vor seinem Tod alles, was
er wußte, bekannt, möglicherweise hatte er in der
Todesangst auch mehr bekannt, als er wußte,
— kurzum die Herren vom Konsistorio rückten
mir stark zu Leib. Ich sollte gestehen, daß wir
mit dem Teufel im Bund gewesen seien. Es

hieß nämlich in der Stadt, der Teufel habe dem
Königsberger Studenten den Hals umgedreht,
und der Schreck habe uns, den beiden andern
Beschwörern, die Besinnung geraubt. Es gab
freilich Männer, namentlich unter den Professoren der Medizin, die der Ansicht waren,
das Unglück sei durch den Dampf des Kohlen-
beckens verursacht worden, und dasselbe sagt
auch Euer Vater, aber ihre Stimme drang
nicht durch. Die Herren von der Geistlichkeit
und vom Gericht ließen sich's nicht nehmen,
daß der Böse seine Hand im Spiele gehabt
habe, und ließen mit Inquiriren nicht nach.
Natürlicher Weise wollte und konnte ich nicht
das bekennen, um was es ihnen zu thun war;
da ward mir denn die peinliche Frage an-
gekündigt und alles zur Tortur hergerichtet."

Else bebte, und ihre Augen füllten sich mit
Thränen.

„In der letzten Nacht, ich werde die Nacht
nie vergessen, als ich verzweifelnd in meinem
Gefängniß auf und niederging, klirrten plötzlich
die Riegel an meiner Thür. Sie sprang auf,
und herein traten mehrere meiner Freunde.
Um mich vor dem schrecklichen Schicksal zu bewahren, hatten sie den Wärter bestochen und
kamen jetzt, um mich hinaus in die Freiheit zu

führen. Ich lief noch in derselben Nacht der
Grenze zu, erst gegen Morgen, als ich mich bereits tief im Gebirge befand, gönnte ich mir
einige Rast."

Fritz Hederich machte eine Pause und blickte
Else an. Diese saß da mit gesenkten Augen
und vermied es, den Sprecher anzusehen.

Weiter erzählte der Baccalaureus, wie er
auf seiner Flucht den fahrenden Medikus im
Walde getroffen habe, und wie er dessen Gesell
geworden sei. Von dem schönen Zigenner-
mädchen, die ihn bethört hatte, schwieg er, vermuthlich weil er sich jener Begebenheit nicht
mehr erinnerte. Er berichtete, wie er mit dem
Marktschreier im Land herumgezogen sei, und
wie elend er sich in dieser Lage gefühlt habe;
wie er endlich nach Finkenburg gekommen sei,
und wie ihm Else's Vater die rettende Hand
gereicht habe.

„Nun kennt Ihr mein Leben," schloß Fritz.
„und wißt, was mich drückt, und wenn Ihr
Euch jetzt von mir abwendet, so will ich's Euch
nicht verübeln."

„Nein, Herr Fritz," sagte Else, „das werde
ich nicht; mein Vater hat Euch als Gehilfen
angenommen und Euch sein Vertrauen geschenkt
— der weiß, was er thut. Es will mich wohl

bedünken, als hättet Ihr ein freventlich Spiel getrieben mit Eurer Beschwörung, aber Ihr habt Euer Fehl schwer gebüßt, und Eure Schuld ist wohl schon lange getilgt."

Fritz bückte sich nieder, ergriff die Hand der Jungfrau, die ihn freigesprochen, und küßte sie.

Else entzog sie ihm rasch und wurde glühend roth. Wenn das jemand gesehen hätte! Sie ließ geschwind ihre Augen über die Fenster des Hauses schweifen, aber da war kein Mensch zu sehen, nicht einmal Jakob, der Rabe.

Fritz Hederich war mit seiner Geschichte zu Ende, und die beiden Leutchen hätten sich füglich trennen können. Sie blieben aber unter dem Baum sitzen und schauten wieder auf den Sand zu ihren Füßen.

„Jetzt," hub Else wieder an, „kann ich mir Eure Schweigsamkeit erklären. Seht, Herr Fritz, ich war Euch anfangs, als Ihr ins Haus kamt, fast gram, weil Ihr immer stumm waret wie ein Fisch, und ich dachte, aber gelt, Ihr nehmt mir's nicht übel, ich dachte, Ihr müßtet hier (sie tippte mit dem Zeigefinger auf die Stirn) nicht gut beschlagen sein. Jetzt weiß ich, was Euch den Mund verschlossen hat und bitt' Euch herzlich das Unrecht ab, das ich Euch gethan."

„Ihr habt mir nichts abzubitten," entgegnete

Fritz. „Das Unglück hat mich arg mitgenommen. Ehemals war ich ein lustiger Gesell, gewandt in der Rede und darum wohlgelitten.
Jetzt bin ich ein stiller Mann, dem die Ruhe
im Hause Eures Vaters und die stetige Arbeit
wohlthut. Ich möchte nicht wieder hinaus in
das Treiben der Menschen; hier möchte ich am
liebsten meine Tage beschließen.“

„Armer Junge,“ sagte Else bei sich, und
laut setzte sie hinzu: „Ihr werdet auch wieder
lustig und guter Dinge werden, gebt nur Acht.
Jetzt ist die Erinnerung an die böse Zeit, die
Ihr durchlebt habt, noch zu neu in Euch, laßt
noch ein Jahr vergehen, und Ihr denkt nicht
mehr an Euer Unglück. Ich habe einmal eine
Cyperkatze gehabt so lieb, so lieb! Sie war
schneeweiß und zierlich wie eine Prinzessin.
Wie sie gestorben ist, hab’ ich geweint und hab’
nicht geglaubt, je wieder froh werden zu können,
und nach acht Tagen war ich wieder so lustig
wie zuvor. So wird’s Euch auch gehen.“

Fritz Hederich lachte herzlich.

„Seht, Ihr könnt schon lachen, das ist gut.
Kennt Ihr die Geschichte von der Prinzessin,
die nicht lachen konnte? Nicht? Die will ich
Euch erzählen. Aber ich bin wohl recht ein-
fältig, daß ich solches Zeug schwatze?“

Fritz versicherte hoch und theuer, daß er sich
an der gelehrtesten Rede seiner ehemaligen
Professoren nicht so erbaut habe als an Else's
holdem Geplauder.

Und so schwatzte denn Else weiter. Sie erzählte von ihrer Kindheit, von der verstorbenen
Muhme Ursula, von der Cyperkatze und vom
Magister Xylander. Fritz Hederich hörte aufmerksam zu, als ob ihm das Evangelium ge-
predigt werde, und sah der blonden Else in die
Augen und freute sich, wenn ihre kleinen
weißen Zähne beim Sprechen zum Vorschein
kamen.

Else sagte, daß der Magister ein sehr braver
Mann sei, daß sie ihn aber eigentlich nicht leiden
könne, und daß ihr das leid thue, und daß sie
froh sei, einmal jemanden gefunden zu haben,
mit dem man ein vernünftiges Wort sprechen
könne. Und der Herr Subjekt möchte ums
Himmels willen nicht glauben, daß sie ihn seiner
Vergangenheit wegen gering achte, im Gegentheil, sie schätze ihn sehr hoch, und wenn er ihr
Bruder wäre, so könnte sie nicht mehr Antheil
an ihm nehmen. Sie habe zwar nie einen
Bruder gehabt, aber wenn sie einen hätte, so
möchte sie nicht, daß er anders sei als der Herr
Subjekt, nur etwas lustiger.

Und nachdem sie das gesagt hatte, so glaubte
Fritz Hederich, auch nicht länger schweigen zu
dürfen und pries der Jungfer Else Tugend
und Häuslichkeit und gedachte rühmend ihrer
Kochkunst und ihrer Fertigkeit mit Nadel und
Spindel. Dann kam er auf ihr süßes Geplauder
zu sprechen und endlich auf ihr seidenschim-
merndes Haar, ihre blauen Augen.

Else saß still und blickte zur Erde nieder.
Sie ließ es geschehen, daß Fritz ihre Hand in
die seinige nahm und sie streichelte.

Droben im Hollunderbaum rauschte es, weiße
Blättchen rieselten nieder, und auf dem Zweig
sang der Goldammerling:

„Mädel, Mädel, wie bläht's!"

Else fühlte ihr Herz geschwinder klopfen, sie
wollte Fritz ansehen, aber sie vermochte ihre
Augen nicht bis zu seinen Augen emporzu-
heben, und doch wußte sie, daß sein Blick auf
ihr ruhe.

„Else," sagte Fritz Hederich leise.

Es durchschauerte sie, wie er ihren Namen
nannte, sie hob ihren gesenkten Kopf, und vier
Augen, zwei braune und zwei blaue, trafen sich.

„O Du —," stammelte Else. Da knarrte
das Thor des Hauses, und in den Garten trat
der Magister.

Schnell fuhren die Beiden auseinander. Fritz
bückte sich behende zur Erde nieder und betrachtete mit Eifer Augentrost und Ehrenpreis.
Else ging mit klopfendem Herzen dem Magister
entgegen und bot ihm mit möglichst freundlicher
Stimme guten Abend, eilte aber schnell an ihm
vorüber und athmete erst wieder auf, als sie
die Hansthür hinter sich hatte.

Froh gestimmt über Else's freundlichen Gruß,
schritt der Magister weiter und fand den Subjekt bei den Arzneigewächsen. Er wühlte in
der Erde, summte dazu und war so in seine
Arbeit vertieft, daß er des Magisters Kommen
überhörte. Als dieser ihn anrief, fuhr er wie
erschreckt empor und mußte sich gefallen lassen,
daß der Magister ihn wegen seiner Schreck-
haftigkeit hänselte.

Sechstes Kapitel.

Der Magister dichtet eine Komödie.

Herr Thomasius war von seiner Reise zurückgekehrt, in dem geheimen Laboratorium wurden die Apparate aufgestellt, und der Unterricht begann.

Fritz Hederich war ein gelehriger Schüler, ja der Apotheker wurde bald gewahr, daß jener manches wußte, wovon er selbst keine Ahnung hatte. So z. B. verstand Fritz, ein Bäumlein von Blei wachsen zu lassen, und manches andere subtile Experiment, das Herrn Thomasius bis dato unbekannt geblieben war.

Von dem Lehrling des Herrn Thomasius
ist bisher nur einmal die Rede gewesen, er ist
nicht berufen, in den Gang der Geschichte einzugreifen, und wir werden deshalb auch in Zukunft nur selten von ihm sprechen. Indessen
muß anerkannt werden, daß der Lehrling in
den letzten Monaten so bedeutende Fortschritte
in seiner Kunst gemacht hatte, daß sein Prinzipal, ohne ein Unglück befürchten zu müssen,
ihn hinter den Rezeptirtisch stellen konnte. So
kam es, daß Fritz Hederich den größten Theil
des Tages über in dem geheimen Laboratorium
arbeitete.

Mit Else traf er nur Mittags zusammen,
und da galt es, auf der Hut zu sein, damit nicht
ein Blick zum Verräther werde an dem halb
ausgesprochenen Geheimniß, welches Else und
der Subjekt zu bewahren hatten.

Eine Person war im Haus, die wußte, was
mit den Beiden vorging: das war die alte Hanne.

Als Else am Abend, der auf jenes Gespräch im Garten gefolgt war, statt des Salzes
Zucker in die Fleischbrühe streute und später
beim Schlafengehen die Alte küßte, daß dieser
der Athem ausging, schöpfte Hanne Verdacht, gab
genau auf ihren Liebling Acht und wußte bald,
was die Glocke geschlagen hatte. Sie hoffte im

Stillen, Else werde sie zur Vertrauten machen,
und sie hatte sich schon ausgedacht, was sie ungefähr sprechen wollte.

„Aber Kind," wollte sie sagen, „was sind
das für Geschichten! Was wird der Vater dazu
sagen und der Magister!"

Dann wird mir Else um den Hals fallen,
dachte sie, und schluchzen und sagen: „Gute,
liebe Hanne, rathe mir, was soll ich thun." Und
da wollte sie antworten:

„Nun, nun, Else, es ist freilich eine schlimme
Geschichte, da es aber nun einmal so weit gekommen ist, und ich hab' mir's wohl gedacht,
so müssen wir eben sehen, wie wir's zu einem
guten Ende führen. Sei nur ruhig, mein Kind,
und laß mich machen. Mit der Hilfe Gottes
und der Jungfer Johanne Storchschnabelin wird
sich alles zum Guten wenden."

So ungefähr wollte Hanne sprechen.

Else aber war verschlossen und schwieg trotz
aller Anspielungen. Darüber wurde Hanne
ihrem Herzblatt beinahe gram und sie beschloß,
dem Herrn Subjekt zu Leibe zu gehen.

Dieser jedoch wurde fuchsteufelwild, als die
alte Haushälterin ihn neckte, er schwur Stein
und Bein, daß sie sich irre, und geberdete sich
so bärbeißig, daß die erfahrene Hanne jetzt die

volle Gewißheit bekam, daß etwas vorgefallen
sei. Aber sie war stolz genug, sich unaufgefordert
nicht einzumischen.

Herr Thomasius arbeitete unverdrossen an
der Ergründung des großen Magisterii, und
Fritz leistete ihm Handlangerdienste. Nebenbei
aber experimentirte er privatissime, denn das
Goldfieber seines Prinzipals hatte ihn angesteckt.

„Warum soll ich nicht ebenso gut als ein
anderer hinter das Geheimniß kommen," dachte
er, und schmolz und filtrirte mit Herrn Thomasius um die Wette.

Dieser wiederholte täglich: „Es ist mir nicht
ums Gold zu thun, sondern um die Entdeckung."

Fritz Hederich sagte im Stillen: „Es ist mir
nicht ums Gold zu thun, sondern um etwas
ganz Anders. Bringe ich Gold zu Wege, dann
kann ich offen vor meinen Brotherrn treten
und sagen: So und so stehen die Sachen."

Das Feuer unter dem Schmelzofen glühte,
in den Tiegeln und Kolben wallte es, und in
den Köpfen der beiden Adepten wirbelte es.
Else zerbrach alle Tage einen Teller, die alte
Hanne fühlte sich durch die Verschlossenheit ihres
Lieblings zurückgesetzt und gekränkt, Jakob der

Rabe mauserte sich, und der Magister — von
dem wird sogleich des Weiteren gehandelt werden.

*   *   *

Der Rektor des Finkenburger Lycei, Herr
Paulus Crusius, pflegte alljährlich seinen Ge-
burtstag zu feiern. Es war dann keine Schule.
Der Rektor saß festlich gekleidet, das güldene
Kettlein, welches ihm Fürst Mauritius verehrt,
um den Hals, in seiner Stube und wartete der
Dinge, die da kommen sollten.

Zuerst erschien dann eine Deputation der
Schüler, die gewöhnlich ein Buch, zuweilen auch
ein Stück Hausgeräthe überreichte, ein Selectaner
hielt dazu eine lateinische Ansprache, in welcher
Redner regelmäßig stecken blieb. Herr Crusius
dankte gleichfalls in lateinischer Sprache und
blieb nicht stecken. Die geputzte Frau Rektorin
überreichte jedem Mitglied der Deputation einen
Becher Weins nebst einem Stück Kuchen, und
damit war der erste Theil der Feier zu Ende.

Um zehn Uhr polterten sechs Paar Stiefel
zu gleicher Zeit die Treppe herauf, und das
gesammte Lehrerkollegium des Lycei trat sonn-
täglich gekleidet bei dem Rektor ein. Die gelehrten Herren überreichten ein Festcarmen in
lateinischer Sprache und wurden zu einem Löffel
Suppe eingeladen.

Bei dem Mittagsmahl, welches sich keineswegs auf Suppe beschränkte, ging es jedesmal
sehr heiter zu. Die sechs Gelehrten und ihr
Oberhaupt hatten sich, weil's just sieben waren,
die Namen der griechischen Weisen beigelegt;
der Rektor hieß Solon, der Konrektor Bias, der
Tertius Thales u. s. f. Da gab's denn viel
Kurzweil, und oft lachten die sieben Weisen,
daß der Tisch wackelte.

In der angegebenen Weise war auch dieses
Jahr die Feier vor sich gegangen, nur waren
zu Mittag außer dem Lehrerkollegium noch der
Bürgermeister, der Superintendent und der Diakonus geladen.

Die Herren hatten eben den Kuchen, welcher
den Schluß des Mahles bildete, in Angriff genommen, Magister Xylander hatte den üblichen
Trinkspruch ausgebracht, und man sprach über
dies und jenes. Es war natürlich, daß auch
auf den bevorstehenden Einzug des neuen Landesherrn die Rede kam. Der Bürgermeister
führte das Wort, er berichtete über die Fest-
lichkeiten, welche die Stadt veranstalten werde
und fragte plötzlich den Rektor, auf welche Weise
denn das Lyceum sich an der Feier betheiligen
werde.

Solon ließ das Messer fallen. Daran hatte

er noch nicht gedacht. Verlegen ließ er die
Augen über seine Kollegen gleiten, aber die sechs
Weisen saßen stumm da und blickten mit offenem
Mund auf ihren Vorgesetzten. Der Rektor faßte
sich und erwiderte dem Bürgermeister, es sei
allerdings dies und jenes in Vorschlag gebracht
worden, doch habe man noch keinen Entschluß
gefaßt. Sobald dies aber geschehen sei, werde
er, der Rektor, nicht ermangeln, den Herrn
Bürgermeister zu benachrichtigen.

Als die Tafel aufgehoben war, gab der Rektor
jedem der sechs Lehrer einen Wink, noch ein
wenig zu verweilen. Bürgermeister, Superintendent und Diakonus gingen endlich, und nun
hielten die sieben Weisen in aller Eile einen
Rath und überlegten, wie das Lyceum den Besuch des Fürsten Rochus feiern solle. Es wurde
viel hin- und hergeredet; daß bei dem Einzug
die Schule in corpore vertreten sein müsse, stand
fest, aber das schien keineswegs zu genügen, es
mußte etwas ganz Außerordentliches geschehen.

Der dicke Konrektor schlug ein großes Fest-
essen vor; das wurde für zu kostspielig befun-
den. Ein Anderer meinte, man solle eine Votiv-
tafel anfertigen; das wurde als nicht genügend
erachtet. Ein Dritter beantragte, daß in der
Aula des Lycei neben der Büste des Cicero

und der des Homeros eine Hermensäule des
neuen Landesherrn aufgestellt werde, aber der
Rektor legte dar, daß es unpassend sei, einen
Fürsten zwischen zwei Männer zu stellen, von
denen der · eine nur Bürgermeister von Rom,
der andere aber gar nur ein Poet gewesen sei.

Der Rektor kam endlich auf den Gedanken,
die Schulchronik zu Rathe zu ziehen. Die alte
Scharteke ward geholt, und nach einigem Suchen
fand man, daß vor nahezu fünfzig Jahren das
Lyceum bei einer ähnlichen Gelegenheit ein Festspiel, betitelt „Der verlorene Sohn," aufgeführt
habe. Es war ausführlich in der Chronik be-
schrieben, welches Aufsehen das Spiel in Stadt
und Land gemacht, und wie huldvoll sich der
Landesfürst bei dieser Gelegenheit gegen das
Lyceum bewiesen habe.

Als der Rektor zu Ende gelesen hatte,
richteten sich aller Augen auf den Magister
Xylander, der aber saß in sich gekehrt auf seinem
Stuhl und zeigte keinerlei Theilnahme.

„Das wäre etwas," nahm Herr Crusius das
Wort, „was meint Ihr, werthgeschätzte Collegen?"

Fünf Gelehrte neigten die Häupter.

„Und Ihr, Herr Xylander," fuhr der Rektor
fort, „wäret just der Mann, das Festspiel herzurichten."

Der Magister blieb stumm. Widerstreitende Gefühle tobten in seiner Brust. Er sollte dem Fürsten Rochus, der ihn durch seine Heirath so tief gekränkt, zu Ehren eine Komödie dichten?

Der Rektor wurde dringender, auch die übrigen Herren redeten ihm zu, und der Magister sagte endlich, er wolle sich die Sache einmal überlegen.

„Aber bald müßt Ihr Euch entscheiden," mahnte der Rektor. „In sechs Wochen kommt unser durchlauchtigster Herr und es wird viel Zeit vergehen, bevor die Schüler alles so weit inne haben, um mit Ehren bestehen zu können."

Der Magister versprach, schon am folgenden Tage seinen Entschluß kundzugeben, und die sieben Weisen gingen auseinander.

Hieronymus kämpfte den ganzen Abend und die halbe Nacht einen schweren Kampf. „Thu's, thu's," flüsterte ihm eine innere Stimme zu. „Du gewinnst Ehre und Ruhm!" — „Thu's nicht, thu's nicht," sprach eine andere Stimme, „hast Du vergessen, was man Dir angethan?"

Ohne einen Entschluß gefaßt zu haben, kroch der Magister endlich in die Federn, aber lange konnte er keine Ruhe finden, und als er endlich eingeschlafen war, hatte er einen sonderbaren Traum:

Er stand in einem glänzenden Gemach, wo
der fürstliche Hof und viele andere Menschen
versammelt waren. Der Fürst hielt in der
Hand eine große Pergamentrolle und rief mit
lauter Stimme: „Tretet herzu, Magister Xylander!" Er wollte hinzu eilen, aber die Füße ver-
sagten ihm den Dienst; er machte verzweifelte
Anstrengungen, aber er konnte nicht vom Fleck
kommen; er wollte rufen: „Hier bin ich," aber
er brachte keinen Laut aus der Kehle. Da erscholl plötzlich eine tiefe Stimme: „Dies ist mein
Bruder in Apoll, der Magister Hieronymus
Xylander." Ein Mann mit einem Lorbeerkranz
auf dem Haupt bahnte sich einen Weg durch
das Gedränge, faßte den Magister bei der Hand
und führte ihn zum Fürsten. Und wie der
Magister seinen Retter aus der Noth genau
ansah, so erkannte er in ihm den Dichter Martin
Opitz von Boberfeld. Und da erwachte er.

Gegenüber dem Fenster stand der Mond
und goß sein bleiches Licht über den Fußboden
und die Wände des Xylandrischen Musei. Schlaf-
trunken richtete der Magister seine Augen auf
das Bild des gekrönten Poeten und — o Graus
und Schauer! — Martin Opitz nickte mit dem Kopf.

Der Magister fuhr mit dem Kopf unter die
Decke, und seine Zähne klapperten.

Am andern Morgen sah er so bleich aus, daß dies Herrn Thomasius sogleich auffiel. Er wollte ihm ein Tränklein zurecht brauen, der Magister aber sträubte sich gegen dieses Ansinnen mit Händen und Füßen, verzehrte seine Morgensuppe und begab sich in das Lyceum.

Dort theilte er dem Rektor Crusius mit, er sei gesonnen, sich der gedachten Arbeit zu unterziehen, falls man ihn bis zur Vollendung der Komödie von der Hälfte seiner Lektiones dispensiren wolle. Das ward ihm zugestanden. Am Abend desselben Tages saß Fritz Hederich in dem Museo des Magisters, dieser aber las heute nicht vor, sondern besprach sich mit seinem Besuch über das zu dichtende Festspiel.

„Ein Stoff aus der biblischen Historia muß es sein," sagte der Magister, „aber welcher? Die klugen und die thörichten Jungfrauen sind zu oft dagewesen, desgleichen Jonas im Walfischbauch."

Der Baccalaureus nickte. „Wie wär's, Herr Magister, wenn Ihr den Daniel in der Löwengrube aufführen ließet?"

„Hm," sagte der Magister und neigte sein gedankenschweres Haupt, „der Vorschlag ist nicht übel. Man könnte ein paar Lyceisten in Felle einnähen und sie im Brüllen üben. Aber nein, es geht nicht; es fehlt die Handlung."

„Oder," sprach Fritz, „ließen sich nicht die drei Männer im feurigen Ofen verwenden?"

„Das wäre allerdings schön! So ein rechtes Höllenfeuer auf dem Theater würde außerordentlich gefallen — aber es geht doch nicht; wie sollte man ohne Gefahr für die Lyceisten ein Feuer herrichten."

„Vielleicht Bileam und sein Esel," schlug Fritz vor. „Das ist etwas ganz Neues. Denkt Euch die Wirkung, wenn der Esel zu sprechen anfinge."

„Nein, Herr Baccalaureus, damit ist's nun gar nichts; einen Esel darf ich vor den allergnädigsten Herrschaften nicht auf die Scene bringen."

„Halt, ich hab's," rief Fritz. „Wie wär's mit der Hochzeit zu Kana?"

„Ihr habt ins Schwarze getroffen," rief der Magister und sprang auf. „Die Hochzeit zu Kana! Warum ist mir das nicht gleich eingefallen? O, das ist prächtig! Zuerst das Hochzeitsfest, dann die Verwandlung des Wassers in Wein, — zum Schluß ein lustiger Tanz — das muß gefallen."

Der Magister ging aufgeregt in seinem Museo auf und nieder und demonstrirte dem Baccalaureus, wie der Stoff zu behandeln sei. Plötzlich hielt er in seiner Wanderung an und schlug sich vor den Kopf.

„Und es geht doch nicht," sagte er traurig. „Es geht nicht, denn wie soll ich den Teufel anbringen?"

„Muß denn der Teufel nothwendig in dem Spiel vorkommen?"

„Nothwendig. Der Teufel gehört zum Spiel wie der Schatten zum Licht, der Teufel oder der Tod, am besten alle beide."

Fritz Hederich nahm wieder das Wort: „Herr Magister, mir kommt ein guter Gedanke. Wenn Ihr den Lucifer durchaus braucht, so könnt Ihr ja die Sache so darstellen, als ob er die Weinkrüge, die der Herr füllt, zuvor ausgetrunken habe."

„In Gold laß ich Euch fassen," jubelte der Magister. „Ihr trefft den Nagel immer auf den Kopf. Ja, so soll's sein. Während die Hochzeitsgäste im Tempel sind, erscheint der Teufel oder besser eine ganze Kumpanei von Teufeln und trinkt dem Herrn Jesus zum Schur ihm und den Gästen den Wein vor dem

Mund weg. Das ist neu, das wird Aufsehen erregen, das wird Beifall finden. Und daß Ihr es waret, der mir diesen vortrefflichen Rath gegeben hat, das will ich Euch gedenken, verlaßt Euch darauf. Wenn die Komödia glücklich ausgegangen ist, und wenn mich dann unser gnädigster Fürst fragt: Aber lieber Magister, alter Freund, wie habt Ihr nur das zu Stande gebracht? — Dann werde ich sagen: Gnädigster Herr, der Gedanke, so zu sagen die Idee ist nicht mein, sondern im Kopf meines Freundes des Baccalaureus Fritz Hederich entstanden. Und dann wird sich das Weitere schon finden. Aber jetzt ans Werk!"

Er begann, Papier, Tinte und Federn zurecht zu legen, und goß frisches Öl in die Lampe. Der Baccalaureus sagte, er wolle nicht länger lästig sein und verabschiedete sich von seinem Wirth, der ihn unter häufigen Dankesworten zur Thür hinausschob.

In der nächstfolgenden Zeit saß der Magister hinter seinem Pult und dichtete, daß ihm der Schweiß von der Stirn lief.

Unter ihm am Fenster saß Else und blickte hinüber nach den Bergen, hinauf nach den Wolken und hinunter nach der pharmacentischen Abtheilung des Gartens, welche von Tag zu

Tag mehr verwilderte, seitdem den Herrn Subjekt das Goldfieber gepackt hatte.

Dieser stand wieder eine Treppe tiefer als
Else neben seinem Meister am Schmelzofen,
kochte und schmorte, und wenn ihn etwas in
seiner Arbeit störte, so war es das Bild der
blonden Else, welches ihm aus allen Kolben
und Phiolen entgegenblickte.

Siebentes Kapitel

Der Fürst kommt.

lse stand weiß gekleidet, mit Blumen geschmückt in der Mitte ihres Gemaches, die alte Hanne kniete vor ihr auf der Erde, zupfte an dem Festgewand und betrachtete ihren Liebling mit strahlenden Augen.

Nicht mit strahlenden, sondern mit neidischen Augen betrachteten sie zwei andere, gleichfalls in Festschmuck prangende Mädchen, Bürgermeisters Käthe und Stadtschreibers Lore, die gekommen waren, um ihr Gespiel abzuholen. Den drei Jungfrauen war nämlich bei dem Empfang des Fürsten,

der heute seinen Einzug in Finkenburg hielt,
eine wichtige Rolle zu Theil geworden.

Hanne erhob sich, trat einen Schritt zurück,
stemmte die Arme in die Seite und musterte
Else.

„Du bist die Schönste von allen," sagte sie
dann mit großer Bestimmtheit. „Was wird
der Fürst für Augen machen, wenn er Dich
sieht!"

Bürgermeisters Käthe und Stadtschreibers
Lore rümpften die Stumpfnäschen und stießen
sich an. Erstere trat vor, beschaute Else mit
prüfenden Blicken und sagte:

„Die Hanne hat Recht, Else. Nur schade,
daß man den braunen Fleck, den Du auf der
Schulter hast, sieht. Hättest Du denn das Leib-
chen nicht ein wenig höher machen können?"

Else wurde roth und drehte ihren Kopf
nach der Seite, um das Mal zu betrachten.
Käthe warf der Stadtschreibers Lore einen
triumphirenden Blick zu.

„Ach was," knurrte die alte Hanne, „der
kleine Fleck steht der Else gut, da sieht man
erst recht, wie weiß ihre Haut ist. — Else, wie
ich Dich jetzt angekleidet habe, habe ich an den
Tag gedacht, da ich Dich mit Kranz und
Schleier schmücken werde. Das wird ein Tag

für mich werden! Ich habe mir sogar vorgenommen, an Deinem Ehrentage einen Tanz
zu machen. Und gieb Acht, es währt nicht
mehr lange bis dahin. Im Frühling hab' ich
den Kuckuck gefragt; er hat nur einmal gerufen. Und der verwunschene Bäckerknecht
lügt nicht, denn ich weiß es noch sehr gut,
wie ich jung und schön war und den Kuckuck
fragte, hat er wohl an die sechzig Mal ge-
schrien, und ein paar Tage drauf hat sich mein
Peter anwerben lassen und ist zwanzig Jahre
im Felde gelegen und ich bin unterdessen eine
alte Jungfer geworden."

Das Geplauder der Alten war der blonden
Else peinlich, da sie recht wohl sah, wie ihre
beiden Gespielinnen im Stillen über die gute
Hanne spotteten. Sie wandte sich zu ihnen
und sagte:

„Ihr glaubt nicht, wie mir's bang zu Muthe
ist; ich wollte, die ganze Geschichte wäre schon
vorüber."

„Du hast just keine Ursache, ängstlich zu
sein. Du und die Lore, Ihr habt ja nichts zu
thun, als den Herrschaften die Blumensträuße
in den Wagen zu reichen, aber ich (Käthe
wurde um zwei Zoll größer), ich muß den
Willkomm sprechen, und das ist keine Kleinigkeit."

Sie zog ein Blatt Papier aus dem Busen und las:

„Durchlauchtigster Landesvater, allergnädigster Fürst und Herr, durchlauchtigste Fürstin, allergnädigste Landesmutter u. s. w. — Wenn ich nur erst glücklich über den Anfang hinaus wäre, ohne mich zu versprechen, das Übrige ist dann leicht.“

Die drei Freundinnen schickten sich an zu gehen. Zuvor schlüpfte die alte Hanne aus dem Zimmer und klopfte an die Thür des geheimen Laboratorii. Als kurz darauf die geschmückten Mädchen die Treppe herunterkamen, stand Fritz Hederich im Hausflur und betrachtete angelegentlich eine Süßholzwurzel. Er grüßte höflich und erhaschte von Else einen schnellen Blick.

„Wer war denn der?“ fragte Stadtschreibers Lore.

„Nur der Subjekt des Herrn Thomasius,“ antwortete Käthe. Else wurde roth, sie wollte gern etwas Scharfes entgegnen, besann sich aber und schwieg.

Draußen vor der Apotheke saß Jakob der Rabe mit struppigem Gefieder und sonnte sich. Als die Jungfern aus dem Hause traten, hüpfte er flügelschlagend herzu und rief Else beim

Namen. Aber weder diese noch ihre Begleite-
rinnen beachteten ihn, und Jakob zog sich gekränkt zurück.

Die ganze Stadt prangte im Festschmuck.
Die Häuser waren mit Laubgewinden geziert,
und von den Giebeln der Dächer wehten Fahnen
in den Landesfarben der beiden Städte Finkenburg und Ammerstadt. Die Kaufläden waren
geschlossen, die Handwerker feierten, und alles
strömte festlich gekleidet nach dem untern Thor,
wo eine Ehrenpforte errichtet war.

Bald nachdem Else das Haus verlassen hatte,
schritt auch Herr Thomasius aus dem Thor, er
trug sein gesticktes Staatskleid, eine mächtige
Perrücke, die ihm das Ansehen eines alten
Löwen gab, und unter dem Arm einen kleinen,
mit goldenen Tressen besetzten Hut. Er nahm
seinen Weg nach dem Rathhaus, denn von
dort aus sollte sich der Zug der Senatoren mit
dem Bürgermeister an der Spitze in Bewegung
setzen.

Jakob der Rabe blickte dem langsam Dahin-
schreitenden mit erstauntem Blick nach.

Wieder etwas später hielt der Magister
seinen Auszug, und zuletzt trat die geputzte
Hanne aus dem Haus, um ihren Weg nach dem
untern Thor zu nehmen.

An der Ehrenpforte vor dem Thor war alles in bester Ordnung aufgestellt. Oben, auf dem Triumphbogen in einer Art von Hühnerkorb saßen die Stadtzinkenisten. Sie hatten's am besten von allen, da oben war's lustig, und der dicke Posaunenbläser hatte die Vorsicht gebraucht, ein kleines Fäß'lein hinaufschroten zu lassen, dem man zur Erhöhung der Feststimmung wacker zusprach.

Unter der Ehrenpforte stand der Bürgermeister, umringt von den Senatoren, wie ein Truthahn unter dem Hühnervolk, ferner die Geistlichkeit und die drei Festjungfrauen, Bürgermeisters Käthe, Stadtschreibers Lore und Apothekers Else. Ihnen schlossen sich auf beiden Seiten die übrigen Jungfrauen Finkenburgs an, deren Aufgabe es war, den einziehenden Herrschaften Blumen auf den Weg zu streuen. An diese reihten sich die Schulen, es folgten die Zünfte mit ihren Fahnen, und den Beschluß bildeten die Grenadiere des Fürstenthums, die sich bis an den Eingang des Schlosses ausdehnten. Die trutzigen Krieger standen etwas weitläufig, denn der Weg bis zum Schloß war lang.

Um zehn Uhr sollte der Einzug stattfinden, und schon eine halbe Stunde früher war die

Aufstellung fertig. Der Bürgermeister hielt das rothsammtene Kissen, auf welchem die neuvergoldeten Schlüssel der Stadt lagen, auf den Armen wie eine Amme den Säugling, und repetirte für sich die Rede, die er zu halten hatte.

Es schlug zehn Uhr, jetzt muß er kommen, aber nichts kam. Es verging wieder eine Viertelstunde, die Sonne schien heiß, die Leute wurden des Stehens müde und die Kehlen durstig. Da kam mit verhängten Zügeln ein Reiter einhergesprengt, welcher meldete, die hohen Herrschaften würden frühestens in einer Stunde eintreffen.

Der Herr Bürgermeister blickte die Sena-toren fragend an. Eine volle Stunde — da könnte man ja in der Goldenen Gans, die nächst dem Thor gelegen war, in aller Ruh noch ein Schöpplein zur Stärkung trinken. Der Rath däuchte den Vätern der Stadt gut, und alsbald machten sie sich auf nach der Goldenen Gans. Die anderen Leute lösten sich in Gruppen auf und suchten sich die Zeit durch Gespräche zu kürzen. Vorsorgliche Bürger hatten wohl auch im Rocksack einen eingewickelten Imbiß und ein Fläschlein mit Gutem; das zog man jetzt hervor und theilte brüderlich mit Freunden und Nachbarn.

Der Wirth zur Goldenen Gans, deſſen
Naſe zur Feier des Feſtes noch feuriger ſchimmerte als ſonſt, empfing die geſtrengen Herren
mit tiefen Bücklingen und ſchaffte alsbald den
begehrten Labetrunk zur Stelle. Schon ſetzte
der Bürgermeiſter den Becher an den Mund,
da entſtand draußen auf der Straße ein hef-
tiges Drängen, und vom Kirchthurm herab
gaben die Glocken das Zeichen, daß die fürſt-
lichen Wagen am Weichbild der Stadt an-
gelangt ſeien. Da galt es flink ſein. Ohne
die Lippen befeuchtet zu haben, ſtürzte der
Bürgermeiſter auf die Straße und lief, ſo
ſchnell er konnte, der Ehrenpforte zu. Kaum
waren die athemloſen Väter der Stadt an
ihrem Platz angekommen, kaum hatte man
einige Ordnung hergeſtellt, ſo kam auch ſchon
der erſte Vorreiter auf ſchäumendem Pferde
angeſprengt.

Die Muſikanten droben in ihrem Hühnerkorb blieſen, die Glocken bimmelten, und in
langen Pauſen krachte eine ausgediente Kanone.

Jetzt ſah man eine große Staubwolke. „Sie
kommen, ſie kommen!“ hieß es. Der Bürgermeiſter griff ſich an die Halsbinde und krallte
ſeine Finger in das Purpurkiſſen.

Bürgermeisters Käthe wurde bald roth,
bald blaß und murmelte:

„Allerdurchlauchtigster Fürst und Landesmutter — Else, mir wird schwindelig, gieb
mir geschwind Dein Riechfläschchen!"

Aber ehe ihr Else das Verlangte reichen
konnte, rollte der Prachtwagen heran. Der
Fürst und die Fürstin saßen nebeneinander,
auf dem Rücksitz der kleine Prinz. Der Wagen
hielt unter der Ehrenpforte, der Bürgermeister
trat vor, und siehe da, es ging alles viel
leichter, als er sich's vorgestellt hatte. Der
Fürst sprach leutselig und freundlich — und
als nun erst die Jungfrauen an den Wagen
traten und ihre Blumensträuße überreichten,
da floß der Mund der hohen Herrschaften von
Honigseim über. Bürgermeisters Käthe sprach
ihre paar Worte, und die Fürstin, eine gar
schöne Dame, reichte zuerst ihr, dann den
beiden andern Mädchen die Hand und fragte
jede nach ihrem Namen. Auch der kleine Prinz
streckte sein Händchen aus dem Wagen, und
Else zeichnete er noch insbesondere dadurch
aus, daß er sie an ihren blonden Locken zupfte,
eine Aufmerksamkeit, die von der alten Hanne,
welche im Gedränge stand, mit großer Genug-
thuung und Freude bemerkt wurde. Noch

einmal grüßte das hohe Herrscherpaar, dann
zogen die Pferde wieder an. Die Jungfrauen
streuten Blumen, die Schuljugend unter An-
führung ihrer Lehrer brüllte Vivat, die ehrsamen Zünfte ließen ihre Fahnen flattern und
schwenkten schreiend ihre Hüte, die Grenadiere
präsentirten, das Spiel ward gerührt, und die
Wagen fuhren in den Schloßhof. Jetzt verstummte das Glockengeläute, die Musik hörte
auf zu spielen, und nur die Kanone krachte
noch ein paar Mal. Bürgermeister, Senatoren,
Geistlichkeit, Festjungfrauen, Handwerker, Schuljugend und Grenadiere zogen in schönster Ordnung ab, und damit war die erste Festlichkeit
vorüber. Es sollten aber noch viele andere
nachfolgen.

Herr Thomasius holte seine Tochter aus
dem Gedränge heraus und ging mit ihr seiner
Behausung zu. Er blickte mit Wohlgefallen
auf sein schönes Kind, das so sittsam neben
ihm herging. Der Magister kam des Wegs,
er wurde angerufen und mußte sich anschließen.
Die Leute auf der Straße blieben stehen und
sahen dem Trifolium nach. Herr Thomasius
grüßte freundlich nach rechts und links; jetzt
feierte er seinen Triumphzug. Er selbst re-
präsentirte den Reichthum, seine Else die Schön-

heit, der Magister die Gelehrsamkeit. Was fehlte noch?

Vor der Thür auf der Freitreppe stand Fritz Hederich; er schien den Apotheker zu erwarten.

„Herr Thomasius," rief er dem Herankommenden entgegen, „ich habe —", sein Blick fiel auf Else, die ihn mit leuchtenden Augen ansah, und er vergaß, weiter zu sprechen. Er dachte einen Augenblick: „Wenn ich ihr jetzt um den Hals fiele und sie auf den rothen Mund küßte — freilich meines Bleibens wäre nicht länger im Haus, aber ich hätte gelebt."

„Lump!" rief Jakob der Rabe, und das brachte ihn zur Besinnung.

„Was habt Ihr denn? Was steht Ihr da, wie die Kuh vor dem neuangestrichenen Hofthor?" polterte Herr Thomasius. „Ist etwas zerschlagen worden? Heraus mit der Sprache!"

„Nein, Herr Thomasius, es ist kein Unfall geschehen, im Gegentheil — kommt nur und seht."

„Magister, thut mir den Gefallen und geht mit der Else hinauf, ich muß sehen, was den Fritz so aufgeregt hat," sagte Herr Thomasius.

Else stieg gefolgt vom Magister die Treppe hinauf, und Fritz zog den Apotheker nach dem Laboratorium.

„Da seht!" sagte Fritz und hielt seinem Prinzipal einen Schmelztiegel vor.

Der Apotheker stieß einen Freudenruf aus. „Gold, Gold! Junge, laß Dich umhalsen; wie hast Du das angestellt?"

„Prüft's nur erst, ob's auch wirklich Gold ist," entgegnete Fritz, aber mit einer Stimme, der man die Siegesgewißheit anhörte.

Der Apotheker prüfte genau; es ließ sich nicht leugnen, der schimmernde Überzug auf dem Grund des Tiegels war Gold. Der Alte setzte sich nieder, ein Zittern war ihm in die Glieder gefahren.

„Sprecht, sprecht," sagte er, „wie habt Ihr's angestellt?"

Fritz gab Bescheid. Er erzählte, wie er aus Zinnober den Schwefel ausgeschieden habe, und wie dann nach Entfernung des Merkurs das Gold als Rückstand geblieben sei.

„Wartet hier," sprach Herr Thomasius, „ich will mich umkleiden und sogleich wieder hierher kommen; das Experiment muß sogleich wiederholt werden."

Herr Thomasius vertauschte sein Staatsgewand schnell mit dem Arbeitskleide und erschien wieder im Laboratorium.

„Jetzt munter, Fritz, den Zinnober her!"

Fritz Hederich brachte eine Büchse mit Zinnober herbei und wiederholte das Experiment.
Athemlos mit vorgestrecktem Hals stand Herr
Thomasius und sah dem Baccalaureus zu.
Dieser arbeitete mit fieberhafter Hast, und siehe
da — auf dem Grund der Schale befand sich
abermals ein goldener Spiegel.

„Es ist richtig, Fritz," keuchte der Apotheker,
„Ihr habt's gefunden. Freilich," setzte er hinzu,
„die Tinktur ist's nicht, und großer Gewinn ist
just auch nicht zu hoffen, denn des Goldes
ist wenig und der Zinnober ist theuer; aber
Gold habt Ihr gemacht, das steht fest."

Er machte eine lange Pause, dann begann
er von neuem mit unsichrer Stimme:

„Fritz, ich bin Euer Freund —"

„Ich weiß, ich weiß, Herr Thomasius. Wenn
Ihr nicht gewesen wäret, wer weiß, was aus
mir geworden wäre."

„Das wollte ich nicht sagen, Fritz, ich
meinte — Fritz, ich bin reich, reicher, als Ihr
denkt. Ich will Euch glücklich machen; Fritz,
ich beschwöre Euch, verkauft mir das Geheimniß. Seht, ich bin fünfundfünfzig Jahre alt,
habe mich mein ganzes Leben lang geplagt,
um das Magisterium zu finden, und nun
wirft's Euch der Zufall, ja der Zufall, Fritz,

in den Schooß. Verkauft mir das Geheimniß. laßt mir die Ehre, den Ruhm, Ihr sollt genug haben für Zeit Lebens."

„Herr Thomasius," sagte Fritz mit stockender Stimme, „ich verkaufe Euch das Geheimniß —"

„O Du Goldjunge!"

„— Ich lasse Euch den Ruhm und die Ehre, wenn Ihr mir —"

„Was, was? Heraus mit der Sprache! Was willst Du, mein Sohn?"

„Gebt mir Eure Else," sagte Fritz Hederich leise und schlug die Augen nieder.

„O weh, o weh," jammerte der Apotheker, „daran hab' ich nicht gedacht. Armer Junge, den Gedanken laß Dir vergehen, daraus kann nichts werden. Ich glaub's wohl, daß sie Dir in die Augen gestochen hat, sie ist das schönste Mädel in Stadt und Land, aber — armer Junge — schlag' sie Dir aus dem Sinn! Höre mich an, Fritz. Ich will Dich reich machen, ich will Dir die Apotheke abtreten, sie ist viel, viel werth; ich will Dein Fürsprech sein bei der reichsten, schönsten Jungfer, des Bürger- meisters Käthe zum Beispiel wäre nicht uneben, Du sollst sie haben, und wenn Du sie willst, — der Bürgermeister ist mein Gevattersmann

— verlaß Dich auf mich! Aber meine Else ist
nichts für Dich!"

„Und warum wollt Ihr mir Eure Tochter
nicht geben?" fragte Fritz mit tonloser Stimme.
„Bin ich Euch nicht gut genug?"

„Du wärst mir ein lieber Tochtermann,"
antwortete Herr Thomasius, „aber sieh, die
Else ist mein einzig Kind, ich habe sie so lieb,
nein, viel lieber noch als mein Leben, und ich
möchte ihr um alles in der Welt keinen Zwang
anthun. Der Magister, der Magister Xylander
hat ihr das Herz gestohlen mit seinem gelehrten
Wesen und seinen Manieren, den und keinen
andern mag sie, und darum wird er, wenn
Else noch etwas älter ist, mein Schwiegersohn.
Du wärst mir freilich, offen gestanden, lieber,
Du machst keine Verse, Du bist ein Pharma-
ceute, und die Apotheke bliebe bei der Familie.
Aber es geht nun einmal nicht. Schlag Dir
die Else aus dem Sinn!"

Fritz Hederich stand da todtenbleich. „Also
hat sie ihr Spiel mit mir getrieben," dachte er.
„Narr, der ich war! Vorbei, vorbei!" Er schlug
die Hände vor's Gesicht.

„Armer Junge," murmelte der Apotheker,
„aber es wird vorüber gehen, ich kenne das.
— Fritz," sagte er dann laut, „sei ein Mann,

Du kannst mein Sohn nicht werden, aber Du
sollst mir darum nicht minder werth sein.
Dein Glück ist gemacht, das bischen Liebes-
gram bringt Dich nicht um, Du hast eine gute
Natur. Gehe jetzt und erhole Dich. Die Hanne
soll Dir Dein Essen in die Stube bringen, auf
die Tinktur will ich heut selber Acht geben,
denn die dürfen wir nicht vernachlässigen trotz
Deiner Entdeckung. Und morgen, wo Du hoffentlich wieder auf dem Zenge bist, beginnen wir
mit einem großen Quantum Zinnober zu
experimentiren, dann sprechen wir auch weiter
über unsere Angelegenheiten."

Er reichte dem Baccalaureus die Hand,
und dieser ging gebrochen aus dem Laboratorium.

* * *

Der Wirth zur Goldenen Gans trug seine
funkelnde Nase hoch, der Einzug des Fürsten
kam ihm vor allen zu Gute.

Zur Feier des Festes ruhte alle Arbeit, und
die Trinkstube der Goldenen Gans war gesteckt
voll. Diese suchte aber auch ihresgleichen.
Hier war's im Sommer kühl und wohlig warm
im Winter, dazu drang durch die halbblinden
Fensterscheiben so wenig Sonne, daß man schon
um vier Uhr Nachmittags bei Licht zechen konnte;

und bei Kerzenschein mundet der Wein bekanntlich besser, als wenn das Tageslicht in den Becher
scheint. Was den Wein anbelangt, so war er
immer gut, der Ganswirth taufte ihn nur so
viel, wie jeder christliche Wirth thun muß, um
nicht zu Schaden zu kommen.

Den besten Tisch hatten die Altmeister der
ehrsamen Zünfte eingenommen, und das große
Wort führte der dicke Metzgermeister. Er war
als junger Bursche weit in der Welt herumgekommen und hatte eine Zeit lang im Dienst
des gewaltigen Herzogs von Friedland gestanden,
von dem er, so oft sich eine Gelegenheit dazu
ergab, erzählte. Auch heute hatte er, anknüpfend
an die Ähnlichkeit des Fürsten mit dem Fried-
länder, von der Glanzzeit seines Lebens zu
sprechen begonnen, aber die Meister hatten heute
kein Ohr für dergleichen Sachen, der Einzug
des neuen Herrn gab überreichen Stoff für ihr
Gespräch.

Der Ganswirth lief wie ein Wieselein hin
und her. Bald schleppte er einen frisch gefüllten
Henkelkrug aus dem Keller herauf, bald stand
er ehrerbietig hinter dem Stuhl eines ange-
sehenen Gastes und gab Bescheid über das
Alter des Weins; jetzt fuhr er mit Schüsseln
und Tellern klappernd in der Küche umher und

gleich darauf stand er an der Kammerthür, die
mit Keilschrift bedeckt war, und notirte die Anzahl der geleerten Schoppen; es war, als wenn
der Ganswirth sich verdoppeln könnte. Dabei
war er lustig und guter Dinge, hatte für jeden
Gast ein Wort und vergaß keineswegs, für sein
eigenes Wohl zu sorgen, denn nach regelmäßigen
Zwischenräumen rutschte ein Schöpplein durch
seine ewig durstende Kehle.

Der Ganswirth hatte aber auch noch einen
zweiten Grund, sich über den Besuch des Fürsten
zu freuen, denn dieser hatte das ganze zweite
Stockwerk des Hauses, sogar die Küche, die sich
oben befand, gemiethet. Schwere Kasten waren
von fürstlichen Dienern gebracht und mit großer
Vorsicht in die gemietheten Zimmer getragen
worden. Den Dienern auf dem Fuß waren
zwei Männer gefolgt, denen man gleich an der
Nase ansah, daß es Fremde waren. Der eine
von ihnen, ein großer Mann, dessen Bart bis
auf die Brust herabreichte, schien der Herr, der
andere sein Untergebener zu sein, wenigstens
traf der erstere alle Anordnungen. Er ließ ein
gutes Mahl für zwei Personen auftragen, und
als der neugierige Wirth die Schüsseln und den
Wein auf den Tisch gestellt hatte, sagte ihm
der fremde Herr, er wolle allein mit seinem

Genossen bleiben, schob, ohne viel Umstände zu
machen, den Ganswirth zur Thür hinaus und
verriegelte dieselbe.

Daß die Fremden zum Gefolge des Fürsten
gehörten, das war das Einzige, was der Ganswirth von ihnen wußte, und das genügte, ihn
dienstwillig und gefügig zu machen; in welcher
Beziehung jene zu dem Fürsten standen, das
anszuforschen, hatte er heute weder Zeit noch
Gelegenheit; er ließ sich aber darum keine
grauen Haare wachsen, denn er sah voraus, daß
er bald erfahren werde, was es mit den Beiden
für ein Bewandtniß habe.

Als die Fremden ihre Mahlzeit beendigt
hatten, begannen sie ihre Kisten und Laden
auszukramen.

Allerlei sonderbare Geräthe kamen da zum
Vorschein, deren Zweck nicht leicht zu ergründen
war, außerdem Flaschen, Schmelztiegel, Kolben
und dergleichen. Das Geräth wurde in die
Küche und in das größte Zimmer geschafft, und
als alles an Ort und Stelle war, sah es in der
Wohnung der Fremden fast ebenso aus wie in
dem geheimen Laboratorio des Herrn Thomasius.
Doch sah man hier noch andere Dinge, zum
Beispiel eine Tafel, auf welche Sternbilder ge-

zeichnet waren, eine Himmelskugel, einen großen
Cubus und zwei vollständige Todtengerippe.

Der Mann mit dem langen Bart betrachtete
alles, verschloß dann die Thüren und begab sich
mit seinem Gefährten in eins der beiden anderen Zimmer, in denen sich nur gewöhnlicher
Hausrath befand.

„Laß den Kopf nicht hängen," sagte er zu
dem andern, „es wird alles gut gehen."

„Meister," erwiderte der Angeredete und
verzog das Gesicht, „mir ist's höllenangst, Ihr
hättet nicht hierher kommen sollen; mir schwant
Böses."

„Du bist ein Hasenfuß," entgegnete der andere. „Ich habe in den Sternen gelesen —"

„Meister," fiel jener ein, „spart Euer Gefasel,
Eure Weisheit wollt' ich sagen, für den Fürsten
und andere erleuchtete Männer. Ich habe nicht
in den Sternen gelesen, kann überhaupt nicht
lesen, aber das weiß ich, daß es unklug von
Euch war, hierher zu gehen. Die Meise geht
nicht zweimal in den Schlag. — Wenn er uns
erkennt!"

„Wer? der Grünschnabel? Gesetzt er hält
sich noch hier auf, so erkennt er mich sicherlich
nicht."

„Euch nicht, aber mich, das Gesicht läßt sich
nicht verstecken."

„So bleib' zu Hause, wenn Du Dich fürchtest."

„Schöne Aussicht das! Sechs Monate will
der Fürst hier bleiben, und ich soll die ganze
Zeit über gefangen sitzen!"

„Sechs Monate bleibt der Fürst hier," sagte
der andere und strich sich seinen langen Bart, „damit ist aber nicht gesagt, daß auch wir so lange in
diesem Nest liegen bleiben. Nein, unsere Zeit
ist bald um, es gilt noch einen Hauptschlag aus-
zuführen."

„Wie wär's, Meister, wenn wir uns gleich
jetzt drückten; heute denkt niemand an uns. Wir
haben Reisegeld genug."

„Du bist ein Narr. Nein, wir haben nicht
genug, aber wir werden bald genug haben, verlaß Dich auf mich!"

Der Getröstete schnitt ein Gesicht.

„Sei guten Muths und trinke, dann wirst
Du auf andere Gedanken kommen," sagte der
Bärtige und schob seinem Gesellen den Wein-
krug hin.

Dieser grinste, nahm ihn in Empfang und
verließ das Zimmer.

Achtes Kapitel.

Fritz wird Schauspieler aus Desperation.

Als Fritz am andern Morgen zu guter Stunde in dem geheimen Laboratorium erschien, fand er Herrn Thomasius beschäftigt, große Klumpen Zinnober im Mörser zu zerstampfen.

„Wie geht's, Fritz?" fragte Herr Thomasius theilnehmend.

„Ich bin nicht krank."

„Das freut mich," sagte der Apotheker und reichte seinem Subjekt die Hand. „Kopf oben, Fritz! und trinkt brav kalt Wasser, das ist das Beste in solchen Fällen."

Man ging an die Arbeit. Fritz wiederholte
noch einmal im kleinen das Experiment, und
es gelang wie gestern. Nun drängte der Apotheker zu dem Versuch im großen.

„Die ersten Skrupel Gold," sagte er, „werden
angewandt, um den Löwen, den die Apotheke
als Zeichen führt, zu vergolden. Ich habe
mir bereits vom Magister, dem ich gestern
Abend unsere, oder vielmehr Eure Entdeckung
unter dem Siegel der Verschwiegenheit anver-
traut habe, eine Inschrift aufsetzen lassen, die
ich auf das Fußgestell des Löwen zu setzen ge-
denke."

Er zog ein Papier aus der Brusttasche und
reichte es dem Baccalaureus. Dieser las:

„Me renovavit et ornavit auro, quoD ipse
feCit, DanielLVs ThomasiVs."

„Die dicken Buchstaben," erklärte der Apotheker, „stellen zugleich die Jahreszahl dar.
Ja, das muß man dem Magister lassen, auf
solche Sachen versteht er sich wie kein Zweiter."

Fritz nickte schweigend und gab den Zettel
zurück.

Die beiden Adepten gingen an's Werk;
bald wirbelte trübgelber Dampf auf und zog
durch den Rauchfang. Draußen schien die Sonne,
die Vögel sangen in den Bäumen des Gartens,

grüne Eidechsen spielten auf der Mauer, und tausend Mücken tanzten in der Luft.

Die beiden Goldmacher standen am Schmelzofen und kümmerten sich nicht um die Welt. Der Apotheker dachte nur an das gelbe Metall und blickte in die dampfende Masse; Fritz Hederich starrte in's Leere.

Ein müder Schwimmer, hatte er sich an's Ufer gerettet und das Land, welches ihn aufgenommen, dankbar bebaut. Er war stillzufrieden, hatte mit den Weltfreuden abgeschlossen und sehnte sich nicht wieder hinaus in das Leben. Da zeigte ihm das Schicksal das Erdenglück in der verlockenden Gestalt der blonden Else noch einmal. Eine süße Gewalt riß ihn in's Leben zurück, und er begann wieder zu hoffen, sich zu freuen. Nun war sein Hoffen zu Schanden geworden, die Ruhe, aus der man ihn gewaltsam aufgerüttelt hatte, war dahin, das liebgewonnene Stillleben war ihm verleidet. Was lag vor ihm? Neue Stürme neues Ringen. Sollte er den Kampf noch einmal wagen, oder sollte er die Arme sinken lassen und untergehen? Er hatte manche Phiole unter seiner Obhut, deren Inhalt ihm bald zur ewigen Ruhe verholfen haben würde. Sollte er der Welt gute Nacht sagen? — Nein,

die Welt ist doch schön trotz allen Elends, das
sie hegt, und aller Narren, die auf ihr herum-
stolpern! Das Wanderlied zog ihm durch den
Sinn:

> „Wohin des Wegs
> „Mäd' Menschenkind?
> „Zum Glück durch Leid,
> „Zur Ruh durch Qual
> „Über Berg und Thal —
> „Die Welt ist weit!"

Er richtete sich auf und reckte seine Glieder.
Er fühlte sich so stark, er hätte dem Atlas das
Weltgebäude abnehmen mögen.

Es war ein Glück, daß er so kräftig war,
denn im nächsten Augenblick hatte er seinen
Prinzipal aufzufangen, der todtenblaß vom
Schmelztiegel zurücktaumelte. Er nahm ihn in
die Arme, wie man ein kleines Kind nimmt,
und setzte ihn in den Lehnstuhl. Herr Thomasius kam wieder zu sich und deutete mit der
Hand nach dem Schmelztiegel. Fritz Hederich
blickte hinein und konnte sich sofort den Zufall
des Apothekers erklären, denn der Tiegel zeigte
statt des Goldes einen trüben Bodensatz, der
sich trotz aller Mühe nicht in Gold verwandeln ließ.

Fritz Hederich betrachtete kopfschüttelnd den
Tiegel.

„Ohne Sorgen, Herr Thomasius," rief er dann, „es ist Zufall, ich bin meiner Sache gewiß. Gebt Acht, das nächste Mal gelingt's!"

Der Apotheker stand auf und drängte mit fieberhafter Angst zur Wiederholung des Experiments. Fritz arbeitete jetzt allein, er ging mit großer Sorgfalt zu Werke, aber kein Gold kam zum Vorschein.

„Es war Blendwerk," murmelte Herr Thomasius.

„Nein," antwortete Fritz, dem jetzt ein Licht aufging, „es war kein Blendwerk, aber ich war ein Thor. In dem Zinnober, den ich zum Versuch angewandt, war Gold enthalten, und ich habe es nur hervorgezogen. Dieser Zinnober enthält kein Gold, darum bleibt keins im Tiegel zurück. So ist's und nicht anders."

„Das war eine schlimme Täuschung," seufzte der Apotheker, „schlimm für Euch. Nun bleibt uns wieder nur die Tinktur, und diese muß gerathen, sie muß — denn es wäre eine beispiellose Grausamkeit vom Schicksal, wenn wieder ein Unfall einträte."

Er ging nach dem großen Kolben, der über einem gelinden Feuer stand, und betrachtete die trübpurpurne Flüssigkeit.

„Seht Fritz, es klärt sich schon. Nur Geduld, nur Geduld! — Fritz, laßt's Euch nicht anfechten, daß Euch das Glück genarrt hat. Finde ich das Magisterium, so soll es keinem mehr zu Gute kommen, als Euch. Aber jetzt wachsam und vorsichtig! diesmal muß es gelingen."

Fritz Hederich räusperte sich. „Herr Thomasius," sagte er, „ich hab' eine Bitte an Euch."

„Was giebt's?"

„Ich habe Euch treu gedient, und Ihr wißt, daß ich meine Sache verstehe."

„Gewiß, das weiß ich und erkenne es an."

„Ich danke Euch für Eure gute Meinung," fuhr Fritz fort. „Ihr seid ein angesehener Mann und weit im Land herum bekannt. Euer Wort gilt etwas. Erweist mir die Gunst und fragt bei Euren Kollegen an, ob mich keiner brauchen kann, denn ich muß fort, fort aus dem Haus und aus der Stadt."

„Fritz, seid gescheit, wollt Ihr gleich den Muth verlieren, weil Euch der erste Versuch in der Alchymie mißglückt ist?"

„Es ist mir nicht darum," entgegnete Fritz; „mich treibt etwas anderes fort, Ihr wißt schon was."

„Hm, so, so," sagte der Apotheker und neigte den grauen Kopf. „Ihr habt am End' Recht.

Es ist beſſer für Euch. Ich verliere Euch ungern, denn, ohne Schmeichelei, ich hab' Euch lieb gewonnen, aber es iſt beſſer, Ihr verlaßt die Stadt. Für einen guten Platz will ich ſchon Sorge tragen, vielleicht in Ammerſtadt oder ſonſt wo. Aber augenblicklich könnt Ihr nicht fort, Ihr müßt bleiben, bis die Tinktur fertig iſt. In zwei, drei Wochen — es kann aber auch noch länger dauern — denk' ich, ſind wir am Ziel; ſo lange müßt Ihr aushalten. Wollt Ihr mir das verſprechen?"

Fritz wäre am liebſten gleich gegangen, doch verſprach er dem Apotheker, die beſtimmte Zeit bleiben zu wollen und indeſſen ſorgfältig auf die Tinktur zu achten.

„Von der Arbeit in der Offizin," ſagte Herr Thomaſius, „entbinde ich Euch gänzlich, aber hier müßt Ihr deſto fleißiger aufpaſſen, ſechs Stunden ich, ſechs Stunden Ihr; lange dauert's ohnehin nicht mehr."

*　　*　　*

Es war ſechs Uhr Abends. Fritz war in der Wache bei der Tinktur von ſeinem Prinzipal abgelöſt worden und ſaß in ſeiner Stube. Da klopfte es an die Thür, und herein trat der Magiſter. Er war hochroth im Geſicht, und seine Nasenflügel zitterten. Das war immer der Fall, wenn er sehr aufgeregt war.

„Ach, Herr Baccalaureus," sagte er mit bebender Stimme, „ach, ach, ach!"

„Was giebt's denn, Herr Magister, wo fehlt's denn?" fragte Fritz theilnehmend.

„Ach, Werthgeschätzter, mir ist etwas Arges zugestoßen; denkt Euch, der Heiland ist krank geworden, oder vielmehr er simulirt eine Krankheit, bloß um mich zu kränken."

Dem Baccalaureus wurde Angst. Der Apotheker war nahe daran, über dem großen Magisterium den Verstand zu verlieren, er selbst wußte nicht, wo ihm der Kopf stand, und nun kam ihm noch der Magister mit seinen verworrenen Reden auf den Hals.

„Ruhe, Herr Magister, Ruhe!" mahnte er. „Setzt Euch und erholt Euch. Euch ist etwas zugestoßen?"

„Freilich, freilich, und ich selbst bin Schuld daran," antwortete der Magister und schlug sich vor die Stirn, „denn ich habe ihm eine Pönitenz diktirt."

Fritz Hederich griff sich gleichfalls an die Stirn.

„Er hat sich aber auch ein unverzeihliches Delictum zu Schulden kommen lassen," fuhr der Magister fort.

„Wer?" fragte Fritz; „der Heiland?"

Der Magister nickte.

Jetzt war es dem Baccalaureus klar, daß es bei dem Magister rappelte, und er begann ihn mit Vorsicht zu behandeln. Zunächst faßte er ihn beim Handgelenk.

„Euer Puls zappelt wie eine Maus im Milchtopf. Nur ruhig, Herr Magister! Was hat er denn begangen?"

„Er hat, nein ich kann's kaum sagen, er hat — ut cum indicativo konstruirt," stöhnte der Magister.

Der Baccalaureus lachte hell auf. „Das ist freilich ein großes Vergehen!"

„Nicht wahr?" ächzte der Magister, „Natürlich konnte ich nicht anders, als ihm eine Pönitenz auferlegen. Nun thut er mir den Possen an und stellt sich krank! Wer soll nun nächsten Sonntag den Herrn Jesus spielen?"

Jetzt ging dem Baccalaureus ein Licht auf.

„Gott sei Dank," sagte er, „daß es nichts weiter ist. Der Schüler, der in Eurer Komödie den Heiland spielen soll, ist plötzlich erkrankt? Nicht so?"

„So ist's," bestätigte der Magister, „habt Ihr mich denn nicht verstanden? Der Sekundaner Kaspar Krautmann, welcher in meiner

Komödie die Rolle des Jesus übernommen
hat, hat in seinem letzten Exercitio ut cum indicativo gesetzt. Das ist etwas Unerhörtes für
einen Sekundaner, und ich habe ihn deshalb
mit einer Pönitenz belegt."

„Das war aber auch unklug, Herr Magister!"
wandte Fritz ein.

„Das Gewissen, Herr Baccalaureus, das
pädagogische Gewissen," entgegnete eifrig der
Magister. „Ich mußte das thun. Wer hätte
auch dem Krautmann die Bosheit zugetraut,
krank zu werden. Ich weiß, er ist gesund
wie ein Fisch im Wasser, aber er behauptet
steif und fest, sterbenskrank zu sein, und unglücklicher Weise ist Doktor Krautmann sein
Oheim; der schreibt ihm richtig ein Testi-
monium, daß er das Zimmer hüten muß.
Und ich sitze da in der höchsten Verlegenheit.
Auf Sonntag ist das Spiel angesagt, alles in
Bereitschaft, und nun wird mein Heiland krank!"

Fritz Hederich war in einer Stimmung, daß,
wenn ihm wer gesagt hätte, morgen gehe die
Welt unter, er nicht außer Fassung gerathen
sein würde. Der Magister aber in seiner Verzweiflung kam ihm so komisch vor, daß er
Mitleid mit ihm zu fühlen begann. Theilnehmend fragte er:

„Kann denn kein anderer von Euren Lyceisten die Rolle des Herrn übernehmen? Bis zum Sonntag sind ja noch sechs Tage, und so gar viel wird der Heiland doch nicht zu sprechen haben."

„Das nicht, aber unter meinen Schülern ist keiner, der für die Rolle tauglich wäre. Die besten habe ich bereits anderweitig verwendet; der kleine Müller spielt die Jungfrau Maria, der Sekundaner Hans Spieß macht die Braut, und ich habe meine liebe Noth gehabt, noch ein paar halbwegs taugliche Brautjungfern zu finden, alle übrigen sind kleine, untersetzte Knirpse oder ungeschlachte Bengel, kaum gut genug für die Hochzeitsgäste und Teufel. Und ich kann doch den Heiland nicht von einem so hagebüchenen Lümmel oder von einem dick-köpfigen, bausbäckigen Stöpsel spielen lassen! Nein, Fritz — Herr Baccalaureus, wollte ich sagen —, wenn Ihr mich nicht rettet, so weiß ich nicht, in welches Mausloch ich mich vor Scham verkriechen soll. Ihr müßt den Jesus spielen."

„Ich?" fragte der Baccalaureus und lachte. „Magister, wenn Ihr wüßtet, wie mir's zu Muth ist, Ihr verlangtet Derartiges nicht von mir."

„Weiß schon, weiß schon," erwiderte der Magister, „Topf zerbrochen, Brühe ausgelaufen oder sonst etwas; Herr Thomasius hat mir vorhin etwas Ähnliches vorgewinselt. Hirngespinst, Herr Baccalaureus, Hirngespinst! Ich hätte nicht geglaubt, daß Ihr Euch von der Narrheit des übrigens sehr ehrenwerthen alten Herrn anstecken lassen würdet. Gold wollt Ihr machen? Überlaßt den Mammon den andern; Ihr seid zu Höherem geboren. — Spielt mir den Heiland, und Ihr werdet's nicht zu bereuen haben. Meiner Fürsprache bei unserm allergnädigsten Fürsten seid Ihr gewiß, und wenn der hohe Herr einmal aufmerksam auf Euch geworden ist und Euch seine Gunst zuwendet, so seid Ihr geborgen. Viel ist's nicht, was Ihr zu lernen habt, nichts als Stellen aus den Evangelisten, die Ihr als guter Christ so wie so kennt, nur hab ich sie in Verse gebracht, und das lernt sich desto leichter."

Fritz Hederich befand sich in einer Lage, wo der Mensch jedwede Gelegenheit ergreift, seinen Gedanken eine andere Richtung zu geben. Es kam ihm lächerlich vor, daß er gegenwärtig, wo er alles verloren, wo er im Begriff stand, wieder in die Welt hinauszufahren und sich mit dem

Geschick herumzuschlagen, Komödie spielen sollte. Er lachte und erschrak selbst vor seinem Lachen, als er dem Magister versprach, die Rolle zu übernehmen.

Diesem fiel mit der Zusage des Baccalaurens ein Stein vom Herzen. „Mit Herrn Thomasius habe ich schon gesprochen," sagte er, „der hat nichts dagegen."

Er wiederholte seine Verheißung und ging, um die Rolle zu holen, die Fritz auswendig lernen sollte.

In den nächsten Tagen lernte Fritz, während er am Feuer saß, über dem die rothe Tinktur brodelte, die Xylandrischen Verse auswendig. Es war ihm lieb, daß er etwas hatte, was sein Denken fesselte, und — er malte sich den Abend aus, wenn er auf dem Theater stehen und das veilchenblaue Augenpaar der falschen Else nach ihm blicken würde.

Herr Thomasius hatte seinen Konsens gegeben, daß Fritz sich an der Aufführung des Festspiels betheilige. Er war zwar ein abgesagter Feind aller Poeterei und hatte bereits mit Bestimmtheit erklärt, der Komödie in keinem Fall beiwohnen zu wollen, aber er glaubte, seinem Subjekt, dem das Schicksal so übel mitgespielt hatte, alles bewilligen zu müssen, was

diesem zur Zerstreuung seiner trüben Gedanken
ersprießlich wäre.

Der Magister war in diesen Tagen in großer
Aufregung. An dem Spiel mußte hie und da
gekürzt werden, dort war's nöthig, etwas ein-
zuflicken, und wieder an einer andern Stelle
beantragte der Rektor eine Änderung; und was
Herr Paulus Crusius sagte, das mußte geschehen,
wenn's auch dem Magister nicht immer ein-
leuchtete.

Täglich wurde eine Probe gehalten, und dabei gab's viel Ärger. Hans Spieß, der die
Brant spielte, war ein Faulpelz ersten Ranges,
er konnte seine kleine Rolle immer noch nicht
und lachte in einem fort. Die Jungfrau Maria
fing unglücklicher Weise an, die Stimme zu
wechseln und sprach bald fein, bald grob. „Er
muß Kreide essen, damit seine Stimme fein
wird!" befahl der Magister. Der kleine Müller
versicherte unter Thränen, das könne er nicht,
die Kreide mache ihm übel. Endlich bequemte
er sich zu Eidotter und Honig, und nun krächzte
er minder rauh. Ein Trost war es, daß Fritz
Hederich seine Sache gut machte. Mit seinen
langen Locken, seinem etwas angegriffenen Gesicht glich er in der That dem Bild des Heilands,
und wenn der Magister beim Auftreten der

übrigen Mimen die Stirn runzelte, so verklärte
sich sein Antlitz, wenn Fritz Hederich seine Rolle
sprach.

Wohl nie hat ein Komödiendichter solche
Plackereien gehabt, wie der Magister Hieronymus Xylander. Endlich klappte alles so ziemlich zusammen. Am Sonnabend war die letzte
Probe gehalten worden, morgen Abend sollte
das Spiel abgehalten werden, da ereignete sich
noch etwas.

Der Oberstkämmerer des Fürsten kam nämlich am Sonnabend Abend zu dem Rektor des
Lycei und erinnerte denselben, daß morgen, als
am Tage der Komödie, der Sterbetag der hochseligen Fürstin Mutter sei. Der Herr Rektor
werde wohl wissen, daß an diesem Tage weder
Musik noch Tanz gestattet sei. Er, der Oberstkämmerer, bringe dies bei dem Herrn Rektor
in Erinnerung, damit bei dem morgen stattfin-
denden Festspiel dies Gebot respektirt werde.

Obgleich Herr Crusius keineswegs an den
Trauertag gedacht hatte, so versicherte er doch
dem Oberstkämmerer, daß man diesem Umstand
wohl Rechnung getragen habe, und geleitete den
fürnehmen Besuch unter tiefen Bücklingen bis
an die Hausthür. In sein Zimmer zurückgekehrt, ergriff er Stock und Hut und begab sich

eiligen Schrittes nach der Goldenen Gans, wo
Herr Xylander um diese Zeit ein Schöpplein zu
trinken pflegte.

Dort theilte er dem Magister mit, daß morgen
keinerlei Musik gemacht werden dürfe, dieweil
auf morgen der Todestag der hochseligen Fürstin
Mutter falle. Er, der Rektor, setze voraus, daß
dem Magister dies bekannt sei.

Der Magister antwortete: er wisse das allerdings, habe auch bereits die nöthigen Ände-
rungen an der Komödie gemacht, trank sein
Schöpplein aus und begleitete den Rektor auf
die Straße, wo er sich von demselben verabschiedete. Dann ging er, um Fritz Hederich
aufzusuchen.

„Es ist, als ob sich alles wider mich ver-
schworen hätte," begann er. „Denkt Euch, Herr
Baccalaureus, da fällt mir eben ein, daß morgen
der Sterbetag der hochseligen Fürstin Mutter ist."

„Und da dürft Ihr das Spiel nicht aufführen?" fragte Fritz.

„Das wohl, aber es darf weder musizirt,
noch getanzt werden, das bricht der Komödie
die Spitze ab. Eine Komödie ohne Musik und
Tanz zum Schluß ist noch gar nicht dagewesen.
Und nun denkt Euch, wenn der Speisemeister
zu Jesus spricht:

„Erlaubt, o Herr, daß wir zum Tanz uns rüsten:
„Die städt'schen Geiger und die Zinkenisten,
„Sie stimmen schon die Zinken und die Geigen,
„Um aufzuspielen zu dem Hochzeitsreigen —"

und Ihr als Heiland darauf antwortet:

„Da thut Ihr Recht, denn einen Tanz in Ehren
„Kann niemand nicht mit Fug und Recht verwehren.
„Es tanzte selbst ohn' Ärgernuß und Schade
„Der König David um die Bundeslade —"

und wenn dann alles still und stumm auseinandergeht — was wird das für einen Eindruck machen?"

„Könnt Ihr das Spiel nicht um einen Tag verschieben?"

„Unmöglich! Am Montag beginnen die Stoppelferien, da müssen die Schüler, wenigstens die ärmeren, ihren Eltern auf dem Felde helfen. Und wenn ich die Komödie bis nach den Ferien verschieben wollte, so würden die Schlingel unterdessen alles verschwitzt haben; dann geht auch die Jagd auf, und Serenissimus haben keine Zeit mehr, Komödien anzusehen."

Die Beiden sannen hin und her, und schließlich mußte der Magister doch ohne Trost abziehen. Er fand lange die ersehnte Ruhe nicht. Das Bild des Martin Opitz konnte ihn zwar nicht des Nachts mehr erschrecken, denn er pflegte es allabendlich vor dem Schlafengehen umzu-

kehren, aber die Sorge um den Schluß der
Komödie ließ ihn nicht schlafen. Da — gegen
Mitternacht — wurde an die Thür des Xylan-
derschen Musei geklopft. Der Magister fuhr mit
dem Kopf unter die Decke, er erinnerte sich an
die Sage von dem Gespenst, welches im Haus
umgehen sollte. Aber das Klopfen wiederholte
sich, und eine Stimme rief:

„Herr Magister, ich bin's, Fritz Hederich."

Der Magister Xylander zündete seine Lampe
an und öffnete die Thür. Fritz Hederich betrachtete die Gestalt des Dichters, der keine Zeit gehabt
hatte, sich anzukleiden, mit verbissenem Lächeln.

„Herr Magister," sagte er, „ich hab's."

„Was habt Ihr?"

„Ich hab' einen Ausweg gefunden und etwas
zu Papier gebracht, was Euch morgen bei der
Aufführung über alles hinweghilft. Hier."

Er reichte dem Magister einen Zettel. Dieser
stellte die Lampe auf den Tisch und brachte
das Papier an seine blinzelnden Augen. Seine
nackten Beine und der Zipfel seiner Nachtmütze
zitterten, während er las.

„Optime, mein Freund," rief er, als er gelesen hatte, und flog dem Baccalaureus an
den Hals, daß sein Hemdlein flatterte.

„Optime, Herr Baccalaureus! Ich sag's

und bleib' dabei, Ihr seid ein Ingenium. Das ist ein herrlicher Gedanke, das wird wirken. Fritz gebt Acht, Euch blüht das Glück. Und wenn alles gut geht, und mir der Fürst — nun, was er thut, das weiß ich nicht, aber etwas thut er sicherlich, dann — Fritz, ich bin Euer Freund, und wenn ich Else heirathe — nächsten Frühling ist die Hochzeit — so sollt Ihr mein Brautführer werden; hier meine Hand drauf!"

Der Magister sprach's und klapperte vor Frost mit den Zähnen.

„Geht nur wieder zu Bett," mahnte Fritz, „und für Eure gutgemeinte Absicht danke ich Euch. Gute Nacht!"

„Gute Nacht, Herr Baccalaureus, und nochmals meinen Dank," sagte der Magister, „morgen will ich nachholen, was ich heute an Schlaf versäumt habe. Gute Nacht!"

Der Baccalaureus entfernte sich, der Magister verriegelte sorgfältig hinter ihm die Thür und ging — nicht in's Bett, er kleidete sich vielmehr wieder an und setzte sich an sein Schreibpult, um das, was auf dem Zettel des Baccalaureus stand, auszufeilen, denn die Verse des Subjekts waren sehr schlecht.

Neuntes Kapitel.

Die Hochzeit zu Kana.

Die Ratten im Finkenburger Rathhaus hielten einen Familienrath,
denn in dem großen Saal, welchen
sie als ihr unbestrittenes Eigen-
thum betrachteten, gingen seit ein
paar Tagen Dinge vor, welche
ihnen den Aufenthalt verleiden
mußten und den geschwänzten Fa-
milienoberhäuptern die Frage aufdrängten, ob
man nicht besser thue, andere Wohnsitze zu
suchen.

Wären es Wanderratten gewesen, sie hätten
Angesichts der drohenden Gefahr ihre Lenden

gegürtet und wären ausgezogen mit Mann und Maus, Kind und Kegel, denn diese Spezies fragt nicht woher? und wohin? sondern denkt: Ubi bene, ibi patria. So aber waren's konservative Hausratten, denen seit urvordenklichen Zeiten das Finkenburger Rathhaus erb- und eigenthümlich zugehörte, und daß diese den Ort, wo die Wiege ihrer Väter gestanden, nicht leichtsinnig aufzugeben geneigt waren, wird jedermann begreifen.

Die Ratten hielten, wie gesagt, einen Familienrath, dem der Senior des weitverzweigten Geschlechts, ein alter, eisgrauer Rattenvater, präsidirte. Er hatte statt des ansehnlichen Schwanzes, den die übrigen zur Schau trugen, nur einen kurzen Stummel, aber dieser Mangel gereichte ihm keineswegs zur Schande, im Gegentheil — wie junge Krieger den Stelzfuß eines Veteranen mit Ehrfurcht betrachten, so blickten die Rattenjünglinge auf den Schwanzstummel ihres Ältesten, hatte er doch die fehlenden Zweidrittel in einem höchst ungleichen Kampfe verloren, als ihn Peter, der Schooßkater der Bürgermeisterin, heimtückischer Weise von hinten überfiel.

Daß man gegen die Besitznahme des Rathhanssaales durch die Menschen nicht mit Gewalt

einschreiten dürfe, war allen Ratten einleuchtend,
eine List wollte keinem einfallen, und so ent-
schloß man sich denn, wiewohl mit schwerem
Herzen zu einer Massenauswanderung; es war
nur die Frage, wohin.

Unternehmende Jünglinge, die zuweilen
ausgedehnte Streifzüge in die Nachbarschaft
unternahmen, rühmten die Räumlichkeiten der
Goldenen Gans und malten das Wirthshaus-
leben so reizend wie möglich aus. Ein eroberungs-
lustiger Rattenheld hatte sogar, wie einst
Cato Feigen ans Karthago, einen Wurstzipfel
aus der Küche der Goldenen Gans in die
Versammlung mitgebracht. Aber der Rath, so
gut er übrigens schien, ward doch verworfen,
weil ein Wirthshaus, allenfalls gut genug
für ein Mäuseproletariat, kein standesgemäßer
Aufenthalt für ein altes Rattengeschlecht sei.
Auch wußten ängstliche Rattenfrauen von zwei
in der Gans wohnenden Männern zu erzählen,
die eine große Familienähnlichkeit mit slova-
kischen Rattenfängern hätten.

Hierauf schlug man die Bodenräume der
Löwenapotheke vor. Aber auch dieser Antrag
fiel durch. „Wie leicht könnte sich eins der
Kinder an einem giftigen Kraut vergeben, und
dann — Jakob der Rabe!"

Es wurde noch manches Haus in Vorschlag
gebracht, aber überall hatte es irgendwo einen
Haken. Da erhob sich ein Rattenvater, der bisher geschwiegen hatte, und stellte den Antrag,
man solle noch ein paar Tage warten, vielleicht
geschehe unterdessen etwas. Den sorgenden
Familienhäuptern fiel es wie Schuppen von
den Augen, und die gepreßten Herzen athmeten
auf; das war ein Ausweg. Abwarten wollte
man die Dinge, die da kommen würden. Die
Versammlung wurde geschlossen, und die Ratten
verliefen sich in ihre Löcher, um von ihrer par-
lamentarischen Thätigkeit auszuruhen.

Allerdings mußte jeder, der den großen
Rathhaussaal gesehen hatte, wie er sonst gewesen, bei dem Anblick seiner jetzigen Gestalt
zugestehen, daß das kein behaglicher Aufenthaltsort mehr für anständige Hausratten sei.

Ehemals war der Saal gewissermaßen die
Rumpelkammer des Rathhauses gewesen. An
den Wänden standen hohe Repositorien, ange-
füllt mit Acten und Urkunden. Auch hingen
hier alte, gebräunte Gemälde, Bürgermeister
und andere berühmte Persönlichkeiten darstellend.
In den Winkeln standen, durch lederne Über-
züge geschützt, die Fahnen der ehrsamen Zünfte,
ferner ausgediente Nachtwächterspieße, verschie-

dene bei Schlägereien konfiscirte Mordwaffen
und Knüppel, sowie alte Hakenbüchsen, mit
denen vor Jahren die tapferen Bürger ihre
Mauern vertheidigt hatten. Hier stand auch
für gewöhnlich der hölzerne Marktesel, den vor
Jahr und Tag der Doktor Rapontiko geziert
hatte. Außerdem lagen und standen im Saal
umher allerhand alter Hausrath, abgenutzte
Feuereimer, unrichtiges Gemäß, falsche Waagen
und Gewichte, welch letztere Gegenstände man
ihren betrügerischen Eigenthümern von Rechts
wegen konfiscirt hatte; zerbrochene Harnische
und anderes Gewaffen, abgetragene Montur-
stücke der Stadtknechte, verrostete Ketten und
Handschellen, eine alte Dachrinne, Glasscherben
und Schutt. Dazu waren die runden Fensterscheiben erblindet und mit Spinneweben geziert,
und da hie und da eine Scheibe fehlte, so war
der Eintritt in den Saal auch fliegendem Nacht-
gethier unverwehrt.

Man sieht aus der Beschreibung des Rath-
haussaales, wie er vordem aussah, daß derselbe
allerdings ein Aufenthaltsort für die Ratten
war, wie ihn diese nicht besser wünschen konnten. Jetzt war's freilich anders geworden.

Eines Tages waren die Stadtknechte gekommen und hatten das Gerümpel beseitigt.

Diesen folgten drei alte Weiber auf dem Fuße,
welche mit Sand, Wasser und Strohwisch den
Fußboden reinigten, und wieder einen Tag
später begannen Zimmerleute im Hintergrunde
des Saales ihr Pochen und Hämmern. Endlich
hörte der Lärm auf, und als sich die beherz-
testen Rattenrecken in den Saal wagten, sahen
sie ein großes, aus Balken und Brettern auf-
geschlagenes Gerüste, welches vorn mit einem
rothen Tuch verhangen war. Daß das eine
Rattenfalle sei, war keine Frage.

Aber diesmal täuschten sich die Ratten doch.
Das Gerüst war keine Falle, sondern nichts
Geringeres, als die Bühne, auf welcher das
Festspiel des Magisters Xylander, betitelt „Die
Hochzeit zu Kana", aufgeführt werden sollte.

Der Rektor Crusius hätte es zwar lieber
gesehen, wenn die Komödie in der Aula des
Lycei gespielt worden wäre, denn es war vor-
auszusehen, daß nun der Bürgermeister einen
Theil der fürstlichen Huld erschnappen werde,
die außerdem ungetheilt dem Lehrkörper des
Lycei zugefallen wäre — aber die Aula war
nun einmal nicht geräumig genug, um den Hof
und die übrigen Ehrengäste zu fassen, und der
Rektor mußte wohl oder übel zugeben, daß das
Spiel im Rathhaus vor sich gehe. Er hatte

sich's aber ausbedungen, in Gemeinschaft mit
dem Bürgermeister die durchlauchtigsten Herrschaften an der Treppe empfangen zu dürfen,
und das war ihm auch zugestanden worden.

Am Sonntag Abend wogte es von allen
Seiten gegen das Rathhaus zu, vor dessen Eingang zwei sprühende Pechpfannen und sechs
mit Hellebarden bewaffnete Stadtknechte standen. Finkenburg hatte deren eigentlich nur
fünf, aber des Gleichmaßes halber war der
Nachtwächter in eine Stadtknecht-Uniform ein-
gekleidet worden, und zu seinem Ruhm muß
berichtet werden, daß er sich so gut hielt, als
ob er ein wirklicher Stadtsoldat sei.

Außer diesen sechs Wächtern und den beiden
Pechpfannen standen noch viele gewöhnliche
Menschen vor dem Rathhaus; das waren die-
jenigen, die keine Einladung erhalten hatten.
Sie machten ihrem Ärger durch Schimpfen und
Lärmen Luft und begleiteten den Eintritt jedes
geladenen Bürgers mit Hohngeschrei und un-
gehörigen Bemerkungen.

Endlich kam ein fürstlicher Läufer angerannt.
Die aufgeregte Menge ward plötzlich mäuschen-
still und wich zur Seite, denn die vergoldete
Staatskarosse nebst allem Zubehör rollte heran.
Diejenigen, welche im Besitz einer Kopfbedeckung

waren, zogen dieselbe, der Wagenschlag wurde
geöffnet, der Herr Bürgermeister und der Herr
Rektor bewillkommneten die hohen Gäste mit
tiefen Bücklingen und geleiteten sie nach oben.
Unten wogte und brauste wieder die Volks-
menge, die Stadtsoldaten lehnten an ihren
Spießen, und die Pechflammen sandten er-
stickende Rauchsäulen in die klare Abendluft.

Durch die weise Fürsorge des Herrn Bürgermeisters war die Folterkammer zur Garderobe
hergerichtet worden. Dort entledigten sich die
Herrschaften ihrer Mäntel und traten dann,
geleitet vom Bürgermeister und vom Rektor,
in den festlich geschmückten Saal, der von vier-
undzwanzig dicken Unschlittkerzen glänzend be-
leuchtet war.

Bei dem Eintritt des Hofes erhob sich Alles
von den Sitzen, und für ein paar Augenblicke
war von all den Kratzfüßen ein Scharren im
Saale, daß man sich in einen Pferdestall ver-
setzt glaubte. O, sie hatten Lebensart, die
Finkenburger!

Das fürstliche Paar und der kleine Prinz
nickten nach allen Seiten und nahmen dann
der Bühne gegenüber ihre Plätze ein. Rechts
und links von den Durchlauchtigsten stand und

saß das Gefolge, bestehend aus den Edelleuten
der Stadt und der Umgegend.

Auf beiden Seiten des Saales befanden sich
die Sitze der geladenen Bürger. Die Frau
Bürgermeisterin thronte mit Käthe, ihrer Tochter, und Else Thomasius in der vordersten
Reihe, woselbst auch die Frau Rektorin zwischen
den Ehefrauen des Konrektors und des Tertius
Platz genommen hatte. Auch der dicke Metzgermeister nebst seiner nicht minder wohlbeleibten
Frau Liebsten, sowie die anderen Altmeister,
waren zugegen.

Der Raum, welchen die Bürgerschaft inne
hatte, war durch eine rothe Schnur abgegrenzt,
über die rothe Schnur hinüber flogen die feurigen Blicke der Kavaliere nach den schönen
Bürgerstöchtern, ja, die unternehmendsten Edel-
leute traten sogar hart an die Schnur heran
und knüpften Gespräche an mit dem erröthen-
den Gretchen, Käthchen, Lottchen und Lieschen,
über welche Auszeichnung manches Mutterauge
erglänzte und manche bürgerliche Faust sich
ballte; aber nur in der Rocktasche.

Es ging sehr laut im Saale her. Fürst
Rochus unterhielt sich mit dem Bürgermeister,
während dem Rektor die Ehre zu Theil geworden war, der Fürstin und dem kleinen

Prinzen über dies und jenes Auskunft zu ertheilen. Er that dies mit großer Würde, jeder
Zoll ein Rektor, und schielte zuweilen nach
seiner Ehehälfte hinüber, die sich mit jeder
Sekunde mehr aufblähte.

Da ertönte eine Klingel zum Zeichen, daß
das Spiel beginne, es wurde mäuschenstill im
Saal, und aller Augen richteten sich erwartungs-
voll auf den Vorhang, der langsam emporrollte.

Auf der Bühne stand der Magister Xylander. Er trug ein reiches Kleid, eine große
Perrücke und einen Degen mit weißer Scheide.

Weiß sind Gelehrter Degenscheiden,
Denn Unschuld pflegt sich weiß zu kleiden.

Der Magister sah blaß aus, und seine Hand,
die eine Papierrolle hielt, zitterte ein wenig.
Er machte drei tiefe Bücklinge, wobei er die
Linke auf's Herz legte und mit dem rechten
Fuß zierlich auskratzte, und hub an, einen sauber
zugerichteten Prolog zu sprechen. Am Schluß
machte er wieder drei Verbeugungen, und der
Vorhang fiel, jedoch nur, um sich sogleich wieder zu heben.

Auf der Bühne standen jetzt links ein Dutzend
großer, steinerner Krüge, rechts eine Gestalt in
der Tracht eines wohlhabenden Bürgers.

„Des Kupferschmieds Gottlieb," flüsterte man im Saal. Des Kupferschmieds Gottlieb, seines Zeichens ein Selektaner, trug einen großen Strauß von Sternblumen und Rosmarin am Busen, denn er stellte den Brautvater dar. Er verneigte sich vor den Herrschaften, wurde roth und begann dann mit leiser, schüchterner Stimme:

„Gekommen endlich ist die frohe Zeit,
„Da meine Tochter einen Gatten freit —"

„Lauter!" zischte Herr Xylander aus seinem Winkel, und mit etwas stärkerer Stimme fuhr der Brautvater fort:

„Bereits ist ohne alle Müh und Noth
„Geschehn das dritt' und letzte Aufgebot,
„Und heut im Tempel wechseln sie die Ringe.
„Drum bin ich wohlgemuth und guter Dinge —"

„Noch lauter," raunte der Magister dem Selektaner zu, „Er kann ja sonst schreien wie ein Zahnbrecher."

Und Gottlieb, der mittlerweile Muth gefaßt hatte, kreischte in den Saal hinaus:

„Mein Töchterlein ist schön und tugendreich,
„In Kana kommt ihr keine zweite gleich,
„Und meinem Tochtermann kann's keiner bieten,
„Er ist der erste unter allen Jüden."

„Hand auf's Herz!" erinnerte der Magister, und der Brautvater legte die Hand auf's Herz, indem er seinen Monolog mit den Worten schloß:

„Der ist fürwahr ein hochbeglückter Mann,
„Der solche Kind' sein eigen nennen kann.“

Jetzt trat der Speisemeister, ein dicker roth-
wangiger Junge mit den Worten auf:

„Gelobt sei Jesus Christus, unser Herr!“

Brautvater:

„In Ewigkeit, Speisemeister, was ist Dein Begehr?“

Speisemeister:

„Dir anzusagen, daß zur Festlichkeit,
„Jedwedes Ding, so Speis' und Trank bereit.“

Brautvater:

„Ich will es hoffen, daß Du nichts vergessen,
„Die werthen Gäste sollen satt sich essen;
„Vor allem aber sorge für den Wein,
„Zuviel soll eher als zu wenig sein,
„Zuviel des Guten kann uns heut nicht schaden!
„Gar hohe Gäste hab' ich eingeladen,
„Ja, reiße nur die Augen auf, mein Lieber,
„Sankt Joseph kommt von Nazareth herüber,
„Maria auch, die Jungfrau sündenohne,
„Zur Hochzeit kommt sie mit dem ein'gen Sohne,
„Mit unserm Herrn und Heiland, Jesus Christ,
„Der an dem Kreuz für uns gestorben ist.“

„Amen,“ ertönte es hie und da aus dem
Zuschauerraum. Mehrere Weiber tasteten mit
der Hand nach dem Ort, wo sie ihr Sacktuch
zu tragen pflegten, denn sie konnten in den
Fall kommen, des Tüchleins zu bedürfen; die
Komödie ließ sich gar zu rührend an.

Dem Magister entging der Eindruck, den das
Spiel auf die Zuschauer machte, nicht; er freute

sich ob der Theilnahme der Anwesenden und glaubte auch, in den Gesichtern der hohen Herrschaften den Ausdruck der Befriedigung zu bemerken.

Der Speisemeister fuhr fort:

> „Sei ohne Sorgen. All' die Krüge hier
> „Sind angefüllt mit edlem Malvasier;
> „Wenn hundert wollten ihre Schoppen füllen,
> „Sie könnten alle ihren Durst wohl stillen.
> „Der Noah selbst, der fromme alte Zecher,
> „Fänd' Weins genug für seinen großen Becher.
> „Wenn Deine Gäste all' den Wein vertragen,
> „Sie müßten Schwämme haben statt der Magen.“

„Hohoho, hahaha, hihihi!“ lachte es im Saal, und der Magister sah mit wonnigem Entzücken, daß auch Serenissimus die Mundwinkel verzog.

Das Spiel nahm seinen Fortgang. Der Speisemeister las von einem langen Zettel die Anzahl der für das Hochzeitsmahl hergerichteten Kälber, Lämmer und Hühner ab und erging sich eines Breiteren über die mannigfaltigen Gerichte, so daß den Zuschauern das Wasser im Munde zusammenlief. Damit schloß der erste Aktus.

Nachdem der Vorhang wieder in die Höhe gegangen war, stellte die Bühne das Innere des Tempels dar. Im Hintergrund stand ein Altar mit Kruzifix und Kerzen; ein Katheder war zur Kanzel umgestaltet worden. Hinter der Scene schlugen zwei kleine Lyceisten abwechselnd auf einen kupfernen Kessel und eine Gießkanne; das war das Glockengeläute. Eine Zeit lang stand die Bühne leer, dann trat unter Absingung eines geistlichen Liedes der Hochzeitszug herein, voraus der Bräutigam mit der Braut. Der Lyceist, welcher die Braut darstellte, sah so allerliebst aus, daß alle Zuschauer die Hälse reckten, um den Hans Spieß in dem weißen Schleppkleid und der Brautkrone genau sehen zu können. Hans Spieß sah aber gar nicht ergriffen aus, wie dies sonst bei Bräuten der Fall ist; er ließ vielmehr seine schwarzen Augen neugierig über die Anwesenden gleiten und hatte Mühe, ernsthaft zu bleiben, als ihm der Magister mit einer Menschenfressermiene zuflüsterte:

„Augen niedergeschlagen, Spieß! Oder Er kommt sechs Stunden in den Karzer!"

Dem Brautpaar folgte der Brautvater mit den Hochzeitsgästen; den Schluß des Zuges bildete Joseph mit Maria und Jesus. Sie sahen genau so aus, wie auf dem Bild, welches in der Finkenburger Stadtkirche hing, und Joseph trug überdies zum Zeichen, daß er ein Zimmermann sei, eine Säge.

Der kleine Müller als Jungfrau Maria war
sehr bleich, denn er hatte eine Höllenangst seiner
groben Stimme halber, aber eben wegen seiner
Blässe nahm er sich sehr gut aus. Alle über-
strahlte jedoch Fritz Hederich durch seine edlen
Züge und seine hohe Gestalt, die von einem
blauen, faltigen Gewand umflossen war.

„Aaaah," ertönte es im Saal. Der Fürst
aber winkte den in der Nähe stehenden Rektor
herbei und fragte ihn, wer der junge Mensch sei.

Leider mußte Herr Crusius berichten, daß
der Darsteller des Heilands kein Lyceist, sondern
ein fremder, seit Jahr und Tag hieselbst ansässiger Baccalaureus sei, der die Rolle des
krank gewordenen Schülers aus Gefälligkeit für
den Magister Xylander übernommen habe.

Auf den fremden, seit Jahr und Tag hier
ansässigen Baccalaureus waren viele Augen gerichtet, unter andern auch zwei blaue, die der
blonden Else angehörten.

„Euer Subjekt," flüsterte ihr Bürgermeisters
Käthe in's Ohr, „sieht nicht übel aus."

Nicht übel! Else warf der Sprecherin einen
vernichtenden Blick zu. — Nicht übel — Sie
verglich Fritz Hederich mit den anwesenden
Bürgerssöhnen, da war keiner, der ihm das
Wasser reichte; von den hinter der rothen Schnur

ſitzenden Bürgern wanderte ihr Auge zu den
Junkern im Gefolge des Fürſten. Freilich gab's
darunter ſchöne, ſchlanke Männer, und wie bieg-
ſam und gelenkig waren ihre Rücken, aber mit
Fritz Hederich konnte ſich doch keiner meſſen.
Sie zog zum Vergleich noch einen heran, der
gegenwärtig nicht ſichtbar war, weil er hinter
der Scene Acht geben mußte, daß alles ordentlich herging, und ſie ſeufzte ſo tief auf, daß ſich
mehrere Hälſe nach ihr drehten, und Bürger-
meiſters Käthe fragte, was ihr fehle.

Mittlerweile hatte auf der Bühne die Handlung begonnen; das Brautpaar kniete am Altar
nieder und wurde feierlich eingeſegnet. Dieſe
Scene hatte dem Magiſter Xylander große
Schwierigkeiten gemacht, denn die Trauformeln,
wie ſie der Katechismus vorſchreibt, in Verſe
zu bringen, war kein Spaß.

Alles lief gut ab. Der Hoheprieſter Kaiphas,
der im ſchwarzen Chorrock mit weißen Bäffchen
die Trauung vollzog, fragte am Schluß ſeiner
Rede den Bräutigam:

> „Willſt Du zum Ehgemahle dieſe da,
> „Bekräft'ge es mit einem lauten Ja!"

„Ja," würgte der Bräutigam hervor.

Dieſelbe Frage ward hierauf mit der nöthigen
Abänderung der Braut vorgelegt und Hans

Spieß nickte seelenvergnügt mit dem Kopf, indem er sein Ja so laut und vernehmlich in den
Saal hinausschmetterte, daß alles auflachte,
und der Magister vor Wuth mit den Zähnen
knirschte.

„So nehmt denn meinen Segen hin, ihr Beiden!
„Was Gott zusammenfägt, das soll der Mensch nicht scheiden,“
sagte der Hohepriester und legte die Hände auf
das Haupt des Brautpaars.

„Rührung, Rührung!“ zischelte der Magister,
und auf dies Kommando schluchzten die Lyceisten,
namentlich der Brautvater ganz jämmerlich.

Jetzt war auch für die weichherzigen Zu-
schauerinnen der rechte Augenblick gekommen,
das Tüchlein zu ziehen, und eine Weile lang
war ein so erbärmliches Seufzen und Geklückse
im Saal, daß man die Worte der Darsteller
nicht verstehen konnte.

Der Magister war höchst zufrieden.

Durch Gegensätze muß man wirken; dies
war dem Verfasser der Komödie wohl bekannt,
und deshalb hatte er die Scene, in welcher
Lucifer mit seinen Gesellen agiren sollte, un-
mittelbar auf die Tempelscene folgen lassen.
Wenn jene auf die Thränendrüsen gewirkt
hatte, so reizte diese die Lachmuskeln. Die
Teufelsscene war übrigens diejenige, welche bei

den jugendlichen Schauspielern am meisten An-
klang gefunden hatte und in den Proben stets
außerordentlich gut gegangen war. Auch jetzt
bei der Aufführung war die Liebe ersichtlich,
mit der die Darsteller ihre Rollen spielten.

Der Boden des Theaters hatte eine Thür.
Diese ward jetzt zurückgeschoben, und grelle
Flammen sprühten hervor. Fritz Hederich leitete
das Feuerwerk; er hatte sich seines blauen Ge-
wandes entledigt und kommandirte zwei kleine,
unterirdische Quintaner, denen auf vieles Bitten
das Blitzen übertragen worden war. Die beiden Burschen waren außerordentlich aufgeregt
und blitzten mit Vergeudung großer Massen von
Hexenmehl, welches Fritz Hederich unentgeltlich
geliefert hatte, so ungestüm und gräulich, daß
dem Magister beinahe Angst wurde.

Von den Blitzen umzingelt, stieg Lucifer
mit sechs Teufelchen herauf. Die Höllensöhne
waren in Kälberfelle eingenäht und hatten
stattliche Schwänze nebst Hörnern und Krallen.
Lucifer erging sich in schauderhaften Gottes-
lästerungen, schimpfte auf die heilige Familie
wie ein Rohrsperling und forderte schließlich
seine Gesellen auf, den Wein auszutrinken.

„Damit dem Herrn des Himmels und der Erde
„Die Hochzeitsfreude recht versalzen werde."

Gräulich quiekend und kreischend fielen auf dieses Geheiß die Teufel über die Weinkrüge her und tranken dieselben unter dem wiehernden Gelächter und geräuschvollen Beifall des Publikums aus.

Die übrigen mitwirkenden Lyceisten, die hinter der Scene standen, sahen mit mißgünstigen Blicken den Erfolg ihrer Kameraden. Hans Spieß, der die Braut spielte, vergoß sogar Thränen des Neides; den Erfolg der Teufel voraussehend, hatte er sich eifrig um eine Teufelsrolle bemüht, aber der unerbittliche Magister hatte ihn zur Braut verurtheilt. Hans Spieß nahm sich im Stillen vor, dem Magister demnächst einen Possen zu spielen.

Dieser ließ freudetrunken seinen Blick über die tobende, jubelnde Zuschauermenge gleiten und dankte im Stillen dem Baccalaureus, in dessen Kopf der Gedanke, den Wein durch Teufel austrinken zu lassen, entstanden war.

Die Sache hätte aber um ein Haar eine üble Wendung genommen, der kleine Prinz nämlich, der zwischen seinen erlauchten Eltern saß, fing, als die Teufel gar zu toll schrieen und herumsprangen, zu weinen an, erst leise, dann aber, als niemand dies bemerkte, lauter; und endlich zeterte er in den Saal hinaus, daß

der ganze Hof zusammenlief, um die kleine
schreiende Durchlaucht zu beschwichtigen. Glücklicher Weise gelang es, durch Zuckerwerk die
Thränen des Prinzen zu stillen, und der Magister, dem das Herz für ein paar Augenblicke
stillgestanden hatte, athmete wieder auf. Er
war aber doch herzlich froh, als die Teufelsscene zu Ende war, und er verstand den Blick,
den ihm der Rektor Crusius zuwarf, recht
wohl.

Es folgte nun der letzte Actus, das Fest-
mahl und die Verwandlung des Wassers in
Wein. Fritz Hederich, der als Apothekersubjekt
vortrefflich mit Pauschereien umzugehen wußte,
bewerkstelligte das Wunder mit großer Geschick-
lichkeit. Es ging auch alles gut ab. Die Braut
schaute in Folge ihres über den Erfolg der
Teufel gehabten Ärgers nicht mehr so übermüthig drein, und der kleine Müller krächzte
nicht allzu rauh, als er zu Jesus sprach:

„Mein Sohn, die Krüge hier sind alle leer,
„Die Juden haben keinen Wein nicht mehr.“

Die Komödie neigte sich ihrem Ende zu.
Der Wein ward gebührendermaßen gelobt und
getrunken, die Tafel wurde aufgehoben, und
nun hätte eigentlich der Tanz kommen müssen.
Wirklich traten auch Musikanten hervor, und

der Speisemeister näherte sich dem Heiland mit
den Worten:

> „Erlaubt, o Herr, daß wir zum Tanz uns rüsten,
> „Die städt'schen Geiger und die Zinkenisten,
> „Sie stimmen schon die Zinken und die Geigen,
> „Um aufzuspielen zu dem Hochzeitsreigen.“

Der Oberstkämmerer und der Rektor blickten sich bestürzt an. Sollte der Magister sich
erdreisten? Herr Crusius schickte sich schon an,
einzuschreiten, da aber nahm die Sache plötzlich
eine andere Wendung. Jesus antwortete nämlich auf die Anfrage des Speisemeisters:

> „Musik und Tanz? Hab' ich verstanden recht?
> „Ei, ei, Du frommer und getreuer Knecht!
> „Hast Du vergessen ganz, daß Baß und Geigen
> „Des Trauertages halber müssen schweigen?“

Der Oberstkämmerer und der Rektor athmeten beruhigt auf, dem Fürsten aber schien
diese Aufmerksamkeit außerordentlich zu gefallen,
er nickte höchst gnädig mehrmals mit dem Kopf
und fuhr dann mit dem Ärmel über die Augen.
Auch die Fürstin machte ihrem Gemahl zu Liebe
ein ergriffenes Gesicht, und als die Herren und
Damen vom Hofe die Rührung des Fürsten-
paares sahen, so beeilten sie sich gleichfalls, ihre
Gesichter in betrübte Falten zu legen, was auch
allen sehr gut gelang. Es versteht sich von
selbst, daß sich die Rührung des Hofes auch auf

die Bürger fortpflanzte, und die letzten Verse
der Komödie wurden durch das Geschluchze im
Saal verschlungen.

Der Magister warf einen Blick des Dankes
nach der Decke des Saales und gab den Schauspielern das Zeichen, die Bühne zu verlassen.
Braut und Bräutigam, Brautvater und Hochzeitsgäste zogen ab, und auf die verödete Bühne
trat der Magister, um den Epilog zu sprechen.

Als er geendigt hatte, gab Serenissimus
selber das Zeichen zum Beifall, und die Hände
der Cavaliere, mehr aber die der ehrsamen
Bürger hinter der rothen Schnur schlugen
klatschend zusammen, daß die Ratten in ihren
tiefsten Schlupfwinkeln erzitterten.

Kaum war der Magister Xylander abgetre-
ten, so erschien mit freudestrahlendem Gesicht
der Rektor Crusius, drückte ihm die Hand und
sagte mit feierlichem Ton:

„Unser durchlauchtigster Fürst will Euch
sprechen."

Der Magister stand vor dem hohen Herrn
mit niedergeschlagenen Augen und einem himm-
lischen Lächeln auf den Lippen. Alle Zuschauer
erhoben sich, um recht genau zu sehen und zu
hören, was jetzt kommen würde.

„Unser Magister Xylander," stellte der Rektor
mit gönnerhafter Miene vor.

Der Fürst reichte ihm leutselig die Hand.

„Er hat mich außerordentlich delektirt mit
Seiner Komödia," sprach er; „hat Er das Alles
selbst gedichtet?"

„Zu Befehl, Durchlaucht, das heißt, der Gedanke ist von meinem Freunde Hederich, demselben, der den Heiland gespielt hat, ausgegangen."

„Wo steckt denn der Hederich?" fragte der
Fürst, und alsbald mußte Fritz herbei. Er trug
noch das faltige Gewand und verneigte sich mit
Anstand vor den Fürstlichkeiten.

Der Fürst ließ sein Auge mit Wohlgefallen
auf der Gestalt des Baccalaurens ruhen; er
richtete auch an ihn einige freundliche Worte,
und der kleine Prinz mußte ihm die Hand geben.

Sodann verlangte Serenissimus die übrigen
Komödianten zu sehen. Sie zogen im Gänse-
marsch heran, und jeder erhielt ein anerkennen-
des Wort; Hans Spieß und der kleine Müller
genossen vor den andern die Ehre, von der
Frau Fürstin angesprochen zu werden, sie sahen
gar zu hübsch aus. Hans Spieß gab dreist auf
alle Fragen Bescheid, als aber der kleine Müller,
der sich nunmehr frei von allem Zwang glaubte,

mit seiner groben Stimme ein „Schön Dank, allergnädigste Frau!" krächzte, da entsetzten sich die Damen nicht wenig über die Korporalstimme in der Jungfrauenhülle, und der arme, kleine Müller schlich gekränkt von hinnen.

Lucifer mit seinen Gesellen präsentirte sich gleichfalls, und jetzt war der kleine Prinz so kühn, jedem der Teufel einen herzhaften Hand-schlag zu geben.

Der Fürst winkte hierauf den Rektor herbei und sprach leise mit ihm. Hans Spieß, der in der Nähe geblieben war und die Ohren gewal-tig spitzte, glaubte etwas wie „Bratwurst und Bier" vernommen zu haben und verkündigte es flugs seinen Kameraden. Schließlich wandte sich der Fürst noch einmal an den Magister, der neben Fritz Hederich stand, und sagte:

„Lieber Magister, Wir bleiben Ihm in Gna-den gewogen und werden hoffentlich bald in die Lage kommen, Ihm und Seinem Famulo da (er zeigte auf Fritz Hederich) Unsern Dank beweisen zu können."

Das war Himmelsmusik in den Ohren des Magisters; er machte einen tiefen, tiefen Bück-ling, die übrigen Anwesenden verneigten sich gleichfalls, und unter dem Scharren von meh-reren hundert Stiefelsohlen entfernte sich der Hof.

Der Magister hatte sich eigentlich vorgenommen, jetzt einige Verstöße zu ahnden, aber die Huld des Fürsten hatte versöhnliche Gefühle in seinem Busen wachgerufen und er hatte nur Worte des Lobes für die Lyceisten.

Fritz Hederich entledigte sich seiner langen Gewänder und war im Begriff zu gehen, als der Bürgermeister und der Rektor, die den Herrschaften das Geleit gegeben hatten, in den Saal zurückkamen. Die Herren hatten beschlossen, in der Goldenen Gans eine kleine Nachfeier zu veranstalten und forderten auch den Baccalaureus auf, mitzukommen. Dieser aber entschuldigte sich, da er wußte, daß Herr Thomasius, der mittlerweile die rothe Tinktur bewacht hatte, seine Rückkehr mit Schmerzen erwartete. Er verabschiedete sich und ging nach der Löwenapotheke. Bürgermeister, Rektor und Magister strebten der Goldenen Gans zu.

Während sie dort bei einem Becher vom Besten den Abend besprachen, brachen Zimmerleute das Theater ab, und die Stadtknechte räumten all das Gerümpel wieder ein, welches für gewöhnlich seinen Platz im Rathhaussaal hatte. Dann erloschen die Lichter, und gedeckt durch die Finsterniß wagten einige beherzte Ratten eine Rekognoscirung. Welche Freude,

als sie alles wieder in der alten Verfassung
fanden! Mit Windeseile kehrten sie in ihre
unterirdischen Gänge zurück und meldeten, daß
oben die Luft rein wäre. Und nun feierten
auch die Ratten ihr Fest, tanzten und pfiffen
und setzten in halsbrechenden Sprüngen über
den Marktesel.

Zehntes Kapitel.

Was dem Magister im Walde begegnete.

Gott sei Dank, daß das Komödie-spielen nun ein Ende hat," rief der Apotheker seinem Subjekt ent-gegen, als dieser in das Labo-ratorium trat. „Ich habe seither immer eine geheime Angst aus-gestanden, daß Ihr über den Possen die Tinktur vernachlässigen würdet. Schaut nur her, wie das funkelt und strahlt. Diesmal geräth's. — Habt Ihr den Xylander mit nach Hause gebracht?"

Fritz Hederich berichtete über das Verbleiben des Magisters. „Mit diesem," fuhr Herr Thomasius

fort, „wird man nun hoffentlich wieder ein
vernünftiges Wort sprechen können; in den
letzten Wochen war durchaus nichts mit ihm
anzufangen. Seht, Fritz, mit der Poeterei ist's
just wie mit der fallenden Sucht. Vor einem
Anfall ist der Patient tagelang ein halber
Narr, dann fällt er um, schäumt und rast und
schlägt mit Händen und Füßen um sich. Ist
der Anfall glücklich überstanden, so wird der
Patient ruhig und ist ein ganz vernünftiger
Kerl, mit dem sich's gut auskommen läßt.
Schlimm ist's freilich, daß sich so ein Anfall
wiederholt, und daß der Hirnkasten doch am
Ende darunter leidet. Darum sind auch Stadt-
und Hofpoeten meistens so verrückte Käuze. —
Versprecht mir, Fritz, daß Ihr kein Poet
werden wollt."

Das konnte Fritz mit gutem Gewissen versprechen.

„Nun will ich Euch meinen Platz überlassen," schloß der Apotheker, „und morgen
müßt Ihr wohl oder übel von früh bis Abends
Stand halten, denn mich rufen Geschäfte nach
Ammerstadt, vor Einbruch der Nacht aber bin
ich wieder hier. Bei dieser Gelegenheit will
ich auch Nachfrage halten, ob für Euch irgendwo eine Stelle offen ist. Aber ehe wir die

Tinktur fertig haben, lasse ich Euch nicht ziehen. Gute Nacht!"

Am andern Morgen um sieben Uhr war Herr Thomasius auf dem Wege nach Ammerstadt, und während er zum unteren Thor hinausfuhr, zog der Magister, bewaffnet mit einem indischen Rohr, aus dem oberen Thor den bewaldeten Bergen zu. In der Tasche trug er, sorgfältig eingewickelt, kaltes Fleisch und Brot, eine Taschenausgabe des Poeten Horatius und eine wohlgefüllte Flasche aus gekörntem Glas.

Der Erfolg des gestrigen Abends, die wiedergewonnene Huld seines Landesherrn, die rosenfarbige, mit güldenen Gnadenkettlein und Lorbeerkränzen verbrämte Zukunft — das alles hatte die Brust des Magisters Hieronymus Xylander dermaßen schwellen gemacht, daß es ihm in seinem Museo schier zu enge wurde, und er den Entschluß faßte, einmal einen ganzen Tag curis expeditis herumzuschweifen, wie dies die beiden römischen Poeten Virgil und Horaz zu ihrer Zeit gethan hatten. Als vorsichtiger Mann hatte er zuvor Erkundigungen eingezogen, ob der Wald sicher sei, und erst nachdem er von zuverlässiger Seite die Versicherung erhalten hatte, daß weder Buschklepper, noch wildes Gethier, Eichhörnchen

ausgenommen, in dem Gebirge hausten, war
er in der genannten Ausrüstung fortgegangen.

Das Wandern war sonst des Magisters Sache
nicht; an sonnigen Sonntagsnachmittagen pflegte
er wohl einen Spaziergang zu machen, das heißt,
er ging zu einem Thor hinaus und kam zum
andern wieder herein oder umgekehrt, aber eine
Wanderung querfeldein war ihm noch nicht in
den Sinn gekommen.

Nicht einmal als Knabe hatte er an den
Streifzügen seiner Kameraden Theil genommen.
Wenn sich diese in Feld und Wald tummelten,
sei es, um zu spielen, sei es, um Vogelnester
auszunehmen oder Zwetschen zu stehlen, saß
der kleine Hieronymus Holzmann daheim bei
seiner Mutter und half ihr bei den häuslichen
Geschäften, und während sich im Winter die
Jugend im Schnee und auf dem Eis vergnügte,
zog er vor, am warmen Backofen zu kauern,
um den Erzählungen der weitgereisten Gesellen
zuzuhören, oder ein lehrreiches Buch zu lesen,
etwa das Zauberschloß in der Höhle Xa·Xa,
oder die vier Haimonskinder, oder die Aben·
teuer des Herzogs Ernst von Schwaben. Seine
Schulkameraden verspotteten ihn zwar und
nannten ihn einen Ofenhocker, aber Hierony·
mus machte sich nichts daraus, mied, eingedenk

des Bibelspruches: „So dich die bösen Buben
locken, so folge ihnen nicht," ihren Umgang und
betrug sich stets wie ein gesitteter Knabe. Dafür sah er aber auch immer sauber aus, brachte
niemals ein blaues Auge, eine blutige Nase
oder Löcher in den Höslein mit nach Hause und
war deshalb der Liebling der Mutter.

In späteren Jahren, als der Magister seiner
Studien halber reisen mußte, blieb er hübsch
auf der Landstraße und begnügte sich, Berge
und Wälder aus der Ferne zu beschauen. Die
heutige Wanderung war die erste derartige in
seinem Leben, und wenn er etwas bedächtig
waldeinwärts schritt und seine Augen halb
neugierig, halb ängstlich umherschweifen ließ, so
wird man ihm das ebenso wenig verübeln, als
dem Bauernbuben, der zum ersten Mal die
Hauptstadt betritt, das Gaffen und Maulaufsperren.

Der Magister betrachtete sich alles mit Muße
und schritt dabei nicht allzuhastig weiter. Plötzlich wurden die Bäume lichter, und ein Wasser
blinkte auf.

„Das ist vermuthlich ein See," sagte der
Magister, „obwohl er nicht blau aussieht, wie
ihn die Poeten schildern, sondern vielmehr
schwärzlich grün; das Ding müssen wir uns

einmal in der Nähe betrachten." Er ging vorwärts, hemmte aber plötzlich erschreckt seinen
Fuß, denn platsch, platsch! sprangen kleine Gestalten vom Ufer in's Wasser.

Des Magisters erste Gedanken waren Nixen
und Elfen, im nächsten Augenblick aber belächelte
er diese Gedanken und schämte sich seines
Schrecks, denn ihm kam zu guter Zeit die Erinnerung an die oft gelesene Erzählung von
den Bauern, die von der erzürnten Latona in
Frösche verwandelt worden waren.

Vorsichtig schlich er näher, und richtig, da
guckte ein dicker Kopf aus dem Wasser. Der
Dichter der Hochzeit zu Kana hob den Stock
auf, um dem Frosch eins zu versetzen, als aber
der Stock in's Wasser klatschte, tauchte der grüne
Bursche unter, und dem Magister spritzte das
Wasser in's Gesicht. Er wiederholte den Angriff noch mehrmals, denn er hätte gar zu gern
einen der verwandelten Bauern in der Nähe
betrachtet, jedoch immer mit demselben Erfolg.
Daß dabei sein linker Fuß in den sumpfigen
Boden allmählich einsank, bemerkte er im Eifer
der Jagd nicht eher, als bis ihm das kalte
Wasser in den Schuh drang, — einen Schrei
ausstoßen und einen Satz nach rückwärts machen,
war eins.

„Das hätte übel ablaufen können," sagte er, während er seinen Schuh an Gras und Moos abputzte. „Vorsicht, Hieronymus, Vorsicht!"

Der kleine Schreck war indeß bald vergessen, der Magister zog weiter und freute sich seiner Begegnung mit den Fröschen, die nun hinter ihm drein quakten.

„Sub aqua maledicere tentant," sagte er erfreut, „schade, daß ich meinen Ovidius Naso nicht zur Hand habe, jetzt an Ort und Stelle den betreffenden Abschnitt zu lesen, das müßte fürwahr ein Genuß sein."

Dabei erinnerte er sich seines Horaz. Er zog ihn aus der Tasche, und da er bereits etwas müde geworden war, so beschloß er, ein wenig zu rasten und eine Ode zu lesen.

Er suchte sich einen bequemeren Platz aus, breitete sein Nastüchlein auf's Moos, setzte sich nieder und las:

Integer vitae scelerisque purus etc.

Bekanntlich theilt Horaz in dieser Ode mit, er sei, seine Lalage besingend, im Sabiner Wald spazieren gegangen und einem Wolf begegnet, dieser aber habe die Flucht ergriffen. Daraus zieht nun der Dichter den merkwürdigen Schluß, daß einem braven Mann kein Unglück auf der Reise passiren könne.

Diese Ode, die so recht in seine Lage paßte,
las der Magister mit großer Befriedigung. Er
nahm sich vor, gleichfalls seine Lalage, welche
Else Thomasius hieß, zu besingen, um einen
etwaigen Wolf in die Flucht zu schlagen, mußte
sich aber zu seinem Schrecken bekennen, daß er
bis dato noch kein Carmen auf Else Lalage
verfertigt habe, welches er jetzt singen könne.

„Das soll meine erste Arbeit sein," sprach er,
klappte seinen Horaz zu und simulirte im Wei-
tergehen auf einen Anfang. Dabei störten ihn
aber die Baumwurzeln, die über den Weg liefen.

„Die Farbe meines Elseleln —" Hopp!
„Ist weißer als kein Hermeleln —" Hopp!

Nein, es ging nicht, er sah ein, daß er das
Dichten auf eine ruhigere Stunde verschieben
müsse, und er beschäftigte sich wieder mit der
Außenwelt.

„So ein Wald ist ein hübsches Ding," sagte er
bei sich, „aber einförmig ist er denn doch; unten
Moos, in der Mitte Bäume und oben Himmel.
Und unter den Bäumen ist gar keine Abwechselung."

Er blieb stehen und nahm einen Tannen-
zweig in die Hand.

„Da ist eine Nadel just wie die andere; auf
die Länge, glaube ich, wird das sehr langweilig."

„Piep," zirpte es dicht neben dem Magister.

Er schaute auf und entdeckte auf dem nächsten Ast einen winzig kleinen Vogel, der auf dem Kopf goldig glänzende Federn hatte. Von diesem Vogel mußte er schon einmal gehört haben. Richtig, jetzt fiel's ihm ein. Seine selige Mutter hatte ihm oftmals das Märchen von dem wunderbaren Vögelein erzählt, welches ein güldenes Krönlein trägt und eitel güldene Eier legt. Das kleine Ding war außerordentlich keck; da saß es, kaum eine Armeslänge entfernt, und blickte den Magister mit großen Augen an. In diesem wurde das Raubthier wach, und wie vorhin nach dem Frosch, so schlug er jetzt mit dem Stock nach dem Goldhähnchen, aber — o Wunder! — das kleine Geschöpf hüpfte nur um ein Zweiglein weiter und blieb daselbst sitzen, indem es höhnisch zirpte und den mordgierigen Xylander unverwandt ansah. Dem Magister stand der Verstand still. So etwas hatte er nie von einem Vogel erlebt; das übertraf sogar die Unverschämtheit des Raben Jakob. Es rieselte ihm kalt den Rücken hinunter, und er schritt eiligst von dannen.

Als er sich eine Strecke entfernt hatte, kam ihm sein Muth wieder, und er begann sich im Stillen eine Vorlesung über seine Furchtsamkeit zu halten.

„Sei ein Mann!" sagte er laut, und „Mann,
Mann" hallte es zurück, daß er zusammenfuhr.

„Hieronymus, Du bist in der That wie ein
Kind," sprach er lächelnd zu sich, „und erschrickst
am Ende vor Dir selber. Aber das kommt daher, daß ich noch nicht gefrühstückt habe."

Er trachtete, aus dem Dickicht herauszukom-
men, denn in dem Dämmerlicht des Hochwaldes
war es ihm doch zu unheimlich, als daß er sich
mit rechter Lust den Freuden des Schmausens
hätte hingeben können. Darum schritt er vorwärts, umging klüglich hemmende Wurzeln und
zerrende Hecken und gelangte glücklich auf eine
Waldblöße, von der aus er tief unten im Thal
die Stadt liegen sah. Bei dem Anblick der
Dächer und Schornsteine schwand seine Beklem-
mung völlig, er setzte sich auf einen Baumstumpf,
das Gesicht dem Thal zugekehrt, und nahm
seinen Imbiß in Angriff.

Es schmaust sich angenehm im Grünen. Diese
Bemerkung machte jetzt der Magister, und kauend
schaute er vergnügt auf seine Umgebung. Gras
und Kraut um ihn her bog und schmiegte sich
im Wind, in der Luft tanzte allerlei kleines
Gethier, und auf dem Boden rannten bunte
Käfer geschäftig hin und her, während andere
geschickt an den Halmen emporkletterten. Häuser-

ſchnecken zogen wie müde Karrengäule langſam ihres Wegs, und die grünen Heupferde ſprangen luſtig über jedes Hinderniß hinweg. Das war eine ganze Welt im Kleinen.

Wie der Magiſter ſeine Augen auf den Boden heftete, um die Kreatur zu betrachten, bemerkte er mehrere kugelrunde Steine, die halb aus der Erde hervorſchauten. Mit Hilfe ſeines Stockes hob er einen heraus, nahm ihn in die Hand und wunderte ſich über die ſteinerne Stückkugel. Er verſuchte ſie zu zerſchlagen, und nachdem er ſie in dieſer Abſicht mehrmals gegen einen Stein geſchleudert hatte, zerſprang ſie endlich in zwei Stücke.

„Nein, iſt das wieder eine Überraſchung!" ſagte der Magiſter halblaut, als er das Innere der Kugel mit dichtgedrängten, blitzenden Kryſtallen bekleidet ſah. „Das Ding will ich dem Herrn Thomaſius mitbringen, dem wird es ſicherlich große Freude machen. Welche Pracht!"

„Habt Ihr etwas gefunden?" fragte urplötzlich eine Stimme hinter dem Magiſter.

Dieſer ließ den Stein aus der Hand fallen und drehte ſich erſchreckt um. Hinter ihm ſtand ein altes, ärmlich gekleidetes Männlein, welches ein großes Bündel Wurzeln und Kräuter trug.

„Ach, Ihr seid's, Herr Magister!" sagte der Alte grinsend und zog seinen runden Filzhut. „Ich dachte schon —"

„Woher kennt Ihr mich?" fragte der Magister nicht eben besonders freundlich.

„Wie sollte ich Euch nicht kennen," versetzte Jener, „komme ich doch alle Sonnabend in die Löwenapotheke, um dem Herrn Thomasius meine Kräuter zu verhandeln. Habt Ihr mich denn nie gesehen? Ich bin der Wurzelpeter."

Der Magister erinnerte sich jetzt, den alten Kräutermann gesehen zu haben, und seine Gesellschaft hier im Walde kam ihm nicht gerade unerwünscht; er reichte dem Alten etwas Brot und Fleisch, welches dieser auch dankbar annahm.

„Habt Ihr etwas gefunden?" fragte er abermals.

„Freilich," antwortete der Magister, „seht nur die schönen, glitzernden Steine!"

„Das ist nichts; Gold, Gold müßt Ihr finden," versetzte der Wurzelpeter mit gedämpfter Stimme. „Liegt viel Gold da herum; wer's nur zu finden verstände. Seht, hier wächst Goldmilz und Widerthon; die zwei Kräutlein zeigen allemal an, daß Gold verborgen unter der Erde liegt. Wer's aber heben will, der muß mehr können, als Brot essen. Die Kugel

da," er zeigte auf den Stein in der Hand des
Magisters, „ist noch nicht reif, und es ist schade,
daß Ihr sie zerschlagen habt; in ein paar Jahren wäre das Gold vielleicht darin gewachsen."

Dem Magister stand der Verstand still; offenbar war der Wurzelpeter bei seinen Besuchen
in der Löwenapotheke von der Krankheit des
alten Thomasius angesteckt worden.

„Habt Ihr denn schon einmal Gold in so
einem Stein gefunden?" fragte er den Wurzelmann.

„Nein, ich nicht, aber vor vielen Jahren
kamen zuweilen Fremde in's Land, die sahen
es den Steinen an, ob sie reif seien. Die un-
reifen vergruben sie wieder, die reifen zer-
schlugen sie und fanden Gold die Hülle und
Fülle. Dieses schleppten sie dann nach Welschland, wo sie herrliche Häuser bauten."

„Also Welsche waren die Männer?" fragte
der Magister.

„Ja, Welsche oder Ungarn; Welschland und
Ungarn ist einerlei," fügte der Wurzelpeter in
belehrendem Ton hinzu.

„Und Ihr habt mich für einen solchen Goldsucher gehalten?"

„Von hinten, Herr Magister, von hinten, meine
Augen fangen an schwach zu werden. Ich habe

Euch für den fremden Herrn gehalten, der drunten beim Ganswirth wohnt."

"Welcher fremde Herr?"

"O du meine Güte!" rief der Wurzelpeter und schlug die Hände über dem Kopf zusammen. "Habt Ihr denn nicht gehört von dem welschen Grafen, dem Sterngucker, der unserm allergnädigsten Herrn Gold macht?" Der Magister hatte nichts von dem welschen Grafen gehört. Der Wurzelmann erzählte ihm daher, was er wußte. Er sei ihm oft hier oben im Walde begegnet und habe gesehen, wie er Steine zerklopft habe. Der Fremde sei auch hin und wieder bei ihm eingekehrt und habe etwas Speise und Trank begehrt, welches er dann immer gut bezahlt habe.

"Ich gäbe es ihm aber auch gern umsonst," fügte er hinzu, "denn die Freundschaft mit dem fremden Herrn könnte mir Glück bringen. Es hat früher einmal ein Ohm von meinem Ältervater Kameradschaft mit einem Welschen geschlossen und hat's nicht zu bereuen gehabt."

Der Magister wurde neugierig. "Erzählt mir das," bat er.

"Gern, Herr Magister, aber wenn Ihr nicht naß werden wollt, so kommt mit in mein Haus. Seht einmal den Himmel an."

Dieser hatte sich allerdings bedenklich umnachtet, und der Magister dankte dem Glück,
welches ihm den Wurzelpeter zugeführt hatte.

„Ihr habt ein Haus hier oben?" fragte er
im Gehen den Alten.

„Ich bin eigentlich drüben im Walddorf
daheim," erklärte dieser, „während des Sommers
aber hause ich mit meinem Schwestersohn, der
ein Kohlenbrenner ist, hier im Wald. Dort,
wo Ihr den Rauch aufsteigen seht, ist unsere
Hütte. Der Köhler ist heute in die Stadt gegangen, ich aber bin dageblieben, weil immer
einer bei dem Meiler sein muß."

Man langte bei der Köhlerhütte an, gerade
als der erste Windstoß durch die Gipfel der
Tannen fuhr, und kaum war der Magister mit
seinem Führer unter dem schützenden Dach, so
prasselte der Regen nieder.

Das Innere der Hütte sah nicht eben sehr
wohnlich aus. Ein Herd, ein dreibeiniger
Stuhl, ein Dutzend hölzerner Vogelbauer bildeten die gesammte Einrichtung; aber man
war doch vor dem Sturm geborgen.

Der Wurzelpeter schleppte den Stuhl für
seinen Gast herbei und hockte selber auf die
Streu nieder, welche ihm und seinem Schwestersohn als Bett diente.

„Das Wetter kann bis zum Abend anhalten," meinte Peter, und als er bemerkte,
daß der Magister bei dieser Bemerkung ängstlich wurde, setzte er hinzu: „Wenn Ihr wollt,
so führ' ich Euch dann aus dem Wald, ich
kenne alle Wege und bringe Euch von hier
aus in einer kleinen Stunde bis auf die Landstraße, wo Ihr nicht mehr irre gehen könnt."

Dem Magister gefiel dieser Vorschlag, und
er forderte nun seinen Wirth auf, das Abenteuer zu erzählen, welches sein Ahnherr mit
dem welschen Goldsucher gehabt habe. Der
Wurzelpeter war bereit. Draußen heulte der
Sturm und schüttelte die Tannenzapfen von
den Ästen, der Regen rauschte und schlug gegen
die hölzernen Fensterläden; es war das richtige Wetter zum Anhören einer wunderbaren
Geschichte.

„Der Vater von dem Ohm meines Ältervaters," hub der Kräutermann an, „ist ein
Köhler gewesen und hat da herum seine Hütte
gehabt. Das war just in der Zeit, wo die
Welschen alle Sommer in's Land gekommen
sind, um Gold zu suchen. Einmal in der
Nacht hört der Köhler ein Schreien und Lamen-
tiren und wie er nachsieht, da findet er einen
solchen Welschen, der war in der Dunkelheit

gestürzt und hat nicht mehr vom Fleck gekonnt. Da hat ihn denn der Vater von dem Ohm meines Ältervaters aufgehoben und an ihm gethan, was Christenpflicht ist, und von der Zeit an sind die Beiden gut Freund gewesen. Jeden Morgen ist der Welsche mit seinem Arbeitszeug in die Berge gegangen und am Abend in die Hütte zurückgekommen, wo er auf drei Fellen, einer Schweinshaut, einer Hirschhaut und einer Bärenhaut, abwechselnd geschlafen hat."

„Giebt's Bären hier 'rum?" unterbrach der Magister.

Beruhigend schüttelte der Wurzelpeter das verwetterte Haupt und fuhr fort:

„Wenn der Winter kam, so zog der Welsche fort, doch kehrte er im Frühjahr regelmäßig wieder, just wie die Schwalben und der Storch. Von seinem heimlichen Treiben hat er aber nie gesprochen, und der Vater von dem Ohm meines Ältervaters hat auch nicht gefragt. Das ging so ein paar Jahre lang fort, endlich aber blieb der Freund aus und kam nicht wieder. Unterdessen war des Köhlers Sohn, der Ohm meines Ältervaters, ein Bursch geworden und ging als Vogelhändler in die Fremde, um sein Glück zu suchen. Auf seiner

Wanderschaft ist er auch in die prächtige Stadt
Venedig gekommen. Das ist eine Stadt, noch
größer und schöner als Finkenburg, und die
Häuser sind dort alle aus dem weißen Stein
gebaut, aus dem sie den seligen Fürsten Mauritius ausgehauen haben. Als er dort seine
Finken und Kreuzschnäbel feil geboten hat, ist
auf einmal ein fürnehmer Herr gekommen,
und das war kein Anderer als jener Welsche.
Der Welsche hat sich seiner auch gar nicht ge-
schämt, sondern hat den Ohm meines Ältervaters bei der Hand gefaßt und ihn in ein
prächtiges Schloß geführt, das von Gold gefunkelt hat. Da ist es hoch hergegangen.
Schweinefleisch, Sauerkraut und Bier hat er
haben können, so viel er nur gewollt hat, und
des Nachts hat ihn der Welsche in eine Kammer
geführt, da sind drei Betten gestanden, das eine
hat einen Hirschen, das andere ein Schwein
und das dritte einen Bären vorgestellt, und
alle drei sind aus purem Gold gewesen. Darin
mußte der Ohm meines Ältervaters abwechselnd
schlafen. Dann hat ihm der Welsche erzählt,
daß er das Gold in unseren Bergen gefunden
habe, und hat ihm alle seine Vögel abgekauft
und obendrein so viel geschenkt, daß er genug
gehabt hat für sein Lebtag. — Ist das nicht

eine merkwürdige Geschichte?" schloß der Wurzelpeter.

„Höchſt merkwürdig," beſtätigte der Magiſter,
„und Ihr habt niemals Gold gefunden?"

„Niemals, ich hab' mir aber auch keine be-
ſondere Mühe drum gegeben, denn es wäre
doch vergebens. Wer Gold finden will, muß
mehr können als Brot eſſen."

Der Magiſter dachte nach. „Jedenfalls,"
murmelte er, „theile ich das Gehörte dem
alten Thomaſius mit, das iſt etwas für ihn.
Schöner wär's freilich, wenn es mir ſelbſt gelänge, ſo ein paar Goldklumpen zu finden.
Wie wollte ich dann meinen Schwiegervater
in spe auslachen, der ſich ſeit Jahren müht
und plagt und kein Körnlein noch zu Wege
gebracht hat! Dann gute Nacht, lateiniſche
Schule!"

Bunte Bilder zogen an ihm vorüber und
ſchimmernde Luftſchlöſſer bauten ſich vor ihm
auf. Der Geiſt, der in den alten Thomaſius
gefahren war, begann ſeine Krallen nach dem
Magiſter auszuſtrecken.

Der Wurzelpeter erzählte noch andere Wunder-
geſchichten, von weißen Schlangen mit goldenen
Krönlein, von Kröten, die einen Karfunkel im
Kopf tragen, von Wunderblumen, unterirdiſchen

Schatzkammern und schwarzen Hunden, der
Magister aber hörte nur mit halbem Ohr, er
träumte wie der Hase mit offenen Augen.

Da wurde die Thür geöffnet, und herein
trat ein Mann, dessen schwarzer, durchnäßter
Mantel ihm das Ansehen einer riesigen Fleder-
maus gab.

„Das ist der welsche Graf aus der Goldenen
Gans," raunte der Wurzelpeter dem Magister
in's Ohr und erhob sich, um den Fremden zu
bewillkommnen.

„Das ist ein Wetter wie damals, als sich
Vater Noah in seine Arche begab," sagte der
Ankömmling und schwenkte seinen Hut, daß
die Tropfen herumspritzten. „Wurzelpeter, macht
Feuer an, daß ich meine Federn wärmen kann!"
Er nahm den Mantel ab, und jetzt entdeckte
er den Magister, dessen Gruß er ziemlich mürrisch
erwiderte.

Der Wurzelpeter war außerordentlich geschäftig. Im Nu prasselte ein Feuer auf dem
Herd, und dann sah sich Peter nach einem Sitz
für den Gast um. Da war freilich guter Rath
theuer, denn der einzige Stuhl war bereits an
den Magister abgegeben worden. Dieser verstand den bittenden Blick seines Wirthes, und
da er auch übrigens ein höflicher Mann war,

namentlich hochgestellten Person
so erhob er sich von seinem Dreh... te?" schloß der W... über,
dasselbe mit einer zierlichen Ver... bot
Gliedmaßen dem welschen Grafe... bestätigte der Magi... einer
Gold gefunden?"
Dieser dankte verbindlich, ... mir aber auch keine auf
den Stuhl und kehrte Herrn ... geben, denn es ... den
Rücken zu. Gold finden will, ...
... ssen."
„Das ist grob," dachte der ... „aber
dafür ist er ein italienischer Gr... ... e nach. „Jedenfo...
Er brannte vor Begierde, e... ich das Gehörte ... mit
ihm anzuknüpfen, denn der F... das ist etwas für jedenfalls der rechte Mann, der ich... wenn es mir selbst geben
konnte in der Sache, mit ar... Goldklumpen zu fin... Gehirn
seit der Erzählung des Wid... dann meinen Schwiegerv... ftigte,
aber wie ihm beikommen... der sich seit Jahren n... trachtete er die Gesta' und kein Körnlein noch zu U... inten
und von der Se'hat! Dann gute Nacht, latein... demselben ein Ham... usfah.
Der Magister rö'e Bilder zogen an ihm vorüber
„Schlechtes 'nde Luftschlösser bauten sich vor
„Ja," erwi'er Geist, der in den alten Thoma
Ihr etwas zu 'n war, begann seine Krallen nach ... habt
Der Kräu'r auszustrecken.
frage gewart... Wurzelpeter erzählte noch andere Wun... diese
Brot, Butter ... ten, von weißen Schlangen mit golden... ... and
dem Gast. ... n, von Kröten, die einen Karfunkel vor
... agen, von Wunderblumen, unterirdisc...

„Peter," sagte der Magister, „habt Ihr nicht auch für mich etwas zu essen? Ich bezahl's Euch gut."

Der Wurzelpeter, welcher wußte, daß der Magister erst kurz vorher eine Mahlzeit gehalten hatte, verwunderte sich über den Hunger desselben, brachte aber gefügig dasselbe noch einmal herbei, was er dem Grafen vorgesetzt hatte. Der Magister setzte sich auf eine Ecke des Herdes und beobachtete das Gesicht des Andern.

„Gute Butter das," hub er wieder an und tippte mit dem Messer auf die Schüssel.

„Ja," entgegnete der Fremde und schob einen großen Bissen in den Mund.

Wieder trat eine Pause ein. Der Magister beschloß, dem Italiener näher auf den Leib zu rücken, er zog die zerschlagene Quarzdruse aus der Tasche und hielt sie seinem Gegenüber unter die Nase.

„Verzeiht, Herr," sprach er, „könnt Ihr mir etwa sagen, was das für ein Ding ist?"

Der Fremde warf einen Blick auf den Stein und sagte: „Kann dem Herrn nicht dienen."

Der Wurzelpeter, der neben den Beiden stand, grinste. Er wußte recht wohl, worauf der Magister mit seiner Frage zielte, und da er selber gar zu gern etwas über das heimliche Thun des Welschen erfahren hätte, so wollte er dem Magister die Sache erleichtern und sagte:

„Wenn's der Herr Graf Euch nicht sagen kann, so fragt nur den Apotheker Thomasius, wenn Ihr heim kommt; der versteht sich auf solche Dinge."

Der welsche Graf hob blitzschnell seine Augen und senkte sie ebenso schnell wieder auf das Stück Brot, welches er in der Hand hielt.

„Ah," sagte er dann zu dem Magister, „Ihr seid wohl ein Gehilfe des Apothekers?"

Dem Angeredeten stieg das Blut in den Kopf. Er, der Dichter der Hochzeit zu Kana, ein Apothekersubjekt!

„Nein," erwiderte er, „der alte Thomasius ist nur mein Freund, ich wohne in seinem Hause. Mein Name ist" — der Magister erhob sich, und mit einer Handbewegung, wie sie vielleicht der Gast des Phäakenkönigs gemacht hatte, da er sich als Odysseus, Sohn des Laertes, vorstellte, sagte er: „Mein Name ist Hieronymus Xylander, Magister der freien Künste."

Der italienische Graf neigte sich. „Seid Ihr vielleicht ein Verwandter des hochansehnlichen

Poeten, der gestern vor unserem durchlauchtigsten Herrn eine Komödie hat spielen lassen?"

Der Magister erröthete wie ein Mägdelein
und lispelte verschämt:

„Der bin ich selbst."

„Aaaah!" machte der Graf und erhob sich
von dem dreibeinigen Stuhle. Er sprach etwas
von großer Freude und hoher Ehre, und zwei
Lippenpaare flossen über von honigsüßen Worten, das dritte Lippenpaar, nämlich das des
Wurzelpeters, stand vor Erstaunen offen. Die
beiden Herren, Graf und Magister, setzten sich
wieder, zuvor erhob sich ein kleiner Streit wegen
des dreibeinigen Stuhls, dann aber nahm das
begonnene Gespräch seinen Fortgang. Der Graf
ließ sich die zersprengte Kugel noch einmal zeigen und gab seine Meinung über dieselbe ab.
Der Magister brachte die Geschichte, die ihm
der Wurzelpeter mitgetheilt, zur Sprache, erzählte von seinem alten Freund, dem Apotheker
Thomasius und dessen vergeblichen Bemühungen,
Gold zu machen, und brachte es endlich dahin,
daß der Graf sich herbeiließ, ihm über die geheime Kunst der Alchymie einige Belehrungen
angedeihen zu lassen.

Der Wurzelpeter, dessen Maulsperre noch
immer anhielt, wich und wankte nicht und ver-

schlang jedes Wort des Welschen, obgleich er nicht das dritte verstand.

Dem Magister ging es im Grund wie dem guten Kräutermann. Der Graf überschätzte offenbar die Vorkenntnisse seines Zuhörers, denn er sprach außerordentlich dunkel und gelehrt, aber nichtsdestoweniger lauschte der Andere wie ein Mäuschen, als der Graf von dem Geheimniß des großen Magisterii und der noch weit unverständlicheren Lehre von der Multiplikation sprach.

Der Regen hatte aufgehört, trocknend fuhr der Abendwind über die Berge, und die Sonne ging zur Rüste. Der Magister aber dachte nicht an Aufbruch. Mit vorgestrecktem Hals lauschte er der Weisheit des welschen Grafen, dessen Augen im Schein des sinkenden Herdfeuers sonderbar leuchteten.

Elftes Kapitel.

Jakob, der Unglücksrabe.

ör', Else," sagte Herr Thomasius, ehe er nach Ammerstadt fuhr, „Du bist heute die Hausfrau. Halte dich an die Hanne und gehe dem Subjekt aus dem Wege. Hast Du mich verstanden? — Er wird uns ohnehin demnächst verlassen — Du verstehst mich schon. Er selbst hat mich gebeten, ihm ein anderes Unterkommen zu suchen, und ich werde thun, was ich kann. Während meiner Abwesenheit könnte es ihm einfallen, Abschied von Dir nehmen zu wollen. Du verstehst mich schon — und darum ist es besser, wenn Du ihn heute vermeidest. Er ist ein braver Junge, aber — Du verstehst mich schon — es ist besser so. Verstanden?"

Else hatte von dem Allen nur das verstanden, daß Fritz ihr väterliches Haus verlassen wollte, und das war genug, um ihr für ein paar Augenblicke den Kopf schwindeln zu machen.

Herr Thomasius streichelte sein schönes Kind über den blonden Kopf und fuhr ab. Else hörte nicht das Rollen der Räder, sie sah nicht, daß der Vater ihr nochmals zunickte und mit der Hand winkte. Er geht fort! der Gedanke lag ihr bleischwer auf dem Gehirn.

Seit jenem Frühlingstag, wo ihr Fritz seine Lebensgeschichte erzählt hatte, war Else noch nicht wieder allein mit ihm zusammengetroffen. Es kam die Zeit, wo Fritz tagelang, nächtelang in dem geheimen Laboratorium über dem großen Magisterium brütete. Dann wieder hatte ihn der Magister in Anspruch genommen, so daß ihn Else nur selten zu Gesicht bekam. Nun war die Komödie abgespielt, nun, hatte sie gehofft, werde Fritz Hederich wieder zugänglich sein, da mußte sie vernehmen, daß er scheiden wolle.

Welche Qualen hatte Else in der letzten

Zeit ausgestanden. Das Erscheinen des Ma·
gisters hatte damals, als sie mit Fritz unter
dem Hollunderbaum gesessen, das Geständniß,
welches Beide auf den Lippen hatten, nur zur
Hälfte laut werden lassen. Wie hatte sie an
den folgenden Tagen, wenn Fritz ihr bei Tisch
gegenüber saß, sich zusammennehmen müssen,
daß ihr Geheimniß nicht offenbar werde! Wie
hatte sie auf eine Stunde gepaßt, die sie mit
dem zusammenführe, für welchen ihr junges
Herz schlug! Ein Tag nach dem andern ver·
ging. Wohl lustwandelte Else oft im Garten,
aber der, welcher sonst der Blumen wartete,
kam nicht mehr! Er saß in dem Laboratorium,
gebeugt über seinen Schmelztiegel, und auf den
Beeten schoß lustig das Wegekraut empor. Wie
oft hatte sie in der Ungeduld Blüthen abgerissen
und im Zorn mit dem kleinen Fuß auf den
Kies gestampft, wenn sie vom Garten aus die
trüben Rauchwolken aus dem Laboratorium
aufsteigen sah. Sie wußte freilich nicht, um
welchen Preis Fritz arbeitete. Dann kamen Tage,
an welchen Fritz gar nicht sichtbar wurde, und
wenn er Else zufälliger Weise begegnete, so
schlug er die Augen nieder und schritt hastig
vorüber. Dann ging Else wohl hinauf in ihre
Kammer und weinte sich recht aus, und dann

regte sich der Stolz ein klein wenig in ihr, und
sie dachte: „Du, des angesehensten Bürgers
Tochter, weinst um den — den —" Und wenn
sie das gedacht hatte, so bat sie es ihm im
Stillen wieder ab und tröstete sich mit dem
Gedanken: „Er hat den Kopf voll, die Goldmacherei, die Komödie, — aber es wird schon
die Zeit kommen, dann will ich ihm sagen, was
er mir angethan hat, und wie lieb, wie lieb
ich ihn habe. Aber vorher will ich ihn quälen,
ein wenig nur, aber er soll's doch fühlen, denn
er verdient's nicht besser." Und dann lächelte
sie unter Thränen und trocknete sich ihr Gesicht
und ging an ihre Geschäfte. Und nun endlich
der gestrige Abend, als sie den Geliebten im
vollen Glanz seiner Jugendschönheit von Hun-
derten bewundert und vom Fürsten hochgeehrt
sah! Wie hatte ihr armes, kleines Herz geklopft
und gezittert! Wie war sie bald erröthet, bald
erblichen, wenn seine dunklen Augen auf ihr
ruhten! „Er liebt mich doch!" hatte es in ihr
gerufen. Und als die Zuschauer flüsternd ihre
Bemerkungen über den Baccalaureus austausch-
ten, als sie sah, wie die Augen aller Frauen
und Mädchen, sogar die der hochmüthigen Käthe
an ihm hingen, da hätte sie laut in den Saal
hinausrufen mögen: „Mir gehört er, mich liebt

er, mein ist er!" Als ihr der Vater ankündigte,
daß er zu verreisen beabsichtige, war ihr erster
Gedanke der, daß sie einen Tag mit Fritz allein
sein werde. Das Blut kreiste schneller in ihren
Adern, aber sie wagte es kaum, sich zu gestehen,
warum sie dies denke. Mit stiller Freude hörte
sie den Entschluß des Magisters, eine Wanderung
in die Berge unternehmen zu wollen. „Fritz,"
dachte sie, „wird die Gelegenheit ergreifen und
mich aufsuchen, und diesmal wird kein Magister
uns stören, wenn wir uns sagen, wie lieb wir
uns haben." Mit diesen Gedanken war die
blonde Else eingeschlafen, und die Träume
hatten ihr den Hollunderbaum im Garten und
die kleine Bank unter demselben gezeigt, und
auf der Bank saßen Zwei, die hatten sich lieb
und sagten sich's hundertmal in einem Athem.
Nun theilte ihr der Vater mit, daß Fritz Hederich
demnächst die Stadt verlassen werde, und daß
dies sein eigener Wunsch sei.

Mit gesenktem Haupt ging Else in ihre
Kammer und starrte in die blaue Ferne hinaus.

„Was treibt ihn fort? Was ist geschehen?"

Wieder fiel ihr sein Benehmen während
der letzten Zeit ein.

„Warum ward er plötzlich so scheu, warum
ist er mir geflissentlich aus dem Wege gegangen?"

Sie sann und sann, ob sie ihn vielleicht unbewußt verletzt habe, aber es wollte ihr nichts einfallen. Und abermals regte sich in dem schönen Patrizierkinde der Dämon des Stolzes und flüsterte ihr böse Worte zu:

„Laß ihn fahren, den Abenteurer! Du hast's nicht nöthig, Dich ihm an den Hals zu werfen!"

Dann aber stand ihr des Jünglings Wohlgestalt wieder vor Augen, und sie vermeinte, seine Stimme zu hören, wie er leise das einzige Wort „Else" flüsterte.

Sie bedeckte die Augen mit den Händen und schluchzte, daß es einen Stein in der Erde hätte erbarmen müssen.

„Fahr' hin, du Frühlingstraum, fahr' hin, du meine Freude! Ich habe einen kleinen Mandelbaum gehabt, der trug im Frühling viel tausend röthliche Blüten. Da kam der Sturm, der brach ihm die Krone ab, und seit der Zeit trieb er keine Knospen mehr. Der junge Baum bin ich. Warum muß ich das erleiden? Was hab' ich denn gethan, daß mir mein junges Leben zerstört wird?"

So klagte Else. Aber sie klagte nicht lange. Sie besaß die starke Natur ihres Vaters, des alten Thomasius, der sich durch kein Unglück, selbst wenn es seine Kolben und Tiegel betraf,

niederschmettern ließ. Sie richtete sich auf, kühlte
ihre rothgeweinten Augen mit Wasser und
glättete vor dem kleinen Spiegelglas ihr Haar.

„Aber wissen will ich, warum er unser Haus
verlassen will," sagte sie, „ich will ihn selbst
fragen, er soll mir Rede stehen."

Noch einen Blick warf sie in den Spiegel
und ging dann mit emporgehobenem Haupt
raschen Schrittes aus ihrem Zimmer.

Fritz Hederich saß in dem Laboratorium.
Da hinein konnte Else nicht dringen, das wußte
sie wohl, sie beschloß deshalb, den falschen Fritz
in den Garten zu zitiren. Schnell, damit sie
ihr Vorsatz nicht gereuen möge, betrat sie den
Garten und warf eine Hand voll Sand gegen
das Fenster des Laboratoriums. Im nächsten
Augenblick erschien der Kopf des Herrn Subjekt
an dem Fenster.

„Könnt Ihr nicht auf einen Augenblick
herauskommen?" fragte Else, „ich habe Etwas
mit Euch zu reden."

„Ich komme," sagte Fritz und verschwand
von dem Fenster.

„Jetzt werden wir sehen," murmelte Else.

Sie hatte die Hände auf dem Rücken zu-
sammengelegt, wie ein Schulmeister, der einen
jugendlichen Apfeldieb verhören will.

„Warum wollt Ihr fort?" wollte sie in strengem Ton fragen.

Als aber Fritz vor ihr stand und sie mit seinen braunen Augen aus dem bleichen Gesicht ruhig ansah, da war es mit ihrer Strenge vorbei und sie sprach das „Warum wollt Ihr fort?" mit weicher Stimme und aufgehobenen Händen.

Fritz Hederich senkte die Augen. „Ich muß gehen," sagte er, „ich habe einmal geglaubt, hier eine Heimath finden zu können, — es war ein thörichter Gedanke." Er lachte bitter.

„Hat Euch mein Vater gekränkt?" fragte Else. „Er ist heftig, aber er meint's nicht so schlimm; oder hat Euch der Magister etwas angethan?"

„Ach, der Magister!"

„Was ist's mit dem Magister, Fritz? Worüber habt Ihr Euch entzweit?"

„O, der Magister ist mein Freund," sagte Fritz und biß die Zähne zusammen. „Wißt Ihr, was er mir versprochen hat? Ich soll sein Brautführer sein, wenn er mit Euch zum Altar tritt."

Jetzt hatte er seinen Trumpf ausgespielt, jetzt mußte Else seiner Berechnung nach vernichtet, zerknirscht vor ihm stehen. Die Falsche!

Es kam aber nicht so, wie er gedacht hatte; Else brach in leidenschaftliches Weinen aus.

Dem Baccalaureus wurde Angst. „Um Gottes willen," bat er, „hört auf zu weinen. Es war nicht klug von mir, daß ich Euer Geheimniß ausgesprochen habe, aber ich schwör's mit tausend Eiden, daß ich zu keiner Menschenseele ein Wort von Eurem Verspruch sagen will. Ich komme ohnehin nicht unter die Leute und binnen Kurzem geh' ich fort auf Nimmerwiederkommen. Es ist ebenso gut, als ob ich nichts gehört hätte. Beruhigt Euch nur, Jungfer Else."

Aber Else weinte immer heftiger.

„Auch das noch zu all' dem Elend," jammerte sie. „Müßt Ihr mich auch noch verhöhnen, Fritz? Was hab' ich armes Ding Euch gethan?"

Der Herr Subjekt machte in diesem Augenblick ein nicht sonderlich kluges Gesicht. Er war gekommen, um anzuklagen, — das Blättlein hatte sich gewandt — jetzt stand er da wie ein armer Sünder. Er wußte nicht, was er gleich sagen sollte, denn Else's Betragen war ihm unbegreiflich.

Sie wandte sich und ging in das Haus zurück.

„Nein, im Zorn soll sie nicht von mir gehen,"
dachte Fritz und eilte ihr nach. Im Hausflur
erreichte er sie und redete sie an:

„Else, wer weiß, ob ich Euch vor meinem
Weggang noch einmal sprechen kann; scheiden
wir als Freunde! Wenn ich Euch gekränkt habe,
so bitt' ich's Euch ab. Es war thöricht von mir,
auch nur einen Augenblick zu denken, daß Ihr
mich — daß Ihr mehr in mir sähet, als den
Gehilfen Eures Vaters. Damals, dort unter
dem Hollunderbaum" — seine Stimme zitterte
— „damals, Else, als ich Euch neben mir sah
in Eurer Jugendschönheit, als der Wind mit
Euren gelben Haaren spielte, und Ihr mir
sagtet, daß Ihr mich nicht verachten wolltet
wegen meiner Vergangenheit — da kam mir
der Gedanke — Else, warum waret Ihr auch
so holdselig und liebreich gegen mich? War's
denn ein Wunder, daß ich den Verstand verlor?
Nun weiß ich freilich, daß Ihr einem Andern
angehört, und das treibt mich fort. — Ich weiß
wohl, ich darf keinerlei Groll gegen Euch hegen,
nein, ich wünsche alles Gute auf Euer Haupt
herab, und wenn ich mich wieder ruhelos draußen
in der Welt herumtreibe, so will ich denken an
jene Stunde, da Ihr mich von meiner Schuld
freigesprochen habt. Das darf ich doch, Else?

Und wenn ich sterbe, — vielleicht hinter dem
Zaun, — so will ich in der letzten Stunde denken
an den Hollunderbaum —"

Seine Stimme stockte, und er wandte sich ab.

In Else aber war's aufgegangen wie ein
heller Stern in der Nacht, und ihr Herz jubelte
wie ein Waldvögelein. „Also das war's!" Sie
hätte die ganze Welt umarmen mögen, und da
sich dies nicht thun ließ, so flog sie dem, der
ihr zunächst stand, an die Brust und weinte
und lachte und stammelte wie ein kleines Kind.

Fritz Hederich athmete schwer. Was war
das? Wie war das gekommen? Herr des Himmels
und der Erde, er hielt Else in seinen Armen.
Wenn es nur ein Traum wäre, wenn er jetzt
plötzlich erwachte! Nein, es war Wirklichkeit, er
fühlte ihr Herz pochen und spürte ihren lebens-
warmen Athem.

„Else, Else, Du hast mich lieb?"

Aber Else lachte und weinte in einem fort
und er küßte ihr die Thränen von den Wimpern
und küßte sie auf Stirn und Mund und streichelte
ihren blonden Kopf.

In der Küchenthür aber stand die alte Hanne
und wischte sich mit dem Schürzenzipfel abwechselnd das rechte und linke Auge. Endlich
hatte sie den Thränenquell vorläufig gestopft,

und schickte sich an, nunmehr handelnd einzugreifen. Sie stemmte die Arme in die Seite
und hub an:

„Schöne Bescheerung das! Else, Herr Subjekt,
seid Ihr wohl bei Trost?"

Fritz und Else fuhren bei dem ersten Wort
der alten Schaffnerin zusammen und ließen sich
los. Die Überraschung war zu jäh gewesen.
Else wurde blutroth und senkte den blonden
Kopf; auch Fritz war betreten, wie ein beim
Honigtopf ertappter Näscher und konnte kein
Wort finden. So war es gerade der alten
Hanne recht; mit großem Behagen betrachtete
sie die Zerknirschung der beiden abgefaßten
Sünder, und nun war der richtige Zeitpunkt
gekommen, um die Rede, die sie für diesen Fall
schon längst präparirt hatte, loszulassen.

„Aber Kinder," begann sie, „was sind das
für Geschichten! Was wird der Vater dazu
sagen und der Magister?"

Diese beiden Fragen waren allerdings sehr
geeignet, die beiden Liebenden einigermaßen zur
Besinnung zu bringen. Else schmiegte sich wie
Schutz suchend an die Brust des geliebten Mannes.

„Jungfer Hanne Storchschnabelin," hub Fritz
an, „ich weiß, Ihr liebt meine Else, wie eine
Mutter ihr Kind —"

„Das weiß der liebe Himmel," fiel Hanne
ein und tastete nach dem Schürzenzipfel.

„Gut also, Ihr seht, Else liebt mich, und ich
liebe sie. Da wäre es denn doch eine Grausamkeit sonder Gleichen, wenn Ihr Einsprache
erheben und uns verrathen wolltet. Nein, Hanne,
das könnt Ihr nicht über's Herz bringen; Ihr
seid kein Judas Ischariot."

Der Schürzenzipfel wurde emporgehoben.

„Hanne," flehte Else, „gute, liebe Hanne, ich
kann nicht anders, der Fritz ist mir lieb wie
mein Leben."

Hanne schluchzte.

„Eh' ich den Magister freie, lieber spring'
ich in die Ammer, wo sie am tiefsten ist —"

Die alte Hanne trug kein Tigerherz im
Busen; sie ließ sich erweichen. Vorerst fuhr sie
in ihrer Rede, in der sie unterbrochen worden
war, fort und führte den Beiden ihren grenzen-
losen Leichtsinn zu Gemüthe, bis diese ganz
mürbe geworden waren. Dann machte sie eine
Kunstpause und schloß endlich mit den ver-
söhnenden Worten:

„Nun, nun, es ist freilich eine schlimme Geschichte; da 's aber einmal so weit gekommen
ist, — und ich hab' mir's wohl gedacht, — so
müssen wir eben sehen, wie wir's zu einem

guten End' führen. Seid nur ruhig, Kinder, und laßt mich machen; mit der Hilfe Gottes und der Jungfer Johanna Storchschnabelin wird sich alles zum Guten wenden!"

Hierauf erhielt Else einen Kuß, und dann bat auch der Herr Subjekt um eine gleiche Vergünstigung, die ihm auch nach einigem jungfräulichen Sträuben von Seiten der alten Hanne zu Theil wurde.

Nun ging es an ein Erzählen und Erklären. Fritz Hederich berichtete, was ihm Herr Thomasius mitgetheilt und was er selbst gedacht habe, und schließlich baten sie sich gegenseitig um Verzeihung und küßten sich von neuem.

Daß der Magister nun die Else doch nicht bekäme, das war der alten Hanne die größte Lust, und sie ermangelte nicht, dies kund zu geben.

Man wurde eins, vorläufig sowohl gegen den Vater als auch gegen den Magister zu schweigen, bis sich eine passende Gelegenheit fände; man könne ja warten, komme Zeit, komme Rath.

Schließlich trieb Hanne ihren Liebling in die Küche und gab dem Herrn Subjekt den wohlgemeinten Rath, sich im Liebestaumel kein Versehen gegen den Tiegel des Alten zu Schulden

kommen zu lassen, überhaupt klug die Augen
offen zu halten, denn wenngleich sie selbst im
Grund nichts gegen die Sache einzuwenden
habe, so sei doch auch Else's Vater um seine
Meinung zu fragen, ja dieser sei doch eigentlich,
beim Licht betrachtet, die Hauptperson. Das
solle der Herr Subjekt ja bedenken und sein
Thun danach einrichten.

Fritz dankte für die guten Lehren und ging
zu seiner Tinktur zurück. Der Kolben, in welchem
diese dampfte, glühte wie ein großer Granat,
das Feuer knisterte und knackte, Fliegen summten
und Millionen Stäubchen tanzten in den Sonnenstrahlen, welche schräg durch die runden Fenster
fielen und auf allen Flaschen und Gläsern
zitterten. Dem Baccalaureus kam das alles
wie etwas Neues, nie Gesehenes vor; die Sonne
schien ihm bis in's Herz hinein, und drinnen
sang und klang es wie Vogelschlag und Kirchen-
glocken. Dazwischen schwirrte freilich der Gedanke an Else's Vater und an den Magister;
zu seiner Ehre müssen wir gestehen, daß er
einige Gewissensbisse empfand, als er an den
arglosen Hieronymus Xylander dachte.

„Was wird der Vater, der alte Thomasius
sagen! Das wird ein Auftritt werden! Wenn die
Tinktur geräth, dann ist Hoffnung vorhanden,

— aber wenn sie nicht geräth? Ei was, laß
das Schicksal herankommen! Kopf oben, Augen
offen! Else ist mein, bleibt mein; den will ich
sehen, der sie mir nimmt."

Seine Brust hob sich stolz. Er öffnete das
Fenster und jauchzte in die Welt hinaus, daß
es von der Gartenmauer und dann noch einmal leise, leise von den Bergen drüben zurück-
hallte.

Vor dem Fenster, zwischen den Gemüsebeeten
lustwandelte Jakob der Rabe und spähte nach
Schnecken und Regenwürmern. Als der liebes-
trunkene Subjekt seine Freude so laut kund gab,
fuhr Jakob erschreckt zusammen, wie er aber
sah, daß der Schreier kein anderer war als
sein Gönner Fritz, kam er flügelschlagend her-
beigehüpft und krächzte: „Else, Else!" dann flog
er in's Fenster und ließ sich von Fritz in den
Halsfedern krauen.

„Wart', alter Herr," sagte Fritz, „Du sollst
auch eine Freude haben, ich werde Dir ein Stück
Ochsenleber holen lassen."

Jakob schien das zu verstehen, denn er nickte
eifrig mit dem Kopf. Die Leber wurde gebracht,
der Herr Subjekt zerschnitt sie eigenhändig und
setzte sie dem Raben vor.

„Du warst der erste," sagte er, „der mir bei meinem Eintritt in dies Haus ihren Namen nannte, weißt Du's noch, alter Schelm? Wenn sich meine Hoffnung erfüllt, dann sollst Du's gut haben, alle Tage Ochsenleber und Sonntags ein Stück Käse; hörst Du, Jakob?"

Jakob hielt sich an die Gegenwart und widmete der Ochsenleber seine ungetheilte Aufmerksamkeit.

*   *   *

Unterdessen saß die alte Hanne in der Küche und gab der blonden Else allerlei gute Lehren und weise Rathschläge. Dann erzählte sie von ihrer Jugendliebe und der Schürzenzipfel wurde wieder in Bewegung gesetzt. Else hörte geduldig zu und dachte dabei: „Nachmittags treffe ich ihn unter dem Hollunderbaum."

Leider umzog sich bald der Himmel, und ein leichter, aber gleichmäßiger Regen senkte sich nieder.

Nach Tisch kam Bürgermeisters Käthe zu Besuch. Sie sprach viel von dem gestrigen Festspiel, von der Auszeichnung, die dem Magister Xylander zu Theil geworden, und von der Belohnung, die er erhalten werde. Dann lenkte sie die Rede auf den Subjekt. Alle Leute, selbst ihre Mutter sei seines Lobes voll, und es sei

sehr leicht möglich, daß der Fürst etwas für ihn
thun werde, wenn ihm nur einer die Sache
an's Herz legte; dazu sei nun niemand geeigneter,
als ihr Vater, der Bürgermeister, auf welchen
Fritz Hederich einen außerordentlich günstigen
Eindruck gemacht habe.

Else mußte den Wortschwall ihres Gespiels
über sich ergehen lassen. Noch nie war ihr
Käthe so lästig gewesen, als heute. Die alte
Hanne kam mit einem ungeheuren, rothen Re-
genschirm unterm Arm und erklärte, eine Base
besuchen zu wollen.

Käthe hatte nun erst recht Ursache, ihren
Besuch zu verlängern, denn sie behauptete, es
sei ihre Pflicht, Else Gesellschaft zu leisten und
ihr die Zeit zu verkürzen.

Die Zeit schwand allerdings rasend schnell.
Der Regen hatte aufgehört, und die Sonne schien
wieder. Jetzt wäre der geeignetste Zeitpunkt
gewesen, um eine Stunde mit dem Geliebten
im Garten beisammen zu sein. Aber Käthe
dachte nicht an's Fortgehen; unermüdlich schnurrte
das Räderwerk ihres Mundes, und Else rang
in der Verzweiflung unter der Schürze ihre
kleinen Hände.

Endlich erinnerte sich Käthe, daß sie mit
ihrer Mutter ausgehen solle, und verabschiedete

sich. Mit erleichtertem Herzen gab ihr Else das Geleite und küßte sie unter der Hausthür mit solcher Inbrunst, daß ein dritter geglaubt haben würde, hier nehme eine Schwester von der andern Abschied auf Nimmerwiedersehen.

Jetzt flog Else in den Garten und warf wieder ein paar Steinchen gegen das Fenster, hinter welchem Fritz Hederich in der Gesellschaft des Raben Jakob weilte.

„Ich komme, ich komme," winkte Fritz, legte ein Scheit in das Feuer und eilte in den Garten.

Sie saßen auf der hölzernen Bank unter dem Hollunderbaum, er konnte freilich keine weißen Blüthen mehr auf ihre Häupter schütteln, denn er trug schwarze Beeren; auch sang der Ammerling nicht mehr, denn er hatte für fünf unmündige Gelbschnäbel zu sorgen. Einzelne vergilbte Blätter kreiselten zur Erde, aber Frühling war's doch in den Herzen der beiden.

Ihr Kopf ruhte an seiner Brust, und er neigte sein Ohr, um ihre Herzschläge zu hören. Aus ihren schweren Flechten hatte sich eine Locke gelöst und flatterte im Wind; er wickelte sie um seine Finger und freute sich, wie sie sich schnellkräftig wieder loswand.

Alte Märchen zogen durch seinen Sinn; von
der Königstochter mit dem goldenen Haar, die
den armen Hirten liebte.

„Else," sagte er leise, um sich zu vergewissern,
daß er nicht träume. Und Else erhob ihre
Augenlider und bot ihm den Mund. Nein, es
war kein Traum! Er küßte ihre Lippen und
dann küßte er auch das kleine, braune Mal
auf ihrer Schulter. Else schlang ihre Arme
um seinen Hals und sah ihm in's Gesicht.

„Also so schaust Du aus, Deine Augen sind
braun, das sehe ich erst jetzt, und hier auf der
Wange hast Du eine Narbe."

Sie fuhr mit dem Finger leicht darüber,
und es durchschauerte ihn.

„Meine Else!"

„O, mein Geliebter!"

Hanne, alte verständige Hanne, wo bist Du?

Als sich die Liebenden satt geküßt hatten,
erhoben sie sich von der Bank und lustwandel-
ten im Garten Hand in Hand wie zwei kleine
Kinder.

„Hier bei der Krauseminze war es, wo
wir uns zum ersten Mal sprachen. Weißt
Du's noch?"

Fritz riß einen blühenden Zweig ab und
steckte ihn Else in's Haar.

Sie kamen an den alten Thurm, der in
ein Gartenhäuschen umgewandelt war, und
stiegen die Treppe hinauf.

Von dem Fenster aus sah man die Berge
im Schmuck ihrer dunkelgrünen Tannenwälder.
Der Regen hatte die Luft gereinigt, der Höhen-
zug war so nahe gerückt, daß man jede Er-
hebung, jeden Abhang erkennen konnte.

„Dort oben," sagte Fritz, „steigt jetzt der
Magister umher, weißt Du, Else, daß ich bei
dem Gedanken an den Magister große Unruhe
fühle? Wenn er heute Abend heim kommt, ich
kann ihm nicht in's Auge sehen."

„Laß den Magister, Fritz! — Sieh, wie hell
dort drüben die Klosterruinen in der Sonne
glänzen! Weißt Du, daß dort ein armes Gespenst haust? Nein? — Hast Du nie gehört,
daß nach dem Glauben der Leute allnächtlich
in der Geisterstunde ein verzauberter Mönch
von den Klosterruinen in unsern Garten kommt
und mit einer verwünschten Nonne spazieren
geht?"

Fritz hatte wohl von einer Sage gehört,
wußte aber nichts Näheres.

Else schlug vor Verwunderung die Hände
zusammen. „Die ganze Stadt kennt die Sage,
und der Herr Subjekt, der seit Jahr und Tag

in der Löwenapotheke wohnt, nicht! Ich habe
die Geschichte von meiner Muhme gehört; sie
hat in Deiner Stube gewohnt. — Ach Fritz,
wenn die gute Muhme Ursula noch am Leben
wäre, dann wären wir geborgen. Ich war
noch ein kleines Mägdlein, als sie vom Schlag
getroffen wurde, — es war am Dreikönigstag
— aber ich habe darum ihr liebes, freundliches
Gesicht nicht vergessen, und gar oft, wenn ich
Abends meine Augen schließe, sehe ich die gute
Muhme Ursula im hellen Glanz vor mir.
Gott geb' ihr eine sanfte Ruh!"

Fritz Hederich beugte sich nieder und küßte
Else auf die Stirn.

„Komm," sagte er, „laß uns zurück zum
Hollunderbaum gehen; dort sollst Du mir von
Deiner Muhme erzählen und vom Mönch und
der Nonne. Willst Du?"

„Gern Fritz, aber Du bist so gelehrt und
klug, das sagen alle Leute, auch der Vater und
der Magister. Kannst Du Gefallen an meiner
Rede finden? Ich bin nur ein einfältiges —"

Fritz verschloß ihr den Mund mit einem
Kuß.

Wieder saßen sie unter dem Hollunderbaum.
Die Sonne war nicht mehr weit von den
Bergen entfernt.

Hanne, alte Hanne, wo bleibst Du?

Else erzählte: „Jeden Nachmittag pflegte die Muhme in ihrer Postille zu lesen; sie war eine gar kluge Frau und konnte lesen und schreiben und rechnen, aber die Regula de tri kannte sie nicht. Dann mußte ich mich auf ein Bänklein neben sie setzen und durfte nicht mucksen, sonst zauste sie mich am Ohr."

Fritz konnte sich nicht enthalten, Else gleichfalls ein wenig am Ohrläppchen zu zausen.

„Das war keine angenehme Stunde für mich," fuhr Else fort, „aber wenn sie ihre Predigt zu Ende gelesen hatte und den Spinnrocken vornahm, dann begann meine fröhliche Zeit. Stundenlang saß ich ihr gegenüber und horchte, wie ein Mäuschen, wenn sie mir die wundersamen Mären von dem gehörnten Siegfried, von der schönen Magellone und den sieben Raben erzählte; auch schauerliche Sachen wußte sie in Menge, Hexen- und Gespenstergeschichten, vom Wärwolf, von feurigen Drachen und anderen Unholden. Gruselig war's anzuhören, aber doch ergötzlich! Kam dann aber unversehens der Vater, und das geschah meistens, wenn die Geschichte noch nicht beendet war, wenn ich auf den Schluß spannte, da verstummte die Muhme Ursula, und der Vater sprach mit

gerunzelter Stirn: „Frau Muhme, Sie hat dem
Kind doch keine Gespenstergeschichten erzählt?
Ich leid's nicht, daß Sie dem Mägdlein den
Kopf verdreht." — Dann schlich ich mich leise
hinaus, und oft hab' ich in kindischem Jammer
über des Vaters Härte geweint, denn ich wußte
nicht, wie gut er's meinte. Die Muhme Ursula
also hat mir auch erzählt, was es für eine
Bewandtniß mit dem Mönch und der Nonne
hat, die im Garten spuken sollen. Unser Haus
ist früher ein Nonnenkloster gewesen; das
weißt Du doch?"

Fritz nickte.

„Da hat denn vor vielen, vielen Jahren
einmal ein Edelfräulein den Schleier genommen,
weil ihr Geliebter im Morgenlande von den
Türken erschlagen worden war; so hatten nämlich die erzählt, die sich in die Heimath gerettet
hatten. Der Ritter aber war nicht todt, sondern nur gefangen. Große Noth mußte er
leiden bei den Türken, endlich nach drei langen
Jahren machte er sich frei und kam zurück in's
deutsche Land. So schnell ein Roß traben
konnte, eilte er nach dem Schloß seines Fräu-
leins, aber o weh, sie war eine Nonne. Da
band sich der Ritter den Helm ab, hing Schild
und Schwert an die Wand und klopfte an die

Pforte des Klosters, das dort am Berg stand.
Sie nahmen ihn auf, und er wurde ein Mönch.
So lebten denn Ritter und Fräulein als Kloster-
leute, und hiemit könnte schließlich die Geschichte
zu Ende sein. Was nun kommt, ist grausig
und schauerlich, und mich überläuft's, wenn ich
daran denke. Beide vergaßen, was sie ge-
schworen hatten; in nächtlicher Stunde schlich
die Nonne aus ihrer Zelle, und von drüben
herüber kam der Mönch und schwang sich über
die Mauer. Hier im Garten trafen sie sich.
Einmal nun geschah es, daß sie die Zeit vergaßen, sie kosten und küßten sich so lange, bis
das Glöcklein zur Mette rief, bis die Kloster-
leute sie beisammen fanden. Da haben sie die
arme Nonne im Kreuzgang lebendig begraben,
und dem Mönch ist drüben im Kloster ein
Gleiches geschehen. Nun erzählen sich die
Leute, die beiden könnten keine Ruhe im
Grabe finden, sie müßten allnächtlich wandeln
von Mitternacht bis zum ersten Hahnenschrei.
Es wollen sie manche selbander hier im Garten
gesehen haben, der Wurzelpeter schwört Stein
und Bein, daß er sie gesehen hat, und auch
unsere Hanne glaubt an den Spuk. Ja, sogar
der Magister, wenn er schon am Tage über
den Aberglauben des Volkes lacht, würde sich

bei Nacht um keinen Preis in den Garten
wagen, trotz meines Vaters Spott und Schelten.
— Ist die Geschichte nicht schauerlich, Fritz?"

„Gruselig, Else, aber das Märlein kann
noch nicht zu Ende sein. Die armen Gespenster
müssen doch nicht etwa bis zum jüngsten Tage
umgehen? Es muß doch einmal die Erlösungs-
stunde für sie kommen. Hat denn Deine Muhme
Ursula nichts darüber gesagt?"

Else verneinte.

„Gut, dann will ich Dir den Schluß erzählen.
Der Mönch und die Nonne sind allerdings ver-
dammt worden, allnächtlich zu wandeln, aber
nur so lange, bis hier unter dem Hollunderbaum, wo sie ihr Gelübde brachen, zwei andere
sich Treue schwören und den Bund für's Leben
mit einander schließen. Wenn das geschehen
ist, so gehen Mönch und Nonne ein zur ewigen
Seligkeit und beten droben für das Heil derer,
die sie erlöst haben. Und die beiden Liebenden
werden glücklich, so glücklich, wie nur immer
zwei Menschen auf Erden werden können."

Else lachte, wie ein fröhliches Kind lacht.
„Ja," rief sie, „so muß die Geschichte enden.
Wir haben die armen Geister erlöst, es ist nur
schade, daß wir die Erlösung des Mönchs und der
Nonne noch nicht in alle Welt verkündigen dürfen."

Wieder küßten sie sich und schwuren sich
Treue, und keins von beiden dachte daran, wie
weit sie noch bis an's Ziel hatten. Die unter-
gehende Sonne goß ihr rothes Licht auf die
Kräuter im Garten, und die Zweige des
Hollunderbaumes rauschten: „Geht, geht!" Aber
Fritz und Else verstanden nicht die Sprache des
alten, klugen Baumes, sie merkten nicht, wie
die Stunden verschwanden, just ebenso wie vor
Jahrhunderten Mönch und Nonne an derselben
Stelle.

Hanne, alte Hanne, wo bleibst Du?

*   *

*

Jakob der Rabe hatte längst die Leber ver-
tilgt und wollte zur bessern Verdauung der
schweren Speise einen Spaziergang in den
Garten unternehmen, fand aber die Thür und
das Fenster verschlossen.

„Ja, so sind die Menschen," murmelte er in-
grimmig, „vorhin verspricht mir einer alles
Mögliche, Ochsenleber und Käse, und jetzt ist er
davongegangen und hat mich vergessen. O
Menschen, Menschen!"

Hierauf suchte er seinen Sprachschatz hervor
und rief zuerst laut und mahnend seinen eigenen
Namen: „Jakob, Jakob!"

Alles blieb still. Dann krächzte er kläglich: „Else, Else!"

Armer Jakob, jetzt hat Else keine Zeit, an dich zu denken.

Endlich schrie er erbost: „Lump, Lump, Lump!"

Aber auch das verfing nicht. Dem Raben wurde Angst; wer weiß, wie lange er hier ein= geschlossen zubringen muß. Das Bild einer Ohreule, die sich auf dem Bodenraum gefangen hatte und daselbst langsam verhungert war, trat vor seine Seele. Mit teuflischer Lust hatte er sich damals an den Qualen des armen Thiers geletzt, jetzt sah er sich von dem gleichen Schick= sal bedroht.

Als umsichtiger Vogel trat er sofort eine Entdeckungsreise an, um etwas Eßbares zu finden, aber da sah's schlimm aus. Flaschen und Gläser gab's genug, aber der Inhalt derselben war nichts für einen Rabenschnabel. Der große Kolben auf dem Ofen, der mußte noch einer genauen Prüfung unterzogen werden; die rothe Flüssigkeit, die er enthielt, war vielleicht Roth= wein, und Jakob kannte dies edle Getränk recht wohl. Er flatterte auf den Ofen und tauchte prüfend seinen Schnabel in die rothe Tinktur.

Pfui! Was war das für ein nichtswürdiges Gebräu! Jakob puſtete und ſchüttelte ſich, dann ſchlug er, ein raſender Roland, mit den flügeln gegen den Kolben. Dieſer wankte und fiel um, die Scherben klingelten, und die rothe Tinktur floß ziſchend über den Ofen und tropfte auf den fußboden nieder.

Jakob betrachtete einigermaßen erſchreckt den angerichteten Schaden. Es dämmerte in ihm auf, daß er ein Unglück angeſtiftet habe, und weil eben jetzt ein Geräuſch an dem Thürſchloß vernehmbar war, ſo verbarg er ſich eilig hinter einem Haufen alter flaſchen.

Die Thür des Laboratoriums ging auf, und Herr Thomaſius, der ſoeben zurückgekehrt war, ſteckte ſeinen Kopf herein.

„fritz," rief er, „was ſoll das heißen, daß Ihr den Schlüſſel von außen ſtecken laßt?"

Jetzt merkte er, daß der Subjekt nicht zu⸗ gegen ſei. Ahnend flog ſein Blick nach der Stelle, wo ſonſt der Kolben mit der werdenden Tinktur geſtanden hatte, — dort lag ein Häuf⸗ lein Scherben, und der letzte Reſt der rothen flüſſigkeit verdampfte auf den erhitzten Stein⸗ platten. Der Apotheker betaſtete mit zitternden Händen abwechſelnd die Glasſcherben und ſeine Stirn, und vor ſeinen Augen wurde es dunkel.

Es war ein großes Glück für den alten
Mann, daß er in diesem Augenblick die Gruppe
unter dem Hollunderbaum gewahrte. Die Entdeckung brachte seinen stockenden Lebenssaft
wieder in Wallung und bewahrte ihn vor einem
Schlagfluß. In aufloderndem Zorn stieß er
einen Schrei aus, ballte die Fäuste und stürzte
aus dem Laboratorium.

Kaum war er verschwunden, so kam Jakob,
der Unglücksrabe, vorsichtig aus seinem Versteck
hervor und strebte ängstlich hüpfend und flatternd
der Thüre zu, um den Schauplatz seines verruchten Thuns zu verlassen und sein böses Gewissen in irgend einem Winkel des Hauses zu
bergen.

*   *   *

Kühne Reisende, die sich in fernen Ländern mit
allerlei wilden Bestien herumgeschlagen haben,
versichern, es gebe nichts Fürchterlicheres, als
das Trompeten eines gereizten Elephanten.

Aber das Wuthgebrüll einer ganzen Elephan-
tenheerde, verstärkt durch einige Nashörner und
Nilpferde, würde dem Pärlein unter dem Hollunderbaum sicherlich nicht einen solchen Schrecken
eingejagt haben, wie das Schnauben, welches
ihnen jetzt das Herannahen des wüthenden
Apothekers verkündete.

Da kam er quer durch die Kohlpflanzungen der alten Hanne einher, und jetzt stand er mit zornsprühenden Augen und geschwollenen Stirn=adern vor den ertappten Sündern.

„O Ihr, Ihr, Ihr —"

Mehr konnte der aufgeregte Mann zuerst nicht hervorbringen.

Else näherte sich ihrem Vater mit auf=gehobenen Händen, wich aber zurück, als dieser drohend die Hand emporhob.

Fritz Hederich streckte schützend seinen Arm über die Geliebte und rief: „Hört mich, Herr Thomasius —"

„Schweig!" schrie dieser, „mit Dir ist das Unglück in mein Haus eingezogen. Drinnen liegt der Kolben, in dem die Tinktur zeitigte, in Scherben, nun willst Du mir auch noch mein Kind verderben? Fort, fort! Hinaus aus dem Haus, oder ich vergreife mich an Dir!"

„Herr Thomasius," sagte Fritz mit flammen=den Augen, „Ihr werdet Euch nicht an mir vergreifen. Aus dem Haus könnt Ihr mich weisen, das ist Euer Recht. Ich werde gehen, aber schont meine Else!"

„Deine Else!" schrie der Apotheker wüthend.

„Ja, Vater," sagte Else leise, „ich bin sein und will es bleiben in alle Ewigkeit."

Der Apotheker stand sprachlos da ob dieser Kühnheit.

„Gut, Du ungerathenes Kind, geh mit ihm, — ich halte Dich nicht."

Else stand todtenblaß vor ihrem Vater und blickte auf den Boden nieder.

„Geh, geh!" lachte Herr Thomasius in-grimmig.

„Vater," sagte Else mit zitternder Stimme, „das kann Dein Ernst nicht sein; ich weiß, wie lieb Du mich hast — verzeih uns, Vater."

„Mit diesem da," erwiderte Herr Thomasius jetzt ruhiger, „habe ich nichts mehr zu schaffen, er geht noch in dieser Stunde. Ob ich Dir verzeihe, das wird von Dir selbst abhängen. — Entscheide Dich, willst Du bei mir bleiben und mein Kind sein, oder willst Du Deinen alten Vater verlassen und mit diesem da gehen?"

„Else wird bei Euch bleiben, Herr Thoma-sius," sagte Fritz, „ich gehe allein. Leb' wohl, Else, und denk' an mich, Du wirst doch mein. — Lebt wohl, Herr Thomasius, ich danke Euch für alles Gute, das Ihr an mir gethan habt, es ist mir herzlich leid, daß Euch durch meine Schuld ein Kummer bereitet worden ist."

Er wandte sich und verließ den Garten.

Herr Thomasius winkte seiner Tochter und stieg mit ihr die Treppe hinauf. Oben öffnete er Elses Kammer und sagte:

„Hier bleibst Du so lange, bis ich Beweise habe, daß Du andern Sinnes geworden bist."

Dann drückte er die Thür zu, zog den Schlüssel ab und steckte ihn in seine Tasche.

Kurze Zeit darauf verließ Fritz Hederich mit seinem Bündel das Haus. Der Apotheker hatte ihm seinen Lohn bis zum nächsten Termin durch den Lehrling auf seine Stube bringen lassen. Er schritt aufrechten Ganges aus dem Thor; trotz der Niederlage, die er erlitten, war's ihm zu Muth wie einem Sieger. Else, das wußte er, liebte ihn, — nun komm, Schicksal!

Der Löwe, der noch immer auf Vergoldung harrte, sah in dem Abenddunkel doppelt düster aus. Fritz Hederich strich ihm über den Rücken und sagte:

„Alter Geselle, wir sehen uns wieder; dann scheint die Sonne, dann soll auch Dein Fell wieder vergoldet werden, wenn auch nicht mit Gold aus dem Schmelztiegel des Alten."

Er stieg die Treppe hinunter. Da kamen zwei Männer die Straße herab; der eine war offenbar der Magister, den andern kannte er

nicht. Er wollte ein Zusammentreffen mit
ersterem vermeiden und trat deshalb in den
Schatten. Die beiden Männer blieben vor der
Apotheke stehen und schüttelten sich die Hände.

„Gute Nacht, Herr Graf!" schrie der Magister
Xylander mit überlauter Stimme, so daß einige
neugierige Nachbarn die Köpfe aus den Fenstern
steckten, und trennte sich von seinem Begleiter.

Dieser ging mit großen Schritten dem unteren
Thor zu. Fritz Hederich folgte ihm, denn das
Wirthshaus zur Goldenen Gans, wo Fritz
vorläufig Quartier nehmen wollte, lag dicht
vor dem Thor.

Zwölftes Kapitel.

———

Der verwunschene Mönch.

Der Ganswirth hatte von den beiden Fremden, die in seinem Hause wohnten, großen Vortheil. Sie ließen sich an Speise und Trank nichts abgehen, und alle Sonnabend erschien ein Hofbeamter, der die abgelaufene Zeche bezahlte.

Daß der bärtige Fremde ein italienischer Graf sei und als Astrolog und Alchymist im Dienst des Fürsten stehe, das wußte man jetzt. Mehrmals in der Woche holte ein Hofwagen den Grafen in das Schloß ab und brachte ihn wieder zurück, und eines

Tages kam sogar der durchlauchtigste Herr
in höchsteigener Person, begleitet von einem
Kammerherrn, um der Goldenen Gans oder
vielmehr dem in derselben wohnenden Fremden
einen Besuch abzustatten.

Der Ganswirth hätte fast den Hals gebrochen, als er zur Bewillkommnung des hohen
Herrn herbeieilte, und seine rothe Nase berührte beinahe die Erde, als er sich vor ihm
bückte.

Der Fürst lächelte sehr gnädig und sagte
bedeutungsvoll: „Er ist der Wirth zur Goldenen Gans?"

Der Wirth wollte darauf etwas sehr Gescheites erwidern, da ihm aber nicht gleich
etwas Gescheites einfiel, so ließ er es bei
einer stummen Verbeugung bewenden. Der
Fürst ging mit dem Kammerherrn an ihm
vorüber und die Treppe hinauf.

In fieberhafter Eile ertheilte der Ganswirth verschiedene Befehle und warf sich selbst
Hals über Kopf in sein bestes Gewand.

Der Fürst aber blieb sehr, sehr lange bei
dem italienischen Grafen, so daß den Wirth
die Versuchung ankam, einmal nach oben zu
gehen, um womöglich etwas zu erlauschen.

Er schlich sich vorsichtig an die Thür und hörte, wie der Fürst sagte:

„Mein lieber Graf, Ihr wißt, daß ich großes Vertrauen in Eure Kunst setze. Bisher habt Ihr immer nur kleine Quantitäten hervorgebracht, die keineswegs im Verhältniß zu den Summen stehen, die ich Euch habe auszahlen lassen."

„Gnädigster Herr," antwortete die Stimme des Grafen, „ich habe zu wiederholten Malen unterthänigst darauf hingewiesen, daß unter den bisherigen Constellationen an einen bedeutenden Erfolg nicht zu denken sei, aber Ew. Durchlaucht bestanden darauf, daß die Experimente unverzüglich angestellt würden."

„Schon gut," unterbrach der Fürst die Rede des Grafen, „diesmal steht viel auf dem Spiel, und ich wünsche, daß Ihr mit aller Vorsicht zu Werke geht. Wann also glaubt Ihr, daß der richtige Zeitpunkt für die Multiplikation eintreten wird?"

„Sicherlich in sechs Wochen, wenn nicht schon früher."

„Wohlan, Herr Graf, thut, was Eure Wissenschaft vermag! Es steht viel auf dem Spiel, zweitausend Dukaten sind kein Pfifferling."

„Aber doch nur eine Kleinigkeit gegen die Millionen, die ich Ew. Durchlaucht liefern werde."

Hierauf wurde ein klingendes Geräusch hörbar, welches dem Ganswirth recht wohl bekannt war, und als er das Auge an das Schlüsselloch legte, sah er, wie der Graf einen großen Haufen Gold in einen ledernen Beutel raffte.

Da der Fürst sich zum Gehen anschickte, so flog er mit Windeseile auf seinen Posten, und als einige Minuten darauf die Herren die Treppe heruntergestiegen kamen, stand der Ganswirth in der geöffneten Thür seines besten Gemaches und bat in wohlgesetzter Rede, Serenissimus wolle seinem schlechten Haus die hohe Gnade erzeigen, einen Becher Weins zu sich zu nehmen.

Der leutselige Herr willfahrte dieser Bitte und betrat das Zimmer, wo auf einem versilberten Teller ein großer, reichverzierter Becher für ihn und ein kleinerer, minder kunstreicher für den Kammerherrn bereit standen.

Der Fürst trank, lobte den Wein und richtete noch einige Fragen an den Wirth, auf welche dieser jetzt mit ebenso viel Unterwürfigkeit als Zungengeläufigkeit Bescheid gab. Dann wandte sich der Fürst der Thür zu, und der Kammerherr legte zwei Dukaten auf den Tisch. Der Ganswirth sträubte sich zwar, Bezahlung zu

nehmen, schließlich aber nahm er die Goldstücke
doch und geleitete ehrerbietig seinen hohen Gast
bis an den Wagen.

Begreiflicher Weise war der Wirth zur
Goldenen Gans an diesem und den nächstfolgenden Tagen in sehr gehobener Stimmung. Jedem
Stammgast zeigte er den Becher, aus dem der
Fürst getrunken hatte, und die beiden Dukaten;
er verschwor sich hoch und theuer, dieselben nie
ausgeben, sondern als ewiges Andenken an den
durchlauchtigsten Herrn aufheben zu wollen.

Glück macht übermüthig. Der durch die
Lippen des Fürsten geweihte Becher und die
zwei Dukaten genügten dem Ganswirth nicht;
er strebte nach einer Auszeichnung, welche dauern-
der als Erz der Nachwelt Zeugniß gebe für
die Ehre, die seinem Wirthshaus wider-
fahren war.

Es fiel ihm ein, daß sein Vetter, ein Gast-
wirth in Ammerstadt, bei der Thronbesteigung
des Fürsten Rochus die Erlaubniß erhalten hatte,
sein Schild zu ändern und sein Wirthshaus,
„Zur Krone" genannt, in ein Wirthshaus „Zum
Landesvater" umzutaufen. Seit jener Namens-
änderung hatte das Geschäft des „Landesvaters",
wie nunmehr der ehemalige Kronenwirth schlecht-
hin genannt wurde, einen sehr bedeutenden

Aufschwung genommen, und der Besitzer selbst war eine bei Hof beliebte Person geworden.

Dies schwebte dem Ganswirth vor, und rasch entschlossen machte er eine Eingabe an den Fürsten, in welcher er, auf das Beispiel des Kronenwirths hinweisend, die unterthänigste Bitte aussprach, es möge ihm gestattet werden, sein Gasthaus fürderhin nicht mehr „Zur Goldenen Gans", sondern „Zur Landesmutter" zu nennen. Das, meinte er, müsse auf die allerhöchsten Herrschaften einen sehr günstigen Eindruck machen und ihm selber zum Guten ausschlagen.

Es kam aber ganz anders.

Statt der ersehnten Genehmigung erschien in der Goldenen Gans der Herr Bürgermeister, nicht als Gast, sondern in seiner Eigenschaft als obrigkeitliche, überdies mit einer fürstlichen Botschaft betraute Person, und überbrachte dem Wirth wegen seines ungebührlichen Gesuches eine so fürchterliche Nase, daß diesem Hören und Sehen verging.

Es war daher kein Wunder, daß der Ganswirth an dem Tage, da er die Nase empfangen, und dem nächstfolgenden sich in einer sehr gereizten Stimmung befand. Das Allerschlimmste war aber, daß seine Vertrauten, denen er etwas

voreilig mitgetheilt hatte, was im Werke sei,
so niederträchtig gewesen waren, das Geheimniß weiter zu erzählen, was zur Folge hatte,
daß man den armen Wirth, wenn er es nicht
hörte, mit dem Namen nannte, um den er für
sein Wirthshaus nachgesucht hatte.

Selten kommt ein Unglück allein. Der Wirth
hatte einen vierzehnjährigen Sohn, der zu Ostern
aus der Stadtschule entlassen worden war und
seitdem in der Wirthschaft zu allerlei Verrich-
tungen gebraucht wurde. Besagter Junge, er
hieß Kaspar, war aber sehr ungeschickt, und die
Gläser und Teller, die er seit seinem Amtsan-
tritt zerbrochen hatte, waren nicht zu zählen,
noch weniger freilich die Rippenstöße, die ihm
sein Erzeuger verabreichte.

Jetzt aber hatte Kaspar seiner Ungeschicklichkeit die Krone aufgesetzt, indem er den Hahn
eines Weinfasses zu schließen vergessen hatte.
Die Wuth des Ganswirthes über diesen Streich
war grenzenlos. Zuvörderst oder vielmehr zu-
hinterst erhielt der mißrathene Sohn eine jäm-
merliche Tracht Prügel, welche in Folge des
über die bürgermeisterliche Nase gehabten Ärgers
weit reichlicher ausfiel als sonst bei ähnlichen
Gelegenheiten. Dann hielt der Ganswirth seinem
heulenden Sprößling ungefähr folgende Rede:

„Nichtswürdiger Lotterbube! Am liebsten jagte ich Dich zum Kukuk, das geschähe Dir recht. Aber weil ich mich vor den Leuten schämen müßte, wenn Du, Hans Caps, drußen in der Welt herumstolpertest, und man zufällig erführe, daß ich Dein Vater bin, so will ich Dich behalten. Aber Deine guten Tage sind vorüber. Zum Wirth bist Du zu dumm, das ist ausgemacht, — ich will Dich studiren lassen!"

Hierauf ertheilte er dem durch diese Rede völlig niedergeschmetterten Kaspar noch einen Rippenstoß und jagte ihn zur Thür hinaus.

Der Gedanke, seinen Sohn studiren zu lassen, der dem Ganswirth im Zorn gekommen war, reifte in den nächsten Stunden zum unabänderlichen Entschluß. Leider war der Junge schon ein wenig zu alt, um ihn in die unterste Klasse des Lycei zu bringen, und das in der Stadtschule Erlernte hatte er sicherlich größtentheils während seiner Dienstzeit wieder vergessen. Dies erwog der Vater und kam zur Einsicht, daß man den Jungen so schnell wie möglich zu einem Schulmeister in die Lehre geben müsse, der ihm mit großer Geduld und vielen Prügeln das Nothwendigste in den Kopf brächte. Die Sache durfte aber nicht viel kosten.

„Halt, ich hab's!" rief der Ganswirth aus, „droben der Baccalaureus, der muß ihn in die Lehre nehmen. Mit der Bezahlung wird's so wie so windig aussehen; da soll er seine Zeche abverdienen."

Gedacht, gethan. Der Wirth klomm die Treppe hinauf und trat in die Stube, welche Fritz Hederich seit einigen Tagen inne hatte.

Dieser räumte rasch einen Mantel oder etwas der Art bei Seite und sah verlegen aus.

„Aha," dachte der Ganswirth, „er flickt einen zerrissenen Rock, da muß es schlecht mit dem Beutel aussehen." Er stellte sich mit gespreizten Beinen vor seinen Gast, steckte die Hände in die Taschen und fragte von oben herunter:

„He, guter Freund, ich möchte wissen, wie lange Er in meinem Hause zu bleiben ge-denkt."

Fritz Hederich betrachtete den Sprecher mit verwunderten Augen und antwortete: „Wenn Er sich nicht anständiger beträgt, Ganswirth, so wird's nicht lange währen."

„Er hat Geld," dachte der erfahrene Wirth und fuhr etwas kleinlaut fort: „Der Herr muß verzeihen; unsereins hat viel Ärger und immer den Kopf voll. Es war nicht böse gemeint, ich wollte nur wissen —"

„Er wollte wissen, ob ich im Stande sei, die
Zeche zu bezahlen? Da sei er ohne Sorgen."

Fritz stand auf und holte einen Beutel herbei, dessen Inhalt er auf den Tisch schüttete.
Es war ein hübsches Sümmchen, welches er sich
zusammengespart hatte.

Der Ganswirth wurde jetzt sehr höflich.
Fast getraute er sich nun nicht mehr, dem Herrn
Baccalaureus einen Vorschlag zu machen. Dann
begann er, die Ungeschicklichkeit seines Sohnes
und seinen Vaterschmerz zu schildern und rückte
endlich mit der Bitte heraus, der Herr Baccalaureus wolle gegen mäßige Vergütung Kaspar's Lehrer werden.

Fritz Hederich nahm als guter Wirthschafter
den ziemlich vortheilhaften Antrag an. Der
Ganswirth ertheilte ihm noch unbeschränkte
Vollmacht über das Fell seines Sprößlings und
stieg dann froh, so billigen Kaufes weggekommen
zu sein, wieder in sein Schenkzimmer hinab.

Fritz Hederich stützte den Kopf in die Hand
und lächelte.

„Mediziner, Geisterbeschwörer, Quacksalber,
Apothekersubjekt, Alchymist, Komödiant, Hof-
meister des Ganswirthsöhnleins, — was wird
noch alles kommen? Indessen ist mir durch das
Anerbieten des Wirths ein längerer Aufenthalt

in der Stadt ermöglicht, und Zeit gewonnen,
viel gewonnen!"

Hierauf suchte er das Tuch, welches er beim
Eintritt des Ganswirths bei Seite geworfen
hatte, wieder hervor, nähte drauf los wie ein
gelernter Schneidergesell und pfiff dazu ein
lustiges Schelmenlied.

Als er mit seiner Arbeit fertig war, zog er
das Kleidungsstück an. Es war ein weitärmeliges,
mit einer Kapuze versehenes Gewand, und als
er sich nun noch einen hänfenen Strick um die
Hüfte band, sah er aus wie ein richtiger Mönch.
Er betrachtete sich prüfend in einem Handspiegel
und schien zufrieden zu sein. Dann zog er die
Kutte wieder aus, schnürte sie mit einem Strick
zusammen und verbarg sie im Kleiderspind.

*   *   *

Am selbigen Abend ging es in der Trinkstube der Goldenen Gans lustig zu. Die Altmeister der ehrsamen Zünfte saßen bei einem
festlichen Bankett, welches der dicke Metzger
und der kleine Schneider veranstaltet hatten;
sie waren nämlich gleichzeitig, jener zum Hofmetzger, dieser zum Hofschneider ernannt worden.

Sie saßen am oberen Ende der Tafel, gaben
sich Mühe, recht demüthig und bescheiden aus-

zusehen, wenn ihnen die übrigen Meister mit
Honig der Freundschaft auf. den Lippen und
mit der bittern Galle des Neides im Herzen
Glück wünschten, und versicherten einem jeden
unter Händeschütteln: „Zwischen uns bleibt's
beim Alten."

Natürlich ergossen sich aus dem Munde der
beiden Beförderten wahre Wolkenbrüche des
Lobes über das fürstliche Haus, und die anderen
Handwerker mußten mit süßsauren Gesichtern
einstimmen, wenn sie nicht eine gleiche Standes-
erhöhung verscherzen wollten.

Einer aber glaubte, keine Ursache zu haben,
ein Blatt vor den Mund zu nehmen, das war
der Gauswirth. Er rückte sich einen Stuhl
herbei, spuckte aus und sagte:

„Mit Verlaub, Meister, Ihr übertreibt! So
ein Fürst ist im Grund auch nur ein Mensch
wie ich und Ihr."

Eine bängliche Stille folgte auf das kühne
Wort des Gastwirths. Betreten schauten die
Meister vor sich nieder, Hofschneider aber und
Hofmetzger sahen gereizt aus wie zwei Trut-
hähne, wenn die Viehmagd in einem rothen
Unterrock über den Hof geht.

Der Metzger warf dem Wirth einen Blick
der tiefsten Verachtung zu und sagte:

„Wer das spricht, der muß in seinem Lebtag wenig mit fürstlichen Personen verkehrt
haben."

„Jawohl," nickte der Hofschneider.

Der Gauswirth aber ließ sich nicht so leicht
aus dem Feld schlagen; er fuhr fort:

„So ein Fürst kommt zur Welt wie unsereiner, ißt, trinkt und schläft wie unsereiner
und stirbt wie unsereiner. Ihr Meister, hab'
ich nicht Recht?"

Die Meister gaben keine Antwort und blickten auf den Hofmetzger, der in sichtbarer Verlegenheit war.

„Na, Hofmetzger," drängte der Wirth, „hab'
ich Recht oder Unrecht?"

„So gewissermaßen," erwiderte dieser und
blickte hilfesuchend im Kreis umher, „so gewissermaßen habt Ihr Recht — und doch —
doch habt Ihr gewissermaßen Unrecht —"

„Na jetzt bin ich aber begierig," sagte der
Wirth.

„Denn," fuhr der andere fort, „der Unter-
schiede zwischen einem Fürsten und einem gewöhnlichen Menschen sind so viele — es fällt
mir zwar gerade keiner ein, aber das liegt
doch auf der Hand —"

„Zum Beispiel," fiel der Hoffchneider, dem ein glücklicher Gedanke gekommen war, ein, „zum Beispiel hat jedes fürstliche Geschlecht einen Burggeist —"

„Jawohl," fuhr der Metzger fort, „einen Burggeist, oder wie man's auch heißt, eine Ahnfrau. Das haben die Fürsten vor den anderen voraus."

„Dummes Zeug!" sagte der Ganswirth.

Jetzt aber schlug sich die Mehrheit der Anwesenden auf die Seite des Hofmetzgers, und fast jeder wußte eine Schauergeschichte zu erzählen. Vor dem Tode des alten Fürsten Mauritius sei eine weiße Frau im Schloß erschienen und habe mit klagenden Geberden die Hände gerungen, und drüben in Ammerstadt erscheine jedesmal, wenn ein Glied der fürstlichen Familie sterben müsse, eine schwarze Frau mit einem weißen Schleier. Der aufgeklärte Ganswirth mochte sagen, was er wollte, er wurde überschrieen, denn von den Meistern zweifelte keiner an dem Vorhandensein der schwarzen und weißen Frau, da viele glaubwürdige Kammerzofen und Küchenjungen sie gesehen zu haben versichert hatten.

„Demnach," hub der Ganswirth wieder an, „hätte also nunmehr unser Fürstenhaus zwei

Ahnfrauen, eine schwarze in Ammerstadt und
eine weiße in Finkenburg; wenn nur die
beiden Gespenster sich aus Brotneid nicht einmal in die Haare gerathen!"

Die Meister lachten. Der Hofschneider aber
blickte strafend umher. Über solche Dinge dürfe
man keinen Spaß machen, sagte er, übrigens
sei es eine bekannte Thatsache, daß jede richtige Ahnfrau nur so lange umgehe, als einer
aus ihrem Haus noch am Leben sei, da nun
das Geschlecht derer von drüben erloschen sei,
so gebe es auch keine Ahnfrau dieses Geschlechts
mehr.

Die Meister nickten zustimmend.

„Was geschieht nun aber," fuhr der Ganswirth fort, „wenn einmal einer aus unserem
Fürstenhaus hierorts verstirbt? Kommt dann
die Ammerstädter Ahnfrau herüber, oder erscheint sie nach wie vor im Ammerstädter
Schloß?"

Diese Streitfrage gab zu lebhaften Erörte-
rungen Anlaß. Endlich entschied der Hofschneider,
der in Gespensterangelegenheiten eine Autorität
war, die Ahnfrau begleite jedesmal das Hoflager
und werde sich diesem Gesetz zufolge im Winter
in Ammerstadt, im Sommer in Finkenburg
aufhalten.

Der Ganswirth aber gab sich noch nicht zufrieden.

„Gesetzt auch," sagte er, „daß das wahr ist,
was Ihr von den Burggeistern erzählt, so beweist das noch gar nicht, daß Fürsten etwas vor
den anderen Menschen voraus haben."

„Oho," riefen Hofmetzger und Hofschneider
einstimmig.

„Gar nichts beweist es," fuhr der Wirth
fort, „auch andere Häuser haben ihre Geister,
wie man sagt. Als ich auf der Wanderschaft
war, hab' ich einmal in einem Haus übernachtet,
darinnen ist zu gewissen Zeiten der Geist eines
Schneiders gesehen worden. Er soll einen ungeheuer langen Schlafrock nach sich geschleppt
haben, welcher aus all den Lappen zusammen-
gestückt war, die der Schneider bei Lebzeiten in
seine Hölle hatte fallen lassen."

Alle Meister, sogar der Hofmetzger lachten
überlaut und blickten den Schneider an. Dieser
verbiß indessen, so gut er konnte, seinen Ärger
und antwortete, das sei ihm gar nicht unwahr-
scheinlich. Er habe einmal Ähnliches erlebt in
einer Herberge. Dort sei alle Nacht ein Wirth
umgegangen und sei von zwölf bis ein Uhr,
unter der Last einer Butte keuchend, fortwährend
zwischen dem Weinkeller und dem Brunnen

hin- und hergelaufen. Die Geschichte sei wahr, er selbst habe das Gespenst gesehen, und jetzt erinnere er sich auch an den Namen der Herberge, sie habe den sonderbaren Namen „Zur Landesmutter" geführt.

Jetzt hatte der Hofschneider die Lacher auf seiner Seite, der Gauswirth aber schoß einen wüthenden Blick auf den Spötter und ging zur Thür hinaus.

Die Altmeister blieben, wie dies immer der Fall ist, wenn übernatürliche Dinge besprochen werden, sehr lange beisammen. Der Hofschneider besaß einen unerschöpflichen Schatz von Gespenstergeschichten, aus welchem er bereitwillig mittheilte, was man zu wissen verlangte. Selbstverständlich ward auch des Trinkens nicht vergessen, und als man endlich aufbrach, fühlte sich mancher der ehrsamen Meister nicht eben sicher auf den Füßen, namentlich der neugebackene Hofschneider schwankte bedenklich und nahm den dargebotenen Arm des ausgepichten Hofmetzgers mit großem Dank an.

Hinter der alten Stadtmauer befand sich eine Gasse, wo nur wenige Häuser zwischen Gärten und Gemüsefeldern standen. In diese Gasse bog der Metzger mit seinem Freund ein, erstens weil dies der nächste Weg nach Hause war, und zweitens weil dort die Luft frisch von den Bergen wehte und deshalb ganz geeignet war, erhitzte Köpfe abzukühlen.

Durch zerrissene Wolken flimmerte die schmale Mondsichel, und der Wind blähte den Mantelkragen des Hofschneiders auf wie ein Segel. Dieser hing schwer am Arm seines Führers und gab demselben Belehrung über Natur und Wesen der Geister im Allgemeinen und der Ahnfrauen im Besonderen.

Da wurden Schritte hörbar, und aus einem Gäßchen tauchte eine dunkle Gestalt auf. Wie auf Kommando standen Hofmetzger und Hofschneider still. Die Gestalt kam mit langen Schritten näher. Der Schneider zitterte wie ein Märzhase und zog seinen Begleiter in eine dunkle Ecke. Jetzt trat der Mond hinter den Wolken hervor und beleuchtete den Herankommenden. Er war in ein dunkles Gewand gehüllt, welches durch einen Strick zusammengehalten wurde, den Kopf bedeckte eine spitzige Kapuze.

„Alle guten Geister!" stammelte der Hofschneider, „der verwunschene Mönch!"

„Still," raunte der Hofmetzger, dessen gewaltige Glieder gleichfalls wie Espenlaub zitterten. „Sprecht ein Gebet, Hofschneider, oder es ist mit uns Matthäi am letzten."

Der Mönch trat an die Mauer heran und blieb einen Augenblick wie horchend stehen, dann setzte er einen Fuß in das zerbröckelte Gestein, griff mit den Händen nach oben und schwang sich behend auf die Mauer. Droben blieb er ein paar Sekunden rittlings sitzen und glitt dann leise auf der andern Seite hinab.

Kaum war er verschwunden, so machte der dicke Hofmetzger Kehrt und sprang trotz seiner Schwerfälligkeit mit solcher Hast voran, daß ihm der Hofschneider nur mit Mühe folgen konnte.

*　　*　　*

Mit dem Unheil, welches Jakob der Rabe angerichtet hatte, waren trübe Tage über die Löwenapotheke gekommen.

Als die alte Hanne erfuhr, was in ihrer Abwesenheit vorgefallen war, machte sie einen Versuch, den erzürnten Apotheker zu besänftigen. Herr Thomasius aber blieb felsenfest, und als Hanne zum äußersten Mittel griff und erklärte, das Haus verlassen zu wollen, antwortete Herr Thomasius: „Geh' Sie!" worauf Hanne blieb.

Der Magister war von seinem Waldspaziergang als ein völlig Verwandelter zurückgekehrt.

Als man ihm berichtete, daß der Subjekt entlassen worden sei, weil er die Tinktur vernachlässigt habe, entgegnete er zerstreut: „Schon gut, schon gut!" Von dem zweiten Grund der Entlassung erfuhr er nichts. Daß mit Else etwas vorgegangen war, fiel ihm auch nicht auf, und die Wortkargheit und Verstörtheit des Apothekers schrieb er einzig und allein dem Unfall zu, der die Tinktur betroffen hatte. Ueber sein Zusammentreffen mit dem italienischen Grafen hatte er dem Apotheker noch keine Mittheilung gemacht; er ging allabendlich in die Goldene Gans und traf daselbst mit dem Fremden zusammen, aber was da gesprochen wurde, das bewahrte der Magister in seiner Brust.

Wenn er seinen Lieblingsgedanken nachhängend und Luftschlösser bauend in seinem Museo auf und ab ging, wollte es ihn wohl bedünken, als ob das Auge des gekrönten Poeten vorwurfsvoll auf ihm ruhe; aber er tröstete sich dann jedesmal mit dem Gedanken, daß er, wenn der Graf seine Verheißungen erfüllt habe, mit um so größerem Eifer zu der vernachlässigten Leier zurückkehren werde.

Else war schon nach wenigen Tagen aus ihrem Arrest entlassen worden. Herr Thomasius hatte ihr eine sehr schöne, erbauliche Rede von

Jugendverirrungen und Kindespflicht gehalten, und da Else bei den väterlichen Ermahnungen viel Thränen vergossen hatte, so glaubte der Apotheker, sie beginne ihr Unrecht einzusehen und werde, wenn man ihr Zeit und Ruhe lasse, bald wieder die alte, fröhliche Else sein.

Inzwischen aber hatte er ein scharfes Auge auf die alte Hanne. Er ahnte, daß sie im Einverständniß gewesen und fürchtete, der verbannte Fritz werde sich ihrer als Liebesbotin bedienen, darum pflegte er, so oft Hanne das Haus verließ, den Lehrling in einiger Entfernung hinter ihr drein zu schicken. Auf diesen konnte er sich verlassen, denn der Lehrling, der hie und da, wenn er in der Offizin eine Dummheit begangen, von dem Subjekt scharfe Vermahnungen erhalten hatte, war diesem nicht eben hold und würde es seinem Prinzipal unfehlbar gesagt haben, wenn er die alte Hanne mit dem Baccalaureus zusammen getroffen hätte.

Else lebte in diesen Tagen wie im Traum. Sie besaß nicht den glücklichen Leichtsinn, der in dem ehemaligen Studenten Fritz Hederich wieder zum Durchbruch gekommen war und Blüthen trieb, sie trug sich nicht mit den Hoffnungen, die jener hegte, die Zukunft erschien ihr vielmehr trüb und verworren. Aber doch hatte sie etwas, an dem sie sich aufrichten konnte, das war die Zuversicht, mit welcher Fritz beim Scheiden gesagt hatte: „Du wirst doch mein."

Du wirst doch mein — das Wort klang ihr fortwährend im Ohr, und wenn sie des Abends ihr müdes Haupt niederlegte, so flüsterte es ihr eine Stimme in's Ohr so lange, bis sie einge-schlafen war.

In der Nacht, da sich die Meister in der Goldenen Gans Gespenstergeschichten erzählt hatten, war Else wie gewöhnlich mit dem Ge-danken an ihren Geliebten zur Ruhe gegangen. Sie mochte schon ein paar Stunden geschlafen haben, als ein leises Pochen an die Fensterscheiben sie aufweckte. Da sich dasselbe wiederholte, so erhob sich Else, hüllte sich in ein Tuch und öffnete muthig das Fenster.

Herr des Himmels und der Erde! Drunten im Garten stand der verwunschene Mönch und trug eine lange Stange, mit der er offenbar soeben an das Fenster geklopft hatte.

Sie wollte zurückspringen, aber der Mönch winkte eifrig mit der Hand und rief mit ge-dämpfter Stimme: „Else, ich bin's."

„Um Gottes willen, Fritz, Du bist's? Was fällt Dir ein?"

„Still!" sagte Fritz, „ich mußte wissen, wie
es Dir geht, darum hab' ich mich als Mönch
verkleidet und bin über die Mauer gestiegen.
Else, liebe Else, komm herunter, komm zu mir!"

„Wo denkst Du hin," sagte das geängstigte
Mädchen. „Fort, fort! Wenn Dich jemand sähe!"

Fritz lachte leise. „Wenn mich jemand
sähe, würde er es gewiß nicht wagen, dem
gespenstigen Mönch den Weg zu verlegen.
Kommst Du, oder soll ich wieder gehen?"

„Nein, Fritz, ich komme nicht. Eile, eile
aus dem Garten, wenn Du mich lieb hast!"

„Else, noch ein Wort. Ich vergeh', wenn
ich ohne Nachricht von Dir bleibe. Schreib'
mir, was bei Euch vorgeht, und gieb den Brief
der alten Hanne."

„Es geht nicht, Fritz. Die gute Hanne wird
auf Schritt und Tritt bewacht. Es geht nicht."

Der Mönch stieß zornig seine lange Bohnen-
stange auf den Boden.

„Dann will ich Dir etwas sagen," sprach er
nach einigem Nachdenken. „Der Magister kommt
alle Abende in die Goldene Gans — der
könnte —"

„Fritz, Du bist nicht wohl bei Trost!"

„Hör' mich, Else! Der Magister muß den
Boten machen. Er trägt einen Mantel mit

großem Kragen; unter den Kragen verbirg Deinen Brief, ich werde ihn dort finden und die Antwort an seine Stelle heften. Willst Du?"

„Fritz, das wäre sündlich!"

„Ei was, eine Kriegslist ist erlaubt. Else, wenn Du mir das abschlägst, dann" — er erhob seine Stimme — „dann weiß ich nicht, was ich thue."

„Still, still! Gut, willst Du mir versprechen, nicht wieder verstohlener Weise in den Garten zu kommen, so will ich thun, was Du verlangst. Nun aber geh', geh', lieber Fritz!"

„Und Du hast mich noch lieb, Else?"

„Lieber als meine Augen, aber geh', geh'!"

„Gute Nacht, Else!" flüsterte Fritz und verschwand in den Büschen.

Else blieb am Fenster stehen, bis auf der Brüstung der Mauer die Mönchsgestalt sichtbar wurde. Dieselbe winkte noch einmal gegen das Fenster, und dann war die Mauer wieder leer. Else horchte noch einige Minuten mit klopfendem Herzen in die Nacht hinaus, es blieb alles still. Sie schloß das Fenster und verbarg den Kopf und ihre Angst wieder in den Kissen.

Dreizehntes Kapitel.

—

Das Experiment.

Der Magister begab sich, wie wir berichtet haben, jeden Abend in die Goldene Gans. Im Herrenstüblein daselbst trank er, wie er dies seit Jahren zu thun gewohnt war, einen, zuweilen auch zwei Schoppen und unterhielt sich mit den Anwesenden über Witterung, Stadtneuigkeiten und Welthändel.

Seitdem er die Bekanntschaft des italienischen Grafen gemacht hatte, kam er eine Stunde früher als sonst, bevor sich noch die Stammgäste eingefunden hatten. Traten dann diese

einer um den andern herein, so beeilte er sich
sein Glas zu leeren, und entfernte sich, nicht
um nach Hause zu gehen, sondern um dem
Grafen einen Besuch zu machen. Diese Besuche
waren natürlich den Gästen des Herrenstübleins
kein Geheimniß und gaben zu mancherlei Bemerkungen Veranlassung. Und das war es
gerade, was den Magister bewog, die Gesellschaft der Stammgäste zu vermeiden.

Es war ihm daher sehr angenehm, als
Fritz Hederich ihm sein Zimmer anbot. Dahin
ließ er sich nun allabendlich seinen Schoppen
bringen und verplauderte ein Stündchen mit
dem Baccalaureus. Was zwischen letzterem
und Else vorgefallen war, davon ahnte der
Magister nichts und gutmüthig sprach er ihm
Trost ein.

Er habe klug gehandelt, vorläufig die Stadt
Finkenburg nicht zu verlassen; er müsse abwarten, bis sich die gallige Stimmung des
Herrn Thomasius verbessere, dann wolle er,
der Magister, zu seinen, des Baccalaureus,
Gunsten schon ein Wort reden. Überdies stehe
auch der fürstliche Recompens für die Komödie
in Aussicht, und er zweifle nicht, daß ... u. s. w.

Wenn der Magister so sprach, so regte sich
in dem Baccalaureus einigermaßen das Ge-

wissen, da er aber von dem Grundsatz ausging, daß jeder sich selbst der nächste sei, so
beschwichtigte er die mahnende Stimme in
seinem Innern und verdoppelte äußerlich seine
Aufmerksamkeit gegen seinen Gast. Wie zuvor-
kommend nahm er ihm den Mantel ab, wie
dienstbeflissen rückte er ihm den Stuhl zurecht
und wie zartfühlend vermied er jede An-
spielung auf den italienischen Grafen. Kam
dann der Magister von seinem Besuch bei dem
Grafen zurück, so stand Fritz wie ein treuer
Diener schon mit der Lampe bereit, hüllte den
Körper des Herrn Hieronymus Xylander sorgfältig in den Mantel und leuchtete ihm bis an
die Hausthür.

„Er ist mir sehr zugethan,“ sagte dann der
Magister bei sich, „ich wollte es dem braven
Knaben wohl gönnen, wenn er auf einen
grünen Zweig käme.“

Seitdem der welsche Graf dem Magister
Unterricht in der Goldmacherei ertheilte, führte
letzterer wie der gewissenhafte Student ein
Heft, in welches er allabendlich das Erlernte
aufzeichnete.

Staub bedeckte seine Bibliothek und die
umfangreichen Manuskripte, welche die Perlen
der Xylandrischen Poesei bargen, und dem

gekrönten Poeten an der Wand hatte eine Kreuzspinne mitleidig Augen und Ohren mit dichtem Gewebe verhangen, damit er von dem Gebahren des Abtrünnigen nichts wahrnehme. Statt hochtönender Verse mit kunstreich verschlungenen Endreimen, welche vordem diejenigen zu hören bekamen, die in später Abendstunde an der Thür des Xylandrischen Musei vorübergingen, hätte jetzt ein Lauscher die mystischen Lehren vom großen Magisterium vernehmen können, welche der Magister mit halblauter Stimme sich vorsagte.

Unter ihm in dem geheimen Laboratorium saß Herr Thomasius. Aber das Laboratorium war kein solches mehr. Staub bedeckte wie die Bücher des Magisters so auch die Apparate des Apothekers. Herr Thomasius hatte den Muth verloren. Jetzt saß er Tag für Tag neben dem erloschenen Feuer seines Schmelzofens in einem alten Lehnstuhl und brütete über den dunklen Schriften des Theophrastus Bombastus Paracelsus.

Ehemals hatte er viel auf ein reputirliches Äußere gehalten, seine Manschetten und die Krause, die ihm vorn zu der seidenen Weste heraussah, waren stets blendend weiß gewesen, und ein Fleck auf dem Tuch seines Rockes hatte unter Umständen für den mit der Reinigung

der Kleider betrauten Knecht verhängnißvoll
werden können. Jetzt vernachläſſigte er ſeine
Kleidung, ſtatt der glänzenden Stiefel trug er
alte, niedergetretene Pantoffel an den Füßen,
ſein ergrautes Haar war verwirrt, und ſein
Bart, über den kein Schermeſſer mehr kam,
ſtand ihm ſtruppig von Wange und Kinn und
gab ihm das Ausſehen eines alten bengaliſchen
Tigers, der mit ſich und der Welt hadert. Seine
Wangen fielen ein, und aus dem lederfarbenen
Geſicht leuchteten ſeine grauen Augen mit eulen-
hafter Unheimlichkeit. Dazu war Herr Thomaſius in einer Stimmung, welche von der des
geduldigen Tobias ſehr verſchieden war. Niemand
konnte ihm etwas zu Dank machen. In der
Offizin, wo er ſeit des Subjekts Ausgang nothgedrungen hin und wieder erſcheinen mußte,
behandelte er ſeine Untergebenen tyranniſch und
die Kunden grob. Der alten Hanne aber gab
er kein gutes Wort mehr, mit Elſe ſprach er
nur das Nothwendigſte und den Magiſter Xylander behandelte er geradezu verächtlich. Der
einzige, mit dem er noch auf ziemlich gutem
Fuß ſtand, war Jakob, der Unglücksrabe, der
es verſtanden hatte, durch harmloſes Gebahren
und ſicheres Auftreten jeglichen Verdacht von
ſeiner Perſon abzulenken.

Der Apotheker hatte sein Mittagsmahl beendet und fütterte den Raben mit Brocken, Else hatte das Zimmer verlassen, und der Magister saß träumend in seinem Sessel.

„Da, Jakob," sagte der Hausherr, „es ist dir gegönnt, wohl bekomm dir's."

„Lump!" krächzte der Vogel und blickte den Apotheker zutraulich an.

„Ja," sagte dieser, „Du bist der einzige, der's redlich mit mir meint. Alles fällt von mir ab, die Alte, mit der ich fünfundzwanzig Jahre zusammen gehaust habe, schmiedet Anschläge hinter meinem Rücken, und er, den ich liebgewonnen hatte, thut mir das an!"

„Herr Thomasius," räusperte sich der Magister.

„Was wollt Ihr?" fuhr der Apotheker auf.

„Ihr thut mir Unrecht, Herr Thomasius —"

„Ich hab' Euch nicht gemeint," versetzte der Apotheker.

„Ihr thut mir Unrecht, glaubt mir, ich bin noch der alte."

„Das glaub' ich Euch gern, und Ihr werdet Euch nunmehr auch schwerlich ändern."

„Hört mich an, Herr Thomasius. Ihr habt Ursache, mich argwöhnisch zu betrachten, aber ich versichere Euch, daß meine Gefühle für Euch und Eure Tochter —"

Der Apotheker lachte ingrimmig.

„— noch dieselben sind wie vordem; wenn ich Euch in den letzten Tagen etwas zerstreut und flatterhaft vorgekommen bin —"

„Ihr seid mir gar nicht vorgekommen, Magister!"

„— so hat das seinen Grund. Bald werde ich Euch einweihen in das Geheimniß, welches ich auf meinem Herzen trage. Bis dahin geduldet Euch und bis dahin muß sich auch Else gedulden."

„Ich denke, sie hält's aus," spottete der Apotheker.

Der Magister erhob sich, trat auf ihn zu, ergriff seine Hand und sprach: „Mag auch kommen, was da kommen will, Herr Thomasius, ich bin ein Mann, der sein Wort hält." In dem Ton eines Sehers fuhr er fort: „Der Stufen sind drei: Notio, Mutatio und Multiplicatio. Ihr, Herr Thomasius, mühet Euch vergeblich, die erste zu erreichen, ich stehe mit dem Fuß auf der dritten. Bald wird die Stunde schlagen, da sich der Schleier heben wird und dann —" der Magister hob die Rechte empor wie zum Schwur — „dann wird eitel Freude sein in dem Haus, so den güldenen Löwen im Zeichen führt!"

„Entweder ist er übergeschnappt," sprach der Apotheker, indem er dem abgehenden Magister nachschaute, „oder er hat einen tiefen Blick gethan."

Der Magister hatte eigentlich beabsichtigt, dem Herrn Thomasius nicht eher etwas von den geheimen Zusammenkünften in der Goldenen Gans mitzutheilen, als bis er zu einem Resultat gekommen sei; da ihm aber das Leid des alten Herrn, dessen Gestalt von Tag zu Tag gebengter wurde, zu Herzen ging, so faßte er den Entschluß, eine Zusammenkunft zwischen dem italienischen Grafen und dem Apotheker zu veranstalten, und wider sein Erwarten stieß er nicht auf erheblichen Widerstand. Herr Thomasius lebte ordentlich auf, als der Magister ihm seine Eröffnungen machte, und drängte zu einer Unterredung mit dem Grafen. Dieser runzelte zwar die Stirn, als ihm der Magister vorschlug, den Apotheker an dem anzustellenden Experiment Theil nehmen zu lassen, gab aber doch schließlich seine Einwilligung zu einer Zusammenkunft.

An einem der nächsten Abende saßen die drei Goldmacher in dem Laboratorio des Herrn Thomasius beisammen. Der Graf ließ sich von diesem ausführlich über seine Arbeiten berichten und schüttelte bisweilen den Kopf. Dann begann er seine Auseinandersetzungen und sprach so gelehrt und dunkel, daß Apotheker und Magister nicht wußten, wo ihnen die Köpfe standen. Schließlich bat Herr Thomasius den Grafen, in seiner und des Magisters Gegenwart einen Versuch anstellen. Der Graf willigte nach einigem Zögern ein. Die Constellationen seien allerdings günstig, auch sei der Mond im Zunehmen begriffen, und man könne ein Experiment wohl wagen.

„Ich sehe dort in Eurem Garten einen alten Thurm," fuhr der Graf fort, „ist das Innere desselben so beschaffen, daß man dort den Apparatus aufstellen kann?"

Der Apotheker bejahte dies, fragte aber einigermaßen verwundert, warum der Herr Graf nicht im Laboratorio das Werk vornehmen wolle.

„Weil," entgegnete dieser, „das siderische und lunarische Licht nicht ungehinderten Eingang in diesen Raum findet. Dort auf dem Thurm kann man es bequem auffangen und zur Mitwirkung zwingen."

Das leuchtete dem Apotheker ein, und der Graf versprach, in einigen Stunden wiederzukommen und den nöthigen Apparat mitzubringen.

Gegen Mitternacht kam er in der That mit seinem Gehilfen in die Löwenapotheke und wurde von dem Hausherrn und dem Magister nach dem Thurmzimmer geleitet, welches durch Kerzen erhellt war.

Der Graf entnahm dem Kasten, den sein Gehilfe getragen hatte, mehrere Hohlspiegel, einen Cubus und andere Geräthschaften. Mit diesen hantirte er eine Weile herum, beobachtete den Himmel und stellte die Spiegel so auf, daß die matten Strahlen, die sie zurückwarfen, eine kleine Schale von Malachit trafen, die in die Mitte des Tisches gestellt worden war. Dann zog er ein Stückchen Gold, nicht größer als eine Linse, hervor und reichte es dem Apotheker.

„Seht zu, Herr Thomasius, ob das Gold ist."

Der Apotheker erklärte nach genauer Prüfung, es sei in der That reines Gold.

„Gut," fuhr der Graf fort, „nun legt das Gold dort in die Schale, verlöscht die Lichter und haltet Euch ruhig."

Der Apotheker that, wie ihm geheißen war, und das Gemach war nunmehr nur durch den Schein des Mondes erhellt. Das Stückchen Gold in der grünen Schale leuchtete wie ein kleines Flämmchen.

Der Graf wandte sein Gesicht nach dem Monde und bewegte leise die Lippen.

Der Apotheker blickte gespannt bald auf die Schale, bald auf den gräflichen Adepten. Der Magister zitterte vor Angst und Aufregung und hielt den Rockschoß des Apothekers krampfhaft fest.

Jetzt wandte sich der Graf vom Fenster ab, trat an den Tisch und goß aus einer kleinen Phiole ein paar Tropfen in die Malachitschale. Alsbald wallte ein bläulicher Dampf auf. Schnell ergriff der Gehilfe eine kleine Marmorplatte und bedeckte die Schale, der Graf aber sprach in ruhigem Tone:

„So, nun ist's geschehen. Zündet die Kerzen immerhin wieder an."

Es geschah. Der Graf und sein Gehilfe räumten kaltblütig das Geräthe zusammen und packten es in den Kasten.

„Ist das Experiment zu Ende?" fragte Herr Thomasius ungläubig. „Völlig," erwiderte der Graf, „und es ist gelungen. Geduldet Euch nur ein paar Augenblicke noch, dann mögt Ihr den Deckel heben."

Mit zitternder Hand hob endlich der Apotheker die Marmorplatte, und auf dem Grunde der Schale lag ein rundliches Stück Gold, groß wie eine Nußschale.

„Nehmt und prüft," sagte der Graf.

Es war Gold, feines Gold, ohne Beimischung von Silber oder Kupfer und hatte das Gewicht von fünf Dukaten. Das Gold hatte sich also hundertfach vermehrt.

Der Apotheker und der Magister standen sprachlos da und blickten mit Ehrfurcht und geheimem Schauer auf den Mann, der die Multiplikation bewerkstelligt hatte und jetzt so gleichgültig drein blickte, als wäre das etwas ganz Alltägliches.

„Es ist erstaunlich," sagte Herr Thomasius nach langem Schweigen.

„Erstaunlich!" wiederholte der Magister.

Dann schwiegen sie wieder alle beide, während der Graf sich zum gehen rüstete. Der Apotheker hielt noch immer das Gold in der Hand.

„Erlaubt Ihr," fragte er zu dem Grafen gewandt, „daß ich dieses Gold einwechsele? Ich möchte es zum Andenken behalten."

Der Graf antwortete vornehm: „Das Gold, welches ich bei solchen Gelegenheiten im Kleinen erzeuge, gehört meinem Gehilfen. Einigt Euch mit dem."

Herr Thomasius fuhr schnell in die Tasche
und reichte dem Gehilfen ungezählt einige
Goldstücke, welche dieser ohne Dank einsteckte.

„Herr Graf," hub der Apotheker wieder an,
„Ihr seht in mir einen Mann, der die besten
Jahre seines Lebens geopfert hat, um dem
Geheimniß, das Ihr besitzt, auf die Spur zu
kommen. Gebt mir die Bedingung an, unter
welcher Ihr mich einzuweihen gedenkt."

Der Graf machte eine verneinende Handbewegung und lächelte so überlegen, daß der
Apotheker schwieg.

„Freilich," dachte er, „wer mit ein paar
Tropfen aus einem Dukaten hundert machen
kann, der darf hochmüthig sein."

Dennoch aber ließ er nicht ab, mit Bitten
in den Grafen zu dringen, und der Magister
unterstützte ihn dabei. Der Graf aber blieb
ungerührt. Er sei, sagte er, im Dienst des
Fürsten, seine Zeit sei dermaßen in Anspruch
genommen, daß er unmöglich dem Ansinnen
des ehrsamen Herrn willfahren könne. Damit
selbiger aber seinen guten Willen erkennen
möge, erkläre er sich bereit, das Experiment
der Multiplikation zu wiederholen, und zwar
mit jedem beliebigen Quantum des edeln
Metalls. Er beanspruche für sich selbst keinerlei

Belohnung, müsse aber darauf bestehen, daß man seinem getreuen Gehilfen einen Antheil gönne.

Das war wenigstens etwas. Dem Apotheker lag freilich mehr an dem Geheimniß der Multiplikation als an dem Gold, der Magister aber zitterte vor Wonne, als er vernahm, daß ihm die Möglichkeit geboten werden solle, seine Habe zu verhundertfachen. Die beiden Herren nahmen also den Vorschlag mit großem Dank an und erklärten, jede Bedingung gegen den Gehilfen eingehen zu wollen.

„Gut," sagte der Graf, „gebt ihm zehn vom Hundert, damit wird er zufrieden sein. Gelt, Balthasar?"

Der Gehilfe nickte.

„Sorgt also für eine Last Gold und hütet Euch vor falschen Münzen, denn das könnte eine üble Wendung herbeiführen, die Tinktur darf kein unedles Metall benetzen. Und beeilt Euch, daß wir baldigst das Experiment anstellen können, denn die Zeit ist jetzt außerordentlich günstig."

Apotheker und Magister versprachen, den Wünschen des Grafen gewissenhaft nachzukommen, und geleiteten denselben nebst seinem Gehilfen unter häufigen Dankesworten und

ehrerbietigen Bücklingen durch den Garten
und das Haus bis auf die Straße.

*　　*　　*

Kaspar, der Sohn des Gauswirths, hatte
einen harten Schädel, und da Fritz die einem
Lehrer nöthige Geduld nicht besaß und häufig
von der ihm durch die väterliche Gewalt des
Gauswirths ertheilten Erlaubniß Gebrauch
machte, so hatte sich Kaspars Lage keineswegs
verbessert, seitdem er in den Gelehrtenstand
eingetreten war. Seine Thätigkeit war eine
andere geworden, die Rippenstöße und Schopf-
beutler waren geblieben, und es konnte ihm
im Grunde einerlei sein, ob er sie für die
leichtsinnige Behandlung der Teller und Gläser
oder der Deklination des klassischen Wortes
mensa erhielt.

So schlimm aber wie heute war's ihm noch
nie ergangen. Da saß der arme Junge über
ein Schreibheft gebengt in der Stube des ge-
strengen Herrn Hederich. Ängstlich duckte er
sich auf sein Heft, welches er mit entsetzlich
großen, schiefen Buchstaben bemalte, und von
Zeit zu Zeit fiel ein salziger Tropfen von
seiner Nasenspitze auf das Papier. Dann hob
er scheu seine Augen empor und schlug sie
schaudernd sogleich wieder nieder, denn drohend

über seinem Haupte schwebte das große Lineal,
welches der Herr Baccalaureus mit unheimlich
glänzenden Augen verdächtig hin und her
schwenkte. Endlich konnte der arme Bursche
seines Jammers nicht mehr Herr werden. Er
legte den Gänsekiel bei Seite und schluchzte
und gluckste so erbärmlich, daß in der Brust
des Baccalaureus das Mitleid rege wurde.

„Was giebt's zu flennen, Kaspar?" fragte er.

Statt der Antwort heulte Kaspar immer
lauter und bohrte die tintenbeklexten Fäuste in
die Augenhöhlen.

„Weißt Du was, Kaspar," fuhr Fritz in
wohlwollendem Tone fort und legte väterlich
die Hand auf den Kopf des Heulenden, „weißt
Du was, Kaspar? Räume Deine Bücher zusammen und packe Dich."

Kaspar hob sein von Thränen und Tinte
bethautes Antlitz fragend empor.

„Ja, Kaspar, es ist mein Ernst; geh' und
komm' nicht wieder! Ich will mit Deinem Vater
sprechen, an Dir ist Hopfen und Malz verloren."

Das waren Äolsharfen in Kaspars Ohren.
Er sah mit einem rührenden Dankesblick zu
dem Sprecher empor.

„Zeuch hin, mein Sohn!" sagte Fritz Hederich

noch einmal und öffnete eigenhändig die Thür seines Zimmers.

Kaspar ging zwar mit Thränen in den Augen, aber mit großer Freude im Herzen über die unvermuthete Wendung seines Geschickes.

Die aufgeregte Stimmung, in der sich Fritz Hederich befand, war durch einen Brief hervorgebracht worden. Seit jener Nacht, da er als Mönch vermummt über die Gartenmauer gestiegen war, brachte der Magister alle Abend unter seinem Mantelkragen Botschaft vom Goldenen Löwen in die Goldene Gans und zurück. Am letztvergangenen Abend aber überbrachte er dem harrenden Baccalaureus außer dem Brief, von dem er nichts wußte, einen andern, den ihm Herr Thomasius eingehändigt hatte.

Der Apotheker zeigte in demselben kurz an, daß sein Kollege in Ammerstadt einen Subjekt brauche, und daß dem Herrn Hederich nichts im Weg stehen würde, wenn er diesen Dienst antreten wolle.

Dieser Brief gab dem Baccalaureus viel zu denken.

„Es ist doch schön von dem Alten, daß er mich das wissen läßt," war sein erster Gedanke. „Aber jetzt fort von hier, fort aus der Nähe meiner Else? — Nein."

Dann erhob die Vernunft, die zwar in der
letzten Zeit wenig Einfluß auf die Handlungen
des Baccalaureus ausgeübt hatte, ihre Stimme
und rief ihm zu: „Thu's, greif zu! In alle
Ewigkeit kannst Du nicht das Brot des Ganswirths essen. Vorwärts, Fritz!"

„Zum Glück durch Leid,
„Zur Ruh durch Qual
„Über Berg und Thal —
„Die Welt ist weit!"

Schließlich lag ja die Stadt Ammerstadt auch
nicht im Mond, und wer weiß, ob ihm dort
nicht endlich das Glück blüht, das er seit Jahren sucht.

„Es muß sein," schloß er mit einem Seufzer,
„aber sprechen muß ich meine Else noch einmal,
ehe ich scheide."

Am Abend des Tages, da der Baccalaureus
beschlossen hatte, nach Ammerstadt zu wandern,
um daselbst als Apothekersubjekt den Besuch der
Glücksgöttin abzuwarten, trug der Magister unter
seinem Mantelkragen nach der Löwenapotheke
einen Brief, in welchem Jungfer Else Thomasius von dem Entschluß des Baccalaureus Fritz
Hederich benachrichtigt und in den bewegendsten
Worten um eine heimliche Zusammenkunft im
Garten gebeten wurde.

318

Die Antwort der blonden Else enthielt er-
neuerte Liebesschwüre und rührende Klagen,
aber die bestimmte Weigerung, mit Fritz zu-
sammenkommen zu wollen.

Darauf beschrieb der arme Fritz einen großen
Bogen Kanzleipapier mit lauter abgerissenen
Sätzen, die ein so fürchterliches Durcheinander
von Liebe, Verzweiflung, Gram, Hoffnung,
Bitten und Schwüren bildeten, daß Else ein
Herz von Feuerstein hätte haben müssen, wenn
sie nach Empfang der Epistel noch länger auf
ihrer Weigerung bestanden hätte.

Der Zettel, den Fritz am nächsten Abend
von dem Mantel seines Nebenbuhlers löste,
enthielt die mit zitternder Hand geschriebenen
Worte: „Ich komme; Gott wolle mir die Sünde
verzeihen! Vorsicht, Fritz, Vorsicht!"

*　　*　　*

Das war eine Nacht!

Die wetterkundigen Bürger, die vor dem
Schlafengehen prüfend ihre Nasen zum Fenster
hinaussteckten, behaupteten: „Es giebt Reif."
Und sie hatten Recht, denn am andern Morgen
trugen die Halme auf dem Feld und die dürren
Blätter am Busch glitzernde Spitzengewänder,
die verspäteten Blumen senkten ihre Köpfe, und
die Gurken im Garten des Herrn Bürgermeisters

hingen kraftlos an den Stielen, der feindliche Frost war über sie hinweggefahren und hatte ihren Lebenssaft erstarren gemacht. Ein früher Frost war sonst ein Ereigniß, welches den Finkenburgern mindestens für drei Tage Stoff zu lehrreichen Gesprächen bot. Diesmal ward desselben kaum gedacht, denn in der Nacht, da des Bürgermeisters Gurken erfroren, geschah noch etwas, das den Leuten viele Jahre lang im Gedächtniß blieb.

Um die Zeit, da in Finkenburg alles auf dem Ohr lag, mit Ausnahme des Nachtwächters (der schlief sitzend auf einem Eckstein), kletterte Fritz Hederich als Mönch verkleidet über die Gartenmauer der Löwenapotheke, wand sich wie ein Marder durch die dürren Büsche der Arzneigewächse und kam an der Hinterthür des Hauses eben an, als eine verhüllte weibliche Gestalt in derselben sichtbar wurde.

Er zog die zitternde Else an die Brust und sie schlang die Arme um seinen Hals und küßte ihn auf den Mund.

„Komm," sagte er, „noch einmal wollen wir unter dem Hollunderbaum sitzen, wo wir so glücklich waren, dann muß ich scheiden von Dir — nicht auf immer, Else — aber wer weiß, wann ich wiederkomme, wie ich wieder

komme. Kennſt Du das Lied? Sie ſingen's bei
uns daheim:

Elſe, weine nicht, mir ſagt eine Stimme: Alles
wird gut! Weißt Du, hier unter dem Baum
iſt's geweſen, wo Du mir ein Märchen erzählt
haſt. Ich will Dir heut' ein anderes erzählen
von Einem, der ausging in die weite, weite
Welt und daheim ſein Lieb im Leid zurückließ.
Und da kamen Grafen und Fürſten, und zuletzt
kam auch ein Königsſohn und freiten um ſie.
Sie aber ſchüttelte das Haupt und ſagte: In
meines Vaters Garten — da blüht ein' ſchöne
Blum' — drei Jahr' noch muß ich warten —
drei Jahr' ſind bald herum. Und als die drei
Jahre um waren, da kam in der Nacht beim
Sternenſchein —"

„Still, Fritz, um Gottes willen ſtill! Ich höre
etwas."

Fritz horchte auf. An der Thür des Hauſes
war ein Geräuſch vernehmbar. Die beiden
Liebenden duckten ſich hinter die Büſche wie
Haſen im Krautacker. Die Thür wurde lang-

sam geöffnet, und ein rother Lichtschein strömte aus dem Innern des Hauses.

„Das ist eine unverzeihliche Nachlässigkeit," wurde die Stimme des Herrn Thomasius vernehmbar, „die Thür steht offen. Na wartet!"

Fritz und Else sahen zu ihrem Schrecken, wie aus dem Haus der alte Thomasius, der Magister und zwei andere Männer traten. Der Magister trug eine Laterne, die übrigen waren mit unkenntlichen Gegenständen schwer beladen.

„Seid so gut, Magister, schließt die Thür zu und zieht den Schlüssel ab," sagte der Apotheker, „es ist für alle Fälle."

Der Magister that wie ihm geheißen, dann schritten die vier Personen quer durch den Garten nach dem alten Thurm.

„Fritz," stöhnte Else leise, „jetzt ist's um mich geschehen; die Thür ist verschlossen, ich kann nicht mehr zurück. Fritz, ich sterbe vor Angst, was soll nun werden?"

„Ruhe, mein Herz," tröstete Fritz, aber während er der Geliebten Muth einsprach, suchten seine eigenen Gedanken ängstlich einen Ausweg aus der peinlichen Lage.

„Wer waren die beiden Andern?" fragte er.

„Ich glaube, es sind die Fremden aus der

Goldenen Gans, die der Magister in's Haus gebracht hat."

„Hm, dann wird dort vermuthlich ein Experiment gemacht, das kann lange dauern. Wenn wir der alten Hanne ein Zeichen geben könnten."

„Thu' das nicht, Fritz! ich stürbe vor Scham, wenn jemand erführe, daß ich mit Dir bei Nacht im Garten zusammengekommen bin."

„Dann muß ich versuchen, das Schloß aufzubrechen —"

Else rang in stummer Verzweiflung die Hände.

„Horch! Was war das? Hast du nichts gehört?"

Fritz erhob sich und lauschte in die Nacht hinaus. Da drang zum zweiten Mal ein dumpfer Laut von dem alten Thurm herüber.

„Hilf, Fritz!" schrie Else, „meinem Vater geschieht ein Unglück!"

Fritz Hederich sprang so schnell er konnte über die Beete vorwärts, unterwegs riß er eilig einen Pfahl, der den schwanken Ranken einer blauen Winde zur Stütze gedient hatte, aus dem Boden und stürmte, diese Waffe schwingend, auf den Thurm los. Hinter ihm her eilte mit fliegenden Gewändern Else, jede Rücksicht vergessend.

*   *   *

Die vier Männer im Thurmzimmer hatten ihr nächtliches Werk begonnen. Der Gehilfe des welschen Grafen stellte Geräthschaften auf, während Herr Thomasius und der Magister einen ansehnlichen Vorrath gemünzten Goldes aus einem Sack in die bereitstehenden Gefäße schütteten.

Der Apotheker hatte all sein baares Geld in Gold umgewechselt, und der Magister hatte mit seinem Sparpfennig ein Gleiches gethan.

„Wenn's nur erst glücklich vorüber wäre," flüsterte der Magister, „mir ist gar nicht wohl zu Muth."

„Ich glaub's Euch," sagte der Graf und warf einen spöttischen Blick auf den ängstlichen Sprecher. „Dafür werdet Ihr nachher, wenn alles vorüber ist, desto ruhiger sein, verlaßt Euch darauf. Jetzt schließt die Thür und schweigt still. Es ist doch kein falsches Stück unter den Münzen?"

„Keine Sorge, Herr Graf," erwiderte der Apotheker. „Alles ist in Ordnung."

„Dann wollen wir beginnen. An's Werk, Balthasar!"

Im nächsten Augenblick fühlte der Apotheker seinen Hals durch eine Schlinge zusammengeschnürt und sich von hinten zu Boden gerissen;

mit einem dumpfen Laut stürzte er nieder. Gleichzeitig warf sich der Gehilfe des Grafen auf den Magister.

„Mord, Mord!" zeterte dieser und flüchtete sich in eine Ecke.

„Schneid' ihm den Hals ab, wenn er nicht still ist!" rief der welsche Graf, der dem Apotheker auf der Brust kniete und ihm mit großer Gewandtheit die Hände zusammenschnürte.

Der Magister knickte zusammen und schloß die Augen. Balthasar schickte sich an, den Widerstandslosen zu knebeln.

Herr Thomasius lag gebunden mit verstopftem Munde am Boden. „Kennst Du mich?" rief ihm der italienische Graf in's Ohr. „Kennst Du den Doktor, der Deinetwegen auf dem Esel reiten mußte? Jetzt ist die Stunde der Rache gekommen. — Balthasar, beeile Dich, mit dem verrückten Magister an den Rand zu kommen — raffe das Gold zusammen, so — wir müssen über die Gartenmauer zurück — Höll' und Tod! Was ist das?"

Die Thür flog auf, und herein stürzte der Mönch mit geschwungener Waffe.

Knirschend vor Wuth zog der Graf das Messer und drang auf den Mönch ein, aber der schwere Pfahl, den dieser führte, fuhr sausend

durch die Luft, und schwer getroffen sank der
Betrüger zusammen.

Balthasar dachte nicht an Widerstand; wie
der Blitz schwang er sich zu dem geöffneten
Fenster empor, um zu entwischen, aber der Mönch
war nicht minder schnell; wieder schwirrte der
Pfahl durch die Luft, und Balthasar rollte be-
täubt vom Fensterbrett in das Gemach zurück.

„Balthasar Klipperling, der Hanswurst!"
schrie Fritz, als er dem Bewußtlosen in's Gesicht sah. „Dann ist der Doktor Rapontiko nicht
weit. — Richtig, er ist's," sagte er nach einem
Blick auf den andern, dem das Blut aus einer
klaffenden Wunde über das Gesicht lief.

Else kniete längst neben dem Vater und
mühte sich mit zitternden Händen, die Stricke
zu lösen, mit denen er gefesselt war. Fritz sprang
hinzu, schnitt sie rasch durch und richtete den
Ohnmächtigen auf. Dann löste er ebenso schnell
die Bande des Magisters, der fortwährend leise
um Gnade winselte.

„Seid ein Mann," mahnte Fritz, „und helft
mir die Schurken binden."

„Gnade, Gnade!" wimmerte der Magister,
der über das Erscheinen des Mönchs womöglich
noch mehr erschrocken war, als über den Mord-

anfall. „Alle guten Geister loben Gott den
Herrn! — Mönch, was ist Dein Begehr?"

„Kommt zu Euch, Magister, ich bin's, Euer
Freund, der Fritz Hederich, und dort kniet Else
neben ihrem Vater. Ihr seid gerettet. — Wie
wir hierher gekommen sind, das erzähl' ich Euch
ein ander Mal. — Jetzt ermannt Euch und
steht mir bei, daß wir die beiden Schurken in
Gewahrsam bringen. Den Hausschlüssel muß
Herr Thomasius in der Tasche haben. Hier ist
er. Nun eilt!"

Der Magister kam zu sich. „Ich hole Hilfe,"
rief er und lief schreiend durch den Garten
dem Hause zu.

Unterdessen schnürte Fritz seinem ehemaligen
Genossen, Balthasar Klipperling aus Wien, die
Arme zusammen, Doktor Rapontiko war vor-
läufig unschädlich, — und trat dann an die
Seite des Apothekers.

Der Alte lächelte matt und mühte sich, seine
Hand leise auf das blonde Haupt seiner Else
zu legen, die weinend vor ihm auf den Knieen
lag. Fritz Hederich beugte sich zu ihm herab
und fragte leise:

„Wie geht's Euch, Herr Thomasius?"

Dieser konnte nicht reden, aber er streckte
die Hand aus, und als Fritz die seinige hinein-

legte, zog er ihn sanft an sich heran. Dann nickte er mit dem grauen Kopf und schloß, die Hände der Kinder haltend, wieder die Augen.

Das Zetergeschrei des Magisters hatte alles auf die Beine gebracht. Der Knecht, der Lehrling und zuletzt die alte Hanne stürmten jetzt nach dem Thurm. Des Magisters Hilferuf hatte auch die Nachbarn aus dem Schlaf geweckt, und sie kamen in Nachtjacken und Zipfelmützen herbeigeeilt, um zu helfen. Nachdem sich der Magister überzeugt hatte, daß die herangezogenen Streitkräfte genügend seien, um jeden Widerstand der beiden Schurken unmöglich zu machen, bewaffnete er sich selbst mit einer Mörserkeule und ging zurück nach dem Schauplatz seiner Niederlage.

Dort traf er begreiflicher Weise alles in der größten Verwirrung. Die Insassen der Löwenapotheke und die Nachbarn bestürmten einander mit Fragen, Hanne heulte laut und rang die Hände, Else war um ihren Vater beschäftigt; der einzige, welcher den Kopf nicht verloren hatte, war Fritz Hederich. In gedrängter Kürze berichtete er, was geschehen war, und traf dann die nöthigen Anordnungen. Der Lehrling wurde abgeschickt, um die Wache zu holen, der Magister erhielt den Auftrag, das Gold zu bergen, einige der Nachbarn blieben bei den Gefangenen zurück, während andere den halbtodten Apotheker in das Haus trugen.

Er wurde zu Bett gebracht, und Fritz Hederich flößte ihm stärkende Arzneien ein, während Else und Hanne hin- und herliefen, um alles, was dem Kranken dienlich sein konnte, herbeizuschleppen.

Die zeisiggrünen Stadtknechte kamen mit ihren Hellebarden, der Herr Bürgermeister führte sie in eigener Person an. Fritz mußte von dem Lager des Alten herbei, auch der Magister wurde citirt, um Rede zu stehen. Dann wurde Balthasar Klipperling aus Wien, der längst aus seiner Betäubung erwacht war, von den Stadtsoldaten in die Mitte genommen. Sein Herr, der fürstliche Astrologus, war durch den erhaltenen Schlag und den Blutverlust zu entkräftet, um gehen zu können; er mußte auf einer Bahre in das Gefängniß getragen werden.

Als man die Kasten und Bündel der beiden Ganner untersuchte, fand man eine große Summe in Goldstücken, die der Bürgermeister einstweilen in Verwahrsam nahm.

Nachdem die Ordnung durch die Diener des Gesetzes hergestellt war, entfernte sich zwar die zusammengeströmte Menge, aber noch lange

standen aufgeregte Gruppen vor der Apotheke
auf der Straße und besprachen das unerhörte
Ereigniß.

Im Innern des Hauses, welches den goldenen
Löwen als Wahrzeichen führte, that in dieser
Nacht niemand ein Auge zu mit Ausnahme
des Hausherrn, der hatte die Augen geschlossen
und war eingeschlafen. An seinem Lager saßen
Fritz Hederich und Else und horchten ängstlich
auf jeden seiner Athemzüge.

Auf den Fußspitzen schlich die alte Hanne
ab und zu. Bald war sie um den Kranken
beschäftigt, bald betrachtete sie die beiden Kinder,
die sich am Bett des Vaters gegenüber saßen,
bald war sie im Zimmer des Magisters, um
darauf zu sehen, daß er den von Fritz ver-
ordneten Trank gehörig einnehme; dazwischen
fand sie auch einige Augenblicke, um mit dem
Lehrling und dem Knecht, die sich bei einem
Trunk von den Schrecknissen der Nacht erholten,
das Geschehene zu besprechen, und ihr Schürzenzipfel war noch nie so häufig mit ihren
Augen in Berührung gebracht worden, als in
dieser denkwürdigen Nacht.

Vierzehntes Kapitel.

Die gütige Fee erscheint in den Wolken.

Am andern Tage war das gewölbte Zimmer in der Goldenen Gans mit redelustigen Bürgern gefüllt zu einer Stunde, wo sonst nur vereinzelte Gäste hinter den eichenen Tischen saßen. Der Ganswirth war heute eine Person von doppelter Wichtigkeit, erstens als Schenke und zweitens als derjenige, dessen Haus die Hauptpersonen des nächtlichen Dramas beherbergt hatte. Er führte natürlich das große Wort, und so sehr war er als Berichterstatter in Anspruch genommen, daß er dem jungen Kaspar nothgedrungen einen Theil der Geschäfte aufgebürdet hatte. Nächst dem Wirth waren diejenigen am meisten gesucht, die in der Nacht, durch den Hilferuf des Magisters aufgeschreckt, den Schauplatz des Verbrechens betreten hatten, und so oft einer derselben einem Kreis von Neugierigen das Erlebte zum besten gab, fand sich ein neuer Umstand, der bei der letzten Erzählung vergessen worden war.

Am gewohnten Tisch unter den aufhorchenden Altmeistern saß der Hofmetzger, neben ihm der Hofschneider. Beiden war mit der Enthüllung des nächtlichen Abenteuers ein zentnerschwerer Stein vom Herzen gefallen. Als ihnen der Mönch erschienen war, waren die zwei Meister in sich gegangen, denn die Erscheinung war nach dem Urtheil des sachverständigen Hofschneiders eine Mahnung an beide gewesen, das Haus zu bestellen und mit den irdischen Dingen abzuschließen. Am Sonntag, der jener Schauernacht folgte, waren beide in langen, dunklen Feströcken, das Gesangbuch unter dem Arm, einträchtig zur Kirche gegangen und hatten andächtig, ein bischen Schlaf beim zweiten Theil der Predigt abgerechnet, den Worten des Herrn Superintendenten gelauscht, hatten dann den Tag in erbaulichen Gesprächen über das Jenseits verbracht und den Entschluß gefaßt,

allen Freuden der Welt, insonderheit dem Wirths-
hausleben zu entsagen und mit Ergebung ihr
sanftseliges Ende zu erwarten. — Das war
nun alles nicht mehr nöthig, seitdem man wußte,
wer unter der Mönchskutte gesteckt hatte. Der
Hofschneider meinte zwar, es sei sündlich, alle
guten Vorsätze mit einem Mal wieder fallen
zu lassen, und stimmte für einen fortgesetzten
gottgefälligen Lebenswandel mit spärlich einge-
streutem weltlichen Plaisir, aber der Hofmetzger
wollte davon nichts wissen. Er habe große
Angst ausgestanden, und diese sei Strafe genug,
wenn sein Wandel straffällig sei, was man ihm
übrigens erst beweisen müsse. Jetzt wolle er
nachholen, was er seither versäumt habe, nach
so vielen Leiden werde ihm ein frischer Trunk
gut thun, und er sehe gar nicht ein, warum er
sich nicht zur Feier des Tages einen Spitz an-
trinken solle. Der Hofschneider entsetzte sich
anfangs über diese Frevelworte, als ihm aber
der Freund haarscharf bewies, daß er als Mensch
und Familienvater die Verpflichtung habe, seinen
durch die ausgestandene Angst heruntergekom-
menen Leib zu kräftigen, so gab er nach und
ging mit seinem dicken Freund in die Goldene
Gans. — Da saßen sie also jetzt und besprachen
das nächtliche Ereigniß.

Der Hofmetzger war in der angenehmen
Lage, eine wesentliche Lücke in der Darstellung
des Geschehenen zu ergänzen; er war nämlich
darüber unterrichtet, wie die Nachricht von der
Verhaftung des Goldmachers und seines Gehilfen am Hof aufgenommen worden war. Er
hatte am Morgen, obwohl es sich mit seiner
Würde nicht gut vertrug, das Fleisch für den
Küchenbedarf des Hofes in eigener Person ab-
geliefert und bei dieser Gelegenheit mancherlei
erfahren.

Der Fürst war in der Nacht geweckt worden, und die Schreckensbotschaft hatte ihn außerordentlich erschüttert. Der Bürgermeister war
in's Schloß befohlen und nach einer langen
Unterredung äußerst gnädig entlassen worden.
Daß man bei dem welschen Grafen, wie er
noch immer hieß, eine große Geldsumme gefunden hatte, war bereits bekannt; der Hofmetzger wußte genau, daß es über 2000 Dukaten
gewesen seien, die der Goldmacher aus dem
Fürsten herausgelockt habe, und das traf mit
der Aussage des Ganswirths überein.

Derselbe wurde herangewinkt und mußte
zum hundertsten Mal erzählen, was er damals,
als der Fürst bei dem Grafen gewesen war,
durch das Schlüsselloch erspäht hatte. Er fügte

hinzu, er für seinen Theil habe den beiden
Fremden von allem Anfang an nichts Gutes
zugetraut und jedesmal die Löffel nachgezählt,
wenn das Eßgeschirr aus ihrem Zimmer zu-
rückgebracht worden wäre.

Die Meister, die den welschen Grafen gekannt hatten, behaupteten, es sei ihnen ebenso
gegangen, und der Hofmetzger sagte:

„Wißt Ihr, Meister, wer ich jetzt sein
möchte?"

„Na, der welsche Graf doch nicht?"

„Meister Schuhmacher, laßt Eure ungehörigen
Bemerkungen! Daß der gehenkt wird, ist sicher.
He, Meister Seiler! Habt Ihr noch nicht den
Auftrag bekommen, einen festen, gedrehten Strick
zu liefern?"

„Das geht nicht so schnell," erklärte der
Seiler, „erst kommt die Untersuchung, dann,
wenn Inculpat nicht gesteht, die peinliche Frage
und dann erst das Urtel. Der Strick wird's
übrigens bei dem nicht thun, der wird gerädert,
und wenn's nach mir ginge, von unten auf."

„Verdient hätt' er's freilich," nickte der Hofschneider, „aber Ihr kennt nicht die Milde unseres
durchlauchtigsten Herrn; denkt an mich, Meister,
er wird zum Galgen begnadigt."

„Na, meinetwegen," sagte der Hofmetzger,

„aber Ihr habt mich vorhin nicht ausreden
lassen. Wißt Ihr, wer ich jetzt sein möchte?"

„Na, wer denn, Hofmetzger?"

„Der Fritz Hederich möcht' ich sein, der hat
jetzt ausgesorgt. Er ist aber auch ein Staats-
bursch."

„Ja," knurrte der Hofschneider, „es ist wirklich schade, daß er kein hiesiger Bürgerssohn
ist, denn daß ein Fremder die Jungfer Thomasius kriegt, das ist doch nicht in der Ordnung.
Ich hätte sie lieber dem gelahrten Magister
Xylander gegönnt."

„Der Hasenfuß," versetzte der Hofmetzger verächtlich, „der verdient ein so braves Mädel nicht."

„Na, mit der Bravheit wird's wohl nicht
weit her sein," bemerkte der Schneider hämisch,
„wenn Eine Nachts mit ihrem Schatz im
Garten —"

„Hofschneider," unterbrach der Metzger, „Ihr
bedenkt nicht, was Ihr sprecht. Wenn die Jungfer
Thomasius nicht ein Techtelmechtel mit dem
Subjekt gehabt hätt' und nicht mit ihm im
Garten zusammengekommen wäre, so hätten
die beiden Spitzbuben ungestört ihr verruchtes
Werk vollbringen können, und unser gnädigster
Herr wäre um 2000 Dukaten betrogen worden.
Hofschneider, Ihr seid doch sonst ein verständiger

Mann, seht Ihr denn hierin nicht den Finger Gottes?"

Dagegen ließ sich nichts sagen, die Meister nickten dem Sprecher Beifall zu, und der Schneider trat den Rückzug an.

„Aber," sagte er, „es ist doch nicht recht, daß ein Fremder dem Magister seine Zukünftige wegnimmt."

„Lirum, larum," erwiderte der Hofmetzger, „der Hederich ist so gut wie ein Hiesiger, oder er kann's wenigstens werden."

„Und dann," fiel der Ganswirth ein, „ist ja der Magister auch kein geborener Finkenburger, sondern ein Ammerstädter."

„Richtig, richtig!" riefen die Meister mit erleichtertem Herzen, und der Hofschneider sagte überwunden:

„Nun, so will ich denn nichts weiter dagegen haben, daß sie sich kriegen."

„So ist's recht, Gevatter!" brüllte der Hofmetzger. „Ganswirth, bringt eine große Kanne, ich bezahl' sie, wir wollen dem Hofschneider zu Ehren eins herum trinken."

*　　*
*

Während man in der Goldenen Gans auf solche Weise über die Zukunft der bei dem Abenteuer betheiligten Personen entschied, befanden sich diese selbst in großer Ungewißheit über die Folgen ihrer Handlungsweise.

Am wenigsten im Zweifel über ihr Schicksal brauchten jedenfalls die beiden Gefangenen zu sein. Sie saßen jeder in einem besonderen Kerker, Doktor Rapontiko schweigend vor sich hinstarrend, Balthasar Klipperling aus Wien zitternd und zähneklappernd, oft mit der Hand seinen Hals befühlend, der ihm zusammengeschnürt vorkam, als ob er schon das hänfene Halsband trüge.

In der Löwenapotheke stand es in den ersten Tagen, welche der Schreckensnacht folgten, nicht gut. Herr Thomasius lag hart mitgenommen in seinem Bett, und der Doktor schüttelte den Kopf. Fritz und Else schlichen zaghaft durch die Krankenstube und wachten des Nachts abwechselnd am Lager des Vaters.

Auch der Magister hütete das Bett, alle wollenen Tücher und Kleidungsstücke, die er besaß, und es waren ihrer viele, hatte er um seinen Leib gewickelt und leerte ohne Widerstreben einen Humpen Thee nach dem andern, eine Arzneiflasche nach der andern.

Die alte Hanne hatte viel zu thun, aber sie trug ihre Bürde mit Ausdauer, denn sie hatte die Überzeugung, daß alles gut werden müsse.

Und sie täuschte sich nicht. Nach ein paar bangen Tagen kehrten dem Alten die Kräfte wieder, und der Tod, der dem Tränklein des Apothekers schon oft hatte weichen müssen, mußte auch diesmal vor den Medizinflaschen und Pillenschachteln des Goldenen Löwen die Flagge streichen.

Wieder einige Tage später saß Herr Thomasius, zwar noch etwas schwach, in seinem großen Lehnstuhl, und daneben auf dem Tisch stand ein Glas mit goldbraun schillerndem Cyperwein, den er für besondere Fälle in dem hintersten Winkel seines Kellers aufbewahrte.

Die Oktobersonne schien durch die runden Fensterscheiben und beleuchtete das blonde Haar der Jungfer Else, so daß es schien, als ob alles Licht in der Stube von dem Haupt des schönen Mädchens strahlte; die Sonne fiel aber auch auf einen von braunen Locken umwallten Kopf und zwei runzelige Hände, die auf dem blonden und dem braunen Scheitel lagen.

Herr Thomasius mußte eine sehr rührende Rede gehalten haben, denn Fritz und Else sahen sehr ergriffen aus und küßten nach einander mit Inbrunst den grauen Kopf des Alten, während etwas abseits die alte Hanne stand und mit

dem unvermeidlichen Schürzenzipfel das reichlich
quellende Wasser ihrer treuen Augen trocknete.

„Es war eine böse Krankheit," sagte der
Apotheker, „die mich seit langen Jahren gefangen hielt; das Goldfieber hat mir meine
beste Lebenszeit vergällt. Jetzt bin ich geheilt,
und glücklicher Weise ist es noch nicht zu spät,
das Verlorene einzubringen. So Gott will, wird
mein Lebensabend noch lang sein, und meine
Kinder werden sorgen, daß er heiter sei. —
Jetzt geht! Du, Fritz, siehst zu, wie es in der
Officin aussieht; ich mag nicht daran denken,
was sie da alles zerbrochen und verdorben
haben werden, seitdem ich ihnen nicht auf die
Finger gesehen habe. Du wirst Arbeit finden.
— Du, Else, gehst in die Küche! Jetzt wird
sich's zeigen, ob Du zur Hausfrau reif bist.
Wenn Du heute, nachdem ich schwacher, alter
Mann Euch meinen Segen gegeben habe, ein
ordentliches Mittagsessen zu Stand bringst, so
mögt Ihr immerhin Hochzeit machen. Brennst
Du aber die Suppe an, oder verbrauchst Du
auch nur ein Korn Salz zu viel, so wird noch
ein Jahr gewartet. Punktum. Jetzt marsch! —
Sie, Hanne, hört jetzt vor allen Dingen auf,
zu flennen; Sie weiß, daß mir das in den Tod
zuwider ist —"

„Ich bin schon ruhig, Herr Thomasius!"

„Gut, und nun geh' Sie hinauf zum Magister und bitte Sie ihn, er möge einmal zu mir kommen, ich habe etwas mit ihm zu sprechen."

Auch der Magister war von seiner Krankheit, die von allem Anfang an nicht bedenklich gewesen war, genesen, aber seine Stimmung war eine sehr düstere.

Bald nachdem er den ersten Schrecken überwunden hatte, war es ihm fürchterlich klar geworden, wie Fritz Hederich zu der blonden Else stehe, und theilnehmende Freunde, die den kranken Magister besuchten, ermangelten nicht, ihm all' die interessanten Einzelheiten mitzutheilen, die ihm bisher unbekannt geblieben waren. Fritz Hederich hatte selbst am zweiten Tage den Magister aufgesucht und ihm Generalbeichte abgelegt, der Magister aber hatte den Kopf nach der Wand gedreht und gethan, als ob er schliefe, worauf Fritz, gestärkt durch das Bewußtsein, sein Möglichstes gethan zu haben, wieder gegangen war.

Jetzt saß der Magister, sorgfältig bis an den Hals eingewickelt, in seinem Arbeitsstuhl und dichtete. Ach, es war keine Komödie, kein tiefsinniges Lehrgedicht, was er schrieb; es war eine Trauerode, lieblich und zu Zähren rüh-

rend wie der Gesang eines todtwunden Nach-
tigallenmännchens:

> Du hast verschmäht den liebenden Magister,
> Deß Herz vergebens brannte lichterloh,
> Dich hat bethöret des Subjekts Geflüster,
> Du gabst Dich hin dem Baccalaureo.
> Ich selber unter meiner Toga Kragen
> Hab' arglos Botschaft hin und her getragen.

> O, Else, wie mißfällt mir Dein Benehmen!
> Fürwahr, das hätt' ich nicht von Dir gedacht!
> Durch meinen Busen zieht ein tiefes Grämen,
> Und einsam klag' ich in der stillen Nacht
> Mein Leid dem Mond, der durch die Wolken wandelt:
> Nein, Else, nein, Du hast nicht schön gehandelt!

> Ihm, der gerettet mich aus Mörderhänden,
> Der mannhaft mit der Keule für mich stritt,
> Ihm sei verzieh'n, doch kann ich Dank nicht spenden
> Dem, der mir Else raubte. — Wir sind quitt.
> Zieht hin und werdet glücklich mit einander!
> Dies wünscht Euch Hieronymus Xylander. — —

Die beiden letzten Verse waren ihm ganz
unversehens aus der Feder geflossen, und als
er sie niedergeschrieben hatte, zogen milde, versöhnliche Gedanken in sein mißhandeltes Herze
ein. Unschuldig leiden ist auch ein Genuß; er
gleicht dem des Dulcamarastengels, der anfangs
abscheulich bitter, dann aber süß wie Honig
schmeckt. Der Magister begann bereits die
Süßigkeit des Märtyrthums zu schmecken.

In blasser Verklärung, wie ein richtiger
Märtyrer, der geradewegs von dem glühenden
Rost oder vom Rad kommt, das ihm die Ge-
beine gebrochen hat, trat der von der alten
Hanne gerufene Magister vor seinen gewesenen
zukünftigen Schwiegervater.

Die beiden Männer sahen sich seit der
Schreckensnacht heute zum ersten Mal, und die
Fragen nach dem beiderseitigen Befinden halfen
ihnen daher über den Eingang der Unterredung, die für beide Theile peinlich sein
mußte, hinweg.

Dann hub Herr Thomasius an, das Thema
„der Mensch denkt, Gott lenkt" ausführlich zu
behandeln. Er sprach wie ein Buch, und der
arme Magister hörte geduldig zu, denn er
mußte sich wohl oder übel die Logik des Apothekers gefallen lassen, der ihm bewies, Else
sei keine Frau für einen so gelehrten Herrn;
er solle froh sein, daß ihm die Augen geöffnet
worden seien, bevor es zu spät geworden.

Der Magister sagte zu allem Ja und hing
den Kopf wie eine geknickte Lilie.

„Ich wüßte wohl eine Frau für Euch,"
fuhr der Apotheker fort.

Die geknickte Lilie hob das Haupt ein
wenig.

„Da ift des Bürgermeifters Tochter, die
Käthe. Das wäre ein Weib für Euch. Der
Bürgermeifter ift mein Gevattersmann, die
Sache würde fich machen, wenn ich ein Wort
mitfpräche. Was meint Ihr zu dem Vor-
fchlag?"

Der Magifter lächelte trüb: „Sie ift fchön,
aber fehr ftolz."

„Was macht das aus?" fiel der Apotheker
eifrig ein. „Ihr feid ein angefehener Mann,
und jeder Jungfrau muß es eine Ehre fein,
wenn Ihr ihre Hand begehrt. Magifter, verlaßt Euch auf mich, daraus muß etwas werden;
wir fprechen noch darüber. — Und jetzt noch
eins, lieber Magifter, ich habe eine große Bitte
an Euch. Seht, ich habe vormals oft verächtlich
von Eurer Poeterei gefprochen; es war eine
böfe Zeit, die leidige Goldmacherei hatte mir
den Kopf verrückt und meinen Geift umnachtet;
ich wußte nicht mehr, was rechts oder links,
was fchön oder häßlich fei. Das ift nun Gott
fei Dank vorbei, mein Kopf ift wieder klar,
und ich fehe ein, wie ungerecht ich gegen Euch
war. Wollt Ihr mir verzeihen?"

Der Magifter reichte gerührt dem Alten die
Hand. „Nun," fuhr der Apotheker fort, „wenn
Ihr mir nichts mehr nachtragt, und wenn's

Euch Eure Gesundheit erlaubt, so thut mir
den Gefallen und leset mir etwas von Eurer
Poesei vor."

„Mit tausend Freuden!" rief der Magister,
und seine blassen Wänglein rötheten sich. „Ich
gehe sogleich, ein Manuskriptum zu holen. Wollt
Ihr etwas Ernstes, oder etwas Lustiges?"

„Was Ihr wollt, lieber Magister, mir ist's
gleich."

Der Magister ging und kam bald mit einem
dicken Heft zurück. Er setzte sich dem Apotheker gegenüber und begann den ersten Gesang
seines Heldengedichtes zu lesen. Er las lange.
Zuweilen nickte der Apotheker und murmelte
Worte der Anerkennung, endlich war er still,
und als der Magister den ersten Gesang, der
aus eintausendsiebenhundert Versen bestand, zu
Ende gelesen hatte, war Herr Thomasius sänft-
lich eingeschlafen.

Der Magister erhob sich, ging leise aus dem
Zimmer und sprach draußen zu der alten
Hanne:

„Er ist wie umgewandelt. Denke Sie sich,
Hanne, ich habe ihm eins meiner Gedichte
vorlesen müssen."

Hanne schlug vor Verwunderung die Hände
über dem Kopfe zusammen.

„Das kommt," fuhr der Magister fort, „von
der Erschütterung seines Gehirns, die er neulich davongetragen hat. Man hat Beispiele,
daß Narren, die aus dem Fenster gesprungen
und dabei auf den Kopf gefallen sind, plötzlich
ihren Verstand wiederbekommen haben. Daß
er jetzt den Werth der Poesei erkennt, das ist
die beste Bürgschaft für seine völlige Genesung."

Sei es, daß Hanne von der Wahrheit des
Gesagten überzeugt war, sei es, daß sie den
Magister, dessen Kummer sogar seiner alten
Widersacherin zu Herzen ging, durch Widerspruch
nicht erzürnen wollte, sie nickte zustimmend mit
dem Kopf und sagte:

„Ihr seid ein gelehrter Herr und trefft
immer das Richtige. Aber, wenn ich Euch einen
guten Rath geben soll, so bleibt nicht hier im
Zug stehen, sondern macht, daß Ihr in Eure
Stube kommt."

„Sie hat Recht, Hanne," versetzte erschrocken
der Magister und ging eiligen Schrittes nach
seinem Museum.

*   *
*

Fürst Rochus hielt viel auf Popularität;
denn die Popularität gewinnt die Herzen der
Unterthanen, und dann kostet sie auch nichts.

Wie Harun al Raschid mit seinem Vezir die Straßen von Bagdad durchstreifte, so liebte es der Fürst, mit seinem Kammerherrn zeitweilig sich unerkannt unter das Volk zu mischen, um sich durch eigene Anschauung über das Leben und Treiben der Bürger zu unterrichten.

Bei solchen Gelegenheiten kam es oft zu komischen Auftritten. Einmal wurde Serenissimus von einem alten Weib aufgefordert, ihr den Tragkorb auf den Rücken zu heben, was er ohne eine Miene zu verziehen auch wirklich that, so gut er konnte. Ein anderes Mal sah er sich durch die geschwärzten Fäuste eines eifersüchtigen Schlossergesellen, der in dem hohen Herrn einen Nebenbuhler vermuthete, ernstlich bedroht und konnte sich nur dadurch der Gefahr entziehen, daß er aus seinem Inkognito heraustrat, worauf der Schlossergeselle kniefällig um Gnade bat, die ihm auch zu Theil wurde. Und wieder einmal mußte der neue Harun al Raschid die Flucht ergreifen, als ihn ein paar Gassenbuben, die er bei ihrem Spiel in der Gasse gestört hatte, mit allerlei Stoffen, die ihnen gerade zur Hand kamen, bewarfen.

Bei der Liebhaberei des Fürsten, in die Privatangelegenheiten seiner Unterthanen handelnd einzugreifen, darf es nicht Wunder nehmen,

daß, als die näheren Umstände der Mordge-
schichte bekannt geworden, Serenissimus mit
großem Eifer die Gelegenheit ergriff, die gütige
Fee aus dem Märchen zu spielen, die mit ihrem
Zauberstab den Wirrwarr zu aller Betheiligten
Zufriedenheit schlichtet. Er fühlte sich um so
mehr bewogen, die Rolle des Vermittlers zu
spielen, da er dem Haupthelden des nächtlichen
Dramas, dem Baccalaureus, der ihn vor einem
empfindlichen Geldverlust bewahrt hatte, Dank
schuldete, den er bei dieser Gelegenheit bequem
abtragen konnte. Daß der Magister Xylander,
für den der Fürst schon seit mehreren Tagen
eine Überraschung bereit hielt, in die Geschichte
verwickelt war, war ein Zusammentreffen, wie
es sich der Fürst nicht besser hätte wünschen
können. Der hohe Herr ging diesmal allein
und überdachte unterwegs noch einmal sein
Programm.

Es war ein paar Tage nach den zuletzt ge-
schilderten Ereignissen, als der Fürst unvermuthet
die Löwenapotheke betrat.

Herr Thomasius ruhte in seinem Lehnstuhl,
Else und Fritz saßen abseits und sagten sich das,
was sie sich bereits unter dem Hollunderbaum
gesagt, zum tausendsten Male, der Magister aber
stand am Fenster und blickte gedankenvoll nach

den Wolken. Da wurde die Thür aufgerissen
und vor der tief knixenden Hanne vorüber schritt
Serenissimus über die Schwelle.

Verlegene Stille, tiefe Verbeugungen.

„Bleib' Er nur sitzen," sagte der Fürst
gnädig zu dem Alten, „Er ist der Apotheker
Thomasius?"

„Mit Verlaub, durchlauchtigster Herr, ja."

„Wir sind beide von einem Spitzbuben an-
geführt worden, Er aber ist am schlimmsten dabei
weggekommen. Ich habe mit großem Bedauern
gehört, wie übel Ihm die Schufte mitgespielt
haben. Jetzt geht's Ihm wieder besser?"

Herr Thomasius dankte tiefgerührt.

„Ist diese da" — der Fürst deutete auf Else
— „Seine Tochter?"

„Ja, Durchlaucht, mein Kind, die Else."

Else verneigte sich tief. Der Fürst betrachtete
mit Wohlgefallen das schöne Bürgerkind, aber
er zwang sich, recht streng auszusehen, als er
zu Else gewandt sprach:

„Wie ich höre, so hat die Jungfer eine große
Vorliebe für das Klosterleben, da kann Ihr geholfen werden. Zwei Stunden von meiner Residenz Ammerstadt liegt ein hübsches Schlößlein
im Wald. Dort führt meine fromme Base, die
Prinzessin Emerentia, als Äbtissin das Regiment

über ein Dutzend Stiftsfräulein, die ein gott-
seliges Leben führen. Wenn die Betstunden
vorüber sind, gehen sie im Garten spazieren,
und wenn der Spaziergang vorüber ist, so beten
sie. Dabei fehlt es ihnen auch nicht an Kurzweil, denn zweimal in der Woche kommt mein
Hofprediger zu ihnen hinaus und führt mit
ihnen allerlei erbauliche Gespräche über die
Sündhaftigkeit der Welt und die Freuden des
Jenseits. Das wäre so etwas für die Jungfer.
— Freilich," fuhr der Fürst achselzuckend fort,
„werden eigentlich nur Edelfräulein in das Stift
aufgenommen, indessen glaube ich, meine er-
lauchte Base wird mir zu Gefallen einmal eine
Ausnahme von der Regel machen. Was meint
die Jungfer Thomasius zu dem Vorschlag?"

Else stand da mit gesenkten Augen und
zupfte in der Verlegenheit an ihrer Schürze,
Fritz räusperte sich und trat einen Schritt näher,
Herr Thomasius aber erhob sich von seinem
Sitz und ergriff das Wort:

„Mit Permiß, gnädigster Herr, die Else ist
die Freude meines Alters; es würde mir schwer
ankommen, das Kind zu entbehren. Zudem ist
sie auch bereits die Verlobte von diesem da"
— er zeigte auf Fritz Hederich — „und der
durchlauchtigste Herr werden gewißlich nicht

wollen, daß ich mein gegebenes Wort zurück-
nehme."

„O weh!" lachte der Fürst, „da komme ich
also zu spät. Seht, Kinder, es war nur Spaß
von wegen des Stifts; ich hatte mir ausgedacht,
ich wollte den Freiwerber für den Baccalaureus
machen, weil ich ihm zu Dank verpflichtet bin,
und nun verderbt Ihr mir so den Spaß! Hättet
Ihr nicht noch ein paar Tage warten können?"

„Wenn wir gewußt hätten," sagte Fritz, „daß
Durchlaucht sich selbst —"

„So hättet Ihr gewartet?" fiel der Fürst
ein, „das glaube Euch ein anderer. Wann soll
denn die Hochzeit sein?"

„Noch vor Weihnachten."

„So, nun Ihr habt's eilig. Als Freiwerber
habt Ihr mich also nicht nöthig, wenn Ihr
mich aber über's Jahr brauchen könnt — —"

Else wandte sich ab.

„— so erinnert Euch, daß ich Euer wohl-
affektionirter Fürst bin."

Der Magister, der noch immer gänzlich un-
beachtet im Hintergrunde stand, senfzte tief auf.

„Nun komme Er einmal näher, Freund
Hederich!" fuhr der Fürst fort. „Er hat mich
neulich durch Sein Komödienspielen delektirt
und mich neuerdings durch Seine kühne That

vor einem großen Verlust bewahrt, ich bin Ihm also zwiefachen Dank schuldig. Da es nun einem Fürsten nicht wohl ansteht, der Schuldner eines seiner Unterthanen zu sein, so bitte Er sich eine Gnade aus und spreche Er frisch von der Leber weg."

"Durchlauchtigster Herr, seitdem ich meine Else habe, trage ich nach nichts weiter Verlangen; ich bin glücklich."

"Seht mir den Diogenes an! Soll ich Ihm etwa aus der Sonne gehen? Hm? Er scheint mir so ein Dickkopf zu sein, den man zu seinem Vortheil zwingen muß. Weiß Er, daß ich Ihm bereits eine Gnade erwiesen habe? Ja, sperr' Er nur die Augen auf! Der Betrüger, den Er niedergeschlagen hat, ist, wie bekannt, zum Galgen verurtheilt worden und wird demnächst baumeln. Da hat er nun in der Meinung, dies könne ihn vom Tod retten, höchst sonderbare Aussagen über seinen ehemaligen Gehilfen, einen gewesenen Studenten, gemacht, der wegen einer Teufelsbeschwörung flüchtig geworden sei. Nun ist zwar der Goldmacher ein Spitzbube, dem nicht das dritte Wort zu glauben ist. Dennoch aber haben die Herren von meinem Gericht große Lust verspürt, der Sache auf den Grund zu kommen, und wer weiß, was für

kuriose Dinge dabei zu Tage gefördert worden
wären, wenn ich nicht den Befehl gegeben
hätte, die Angelegenheit niederzuschlagen. Das
hab' ich gethan; warum? Das ist meine Sache.
Wenn aber der Herr Baccalaureus von meiner
Gnade nichts wissen will, so bedarf es nur
eines Wortes, und die Untersuchung beginnt.
Was dabei herauskommen würde, weiß ich nicht,
aber das weiß ich, daß dann die Hochzeit in
der Löwenapotheke nicht vor Weihnachten ge-
feiert werden würde."

So sprach der Fürst und weidete sich an der
Zerknirschung des Baccalaureus und der Verlegenheit der Uebrigen.

„Seht, Kinder," sprach er dann in väter-
lichem Ton, „es ist immer gut, wenn man
einen Mächtigen zum Freund und Beschützer
hat. Jetzt gebt mir die Hände und nehmt
meinen Glückwunsch!"

Zu Aller Erstaunen begann jetzt Else, nachdem sie dem Fürsten die Hand geküßt hatte,
mit schüchterner Stimme:

„Ist es denn wirklich wahr, daß der Goldmacher gehenkt werden soll?"

„Das ist so gewiß wie das Amen in der
Kirche," versetzte der Fürst.

„Gnädigſter Herr," flehte Elſe, „laßt ihn nicht henken, ſchenkt ihm das Leben! Wenn er nicht geweſen wäre, hätte ich meinen Fritz nicht bekommen — und dann — er hat freilich ein großes Verbrechen begangen, aber, Durchlauchtigſter Herr, ich könnte nie wieder froh werden, wenn jetzt in meinem Brautſtand der Mann gerichtet würde, der einmal, ſo zu ſagen, der Meiſter meines Verlobten geweſen iſt."

„Was ſchwatzeſt Du da für Zeug durcheinander!" unterbrach Herr Thomaſius ärgerlich den unlogiſchen Sermon ſeiner Tochter. „Davon verſtehſt Du nichts, Elſe! Gerechtigkeit muß ſein. Der ſaubere Doktor Rapontiko gehört an den Galgen, ſchon allein wegen ſeiner gefälſchten Alraunwurzeln."

„Der Vater hat Recht, Jungfer, die Gerechtigkeit muß ihren Lauf haben," ſagte der Fürſt ernſt. „Nichts weiter davon."

Der erſte Theil der Handlung war vorüber, der Fürſt ſchritt jetzt zu dem zweiten.

„Magiſter Xylander, trete Er näher!" rief er und ſenkte die Hand in die Rocktaſche, in welcher ein leiſes Klirren vernehmbar wurde.

Der Magiſter kam eilfertig aus ſeinem Winkel herbei und machte ſeinen zierlichſten Kratzfuß.

„Ich stehe noch in Seiner Schuld," hub der
Fürst an, „von wegen der höchst ergötzlichen
Komödie, die Er mir zu Ehren gedichtet hat —
aber warum hat Er denn das dicke Tuch um
den Hals gewickelt?"

„Ich bin leidend noch von der Schreckensnacht her," versetzte der Magister.

„Hm, so — kann Er das Tuch nicht für
ein paar Augenblicke abnehmen?"

„Zu Befehl, Durchlaucht."

Der Magister wickelte bedächtig eine Elle
Wollenzeug nach der andern von seinem Hals,
daß der Fürst Mühe hatte, seinen Ernst, den
er für die nächste Scene durchaus nöthig hatte,
zu bewahren. Endlich war die Halsberge beseitigt.

„Bücke Er sich!" befahl der Fürst.

Der Magister that's, und im nächsten Augenblick hing ihm ein güldenes Kettlein, welches
vorn eine große Schaumünze trug, um den
Hals.

Hieronymus Xylander erglühte wie ein
Gletscher in der Abendsonne und verbeugte sich
so tief, daß die Münze an der Gnadenkette fast
den Boden berührte.

Der Fürst hatte unterdessen aus seiner andern
Rocktasche ein Pergament hervorgezogen. Er

hielt dasselbe in die Höhe und sprach in feierlichem Ton:

„Kraft dieses Dekrets ernennen Wir Ihn,
Hieronymus Xylander, alias Holzmann, Magister
der freien Künste und bisherigen Quartus an
dem städtischen Lyceo zu Finkenburg, zu Unserm
Hofbibliothekarius und Archivarius mit dem
Gehalt und Deputat eines fürstlichen Rathes
und hoffen, daß Er Uns treu und gewissenhaft
dienen werde."

Das war zu viel des Glücks für den Magister.
Er fand kein Wort des Dankes und hätte um
ein Haar vergessen, dem Spender der Gnade
die Hand zu küssen . . .

„Hier hat Er das Dekretum, mein lieber
Hofbibliothekarius," sagte der Fürst, dem die
sprachlose Rührung des Magisters sehr gut gefiel, mit wohlwollendem Lächeln. „Richte Er
sich ein, daß Er mir bald nach Ammerstadt
nachkommen kann, Sein Verhältniß zu dem
Lyceo ist bereits gelöst. Und sobald Er in Ammerstadt warm geworden ist, dann muß Er mir
die Hochzeit zu Kana noch einmal aufführen,
damit auch meine getreuen Ammerstädter den
Genuß haben. Verspricht Er mir das?"

„Alles, alles, was mein gnädigster Herr

zu befehlen geruht!" rief der Magister begeistert und hob die Hand zum Schwur gen Himmel.

„Gut, und nun wickele Er die Wollenschlange immerhin wieder um Seinen Hals, damit Er keinen Rückfall bekommt."

Aber der Magister war plötzlich genesen von aller Krankheit und allem Kummer.

Der Fürst warf einen Blick auf seine Umgebung. Die Scene war wider Erwarten gut ausgefallen. Rasch entzog er sich den Danksagungen der vier Personen und schritt nach freundlichem Gruß der Thür zu. Dort blieb er noch einmal stehen, winkte Else heran und flüsterte ihr etwas in's Ohr, worauf Else ihm mit einem dankbaren Blick die Hand küßte. Dann eilte er rasch von hinnen. Er war außerordentlich zufrieden mit sich und hatte sich so lebhaft in die Rolle einer gütigen Fee hineingespielt, daß er sich vor der Thür der Apotheke nach seinem mit Tauben bespannten Wagen umsah, aber den hatte er nicht.

„Else," fragte Fritz Hederich, „was hat Dir der Fürst ins Ohr gesagt?"

„Etwas Gutes, es betraf die beiden armen Sünder, aber ich darf's nicht verrathen."

Herr Thomasius war bemüht, sich den An-

schein zu geben, als mache er sich aus der Ehre
des fürstlichen Besuches blutwenig.

„Laßt mich doch einmal Euer Gnadenkettlein
beschen, Herr Hofbibliothekarius! Hm, recht
hübsch, aber schlechtes Gold, achtkarätig und
leichte Arbeit."

„Und wenn's Katzensilber wäre," warf
Hieronymus Xylander gereizt ein, „die Sache
bliebe dieselbe. Ehre, das ist's, worauf's ankommt, nicht der Goldwerth. Dafür habt Ihr
freilich kein Verständniß!"

„Hofbibliothekarius, Ihr werdet grob! Na,
wenn Ihr zufrieden seid, bin ich's auch. Aber,
Else, wann werden wir denn eigentlich zu
Mittag essen? Die Ehre macht wenigstens nicht
satt, soviel verstehe ich doch davon. Gebt Ihr
das zu, Herr Hofbibliothekarius?"

Dieser zuckte die Achseln und entfernte sich,
um das güldene Kettlein und das Pergament
in sein Heiligthum zu tragen. Auf welche Weise
der neucreirte Hofbibliothekarius und Archivarius
innerhalb der vier Pfähle seines Musei seiner
Freude Luft gemacht hat, wissen wir nicht, sicher
ist, daß er den ganzen Tag über in sehr gehobener Stimmung war, welche die beiden Verlobten und in gelindem Grad auch Herr Thomasius mit ihm theilten.

Spät Abends, als Fritz Hederich nach seiner
Kammer ging, vertrat ihm noch der Magister
den Weg und nöthigte ihn in seine Stube.

„Herr Baccalaureus," sagte er, „ich war in
der letzten Zeit nicht besonders gut auf Euch
zu sprechen, und Ihr wißt auch, warum."

„Ich weiß es und wiederhole Euch —"

„Laßt's nur gut sein, es ist alles vergeben
und vergessen. Und die paar Wochen, die ich
noch hier bei Euch zubringe, bevor ich mein
neues Amt in Ammerstadt antrete, wollen wir
als gute Freunde wie ehemals miteinander verleben. Das Carmen für Eure Hochzeit dichte ich,
und das soll meine letzte Arbeit hierorts sein."

Die beiden ausgesöhnten Nebenbuhler reichten
sich die Hände. Der Magister sprach noch viel
von seinen Plänen für die Zukunft; dabei
wurde mehr als ein Becher geleert, und als
sich Fritz in später Nachtstunde von seinem
Freund trennte, sagte ihm dieser in's Ohr:

„Im Vertrauen, Fritz, mir ist's jetzt im Grund
gar nicht unlieb, daß Ihr mir die Else wegge-
kapert habt, denn — Ihr seid ein verständiger
Mann, der ein wahres Wort nicht übel nimmt
— ein fürstlicher Hofbibliothekarius und eine
Apothekerstochter — Ihr versteht mich schon,
nicht wahr?"

„Ich verstehe Euch, Herr Hofbibliothekarius,"
nickte Fritz zustimmend. „Nein, es ist besser so,
Ihr wäret mit der Else nicht glücklich geworden."

„Das meine ich auch," versetzte der Magister,
„aber das bleibt unter uns."

„Es bleibt unter uns. Geruhsame Nacht,
Herr Hofbibliothekarius."

„Gute Nacht, mein Lieber!"

Fünfzehntes Kapitel.

———

Polterabend.

Jakob der Rabe war nicht so ver-
rucht, daß er nicht über die glückliche Wendung der Dinge einen
gewissen Grad von Freude em-
pfunden hätte, welche er dadurch
an den Tag legte, daß er dem
Baccalaureus und der blonden
Else ungewöhnliche Aufmerksam-
keit erwies. Sei es nun, daß die Beiden Verdacht gegen den Heuchler geschöpft hatten, sei
es, daß sie viel zu viel mit sich selbst beschäftigt waren, kurz, Jakob sah seine Zärtlichkeit
nicht erwidert. Grollend hielt er sich daher

fern von den glücklichen Menschen im ersten Stock, und wer weiß, welch beklagenswerthen Ausgang die trübe Stimmung des Raben genommen hätte, wenn derselbe nicht in dem neuen Lehrling einen Freund gefunden hätte.

Dieser aber war kein anderer als Kaspar, der Sohn des Ganswirths, welchen Herr Thomasius auf Verwendung des Fritz Hederich in's Haus genommen hatte, nachdem der bisherige Lehrling freigesprochen worden war.

Wir freuen uns, dem Sprößling des Ganswirths das Zeugniß ausstellen zu können, daß derselbe viel Eifer im Süßholzraspeln und Gläserspülen an den Tag legte und auch nicht mehr Schaden als recht und billig anrichtete. Da es zu den Obliegenheiten des jeweiligen Löwenapothekerlehrlings gehörte, für das leibliche Wohl des Raben Sorge zu tragen, und da Kaspar sich diesem Amt mit großer Freudigkeit unterzog, so entspann sich bald zwischen Kaspar und Jakob ein Verhältniß, welches von Tag zu Tag inniger wurde und den letzteren für die Zurücksetzung, die er von Seiten seiner bisherigen Gönner erfuhr, reichlich entschädigte

Heute ging er gleichmäßigen Schrittes wie eine Schildwache auf der Freitreppe des Hauses auf und ab und warf, so oft er eine Wendung

machte, einen prüfenden Blick auf den Löwen.
Dieser war nämlich heute Morgen neu vergoldet
worden, und Jakob paßte auf, daß keine täp-
pische oder böswillige Hand die noch frische
Farbe abstreife.

„Gehorsamer Diener, Jakob!" sagte da Einer,
und das war kein anderer als der alte Wurzelpeter, der bei dem Raben in Gunst stand, weil
er ihm zuweilen eine todte Haselmaus oder
etwas derartiges aus dem Wald mitbrachte.
Der Kräutermann schien für das frisch ange-
strichene Löwenthier nicht gefahrbringend, darum
ließ ihn Jakob mit dem Wort „Lump" passiren.
Peter führte heute weder Wurzeln noch Kräuter
mit sich, sein Besuch galt auch nicht der Officin,
sondern seiner Jugendliebe, der Jungfer Hanne.

Die treue Schaffnerin stand in der Küche
am prasselnden Herdfeuer und schwang den
Schanmlöffel über einem halben Dutzend Töpfe
und Pfannen, als der Wurzelpeter die Thür
öffnete und seinen Kopf durch die Spalte steckte.

„Ist's erlaubt, Jungfer Hanne?"

Die Alte drehte ihr von der Hitze geröthetes
Gesicht nach der Thür und sagte erfreut:

„Ach, der Peter! Ist die Sache schon zu
End'? Das hat ja nicht lange gedauert. Da

ſetz' Er ſich, ich hab' Ihm einen Gansflügel aufgehoben."

Der Wurzelpeter ſchmunzelte. „Hab' eigentlich ſchon gefrühſtückt," ſagte er, „aber gebe Sie immer her!"

Hanne brachte den Gansflügel, legte ein Stück Brot dazu und blieb mit eingeſtemmten Armen vor dem Alten ſtehen.

„Das hätt' Sie mit anſehen ſollen," ſagte der Wurzelpeter und hob das Meſſer zum Angriff. „Die ganze Stadt war draußen. Zwei auf einmal, das ſieht man nicht alle Tage."

„Gott ſei den armen Seelen gnädig!" verſetzte Hanne und taſtete nach dem Schürzenzipfel. „Haben ſie lange gezappelt?"

Peter lachte, ſo gut er das mit dem vollen Mund konnte, und ſagte: „Ich denk', ſie zappeln noch."

„Was? das wäre ja entſetzlich!"

„Na hör' Sie nur, Jungfer Hanne, wie die Sache hergegangen iſt. Um ſieben Uhr, es war noch dunkel ſind ſie aus dem Churm abgeholt worden; voraus ein Haufen Soldaten, dann die Richter und dann die armen Sünder in weißen Hemden mit ſchwarzen Schleifen."

Hanne ſchauderte.

„Der Große, der mit dem Bart — ach du
mein Herrgott, wenn ich mir das hätte denken
können, daß der welsche Graf so ein arger
Bösewicht war! Wie oft haben wir beisammen
gesessen, so nah wie jetzt wir zwei, und haben
mit einander gesprochen wie zwei gute Freunde.
— Der Große also war ganz ruhig; man hat's
ihm angesehen, daß er sich vor dem Tod nicht
gegraut hat, der Kleine aber, der Klipperling,
der Hanswurst, der hat gezittert, wie sie ihn
hinausgeführt haben, und Gesichter hat er ge-
schnitten, so gräulich, daß mir's kalt den Buckel
hinuntergerieselt ist. Endlich sind sie draußen
am Rabenstein angekommen. Der Dreibein war
ganz mit Flittergold beklebt und hat schon von
weitem gefunkelt; die Goldmacher werden nämlich, wie ich mir hab' sagen lassen, immer an
vergoldete Galgen gehenkt. Nun hat der Richter den armen Sündern das Urtheil noch einmal vorgelesen und zum Schluß — knack! —
hat er den Stab gebrochen. Alsbald hat der
Meister Hämmerlein mit seinen Gesellen das
Werk begonnen; die beiden armen Sünder sind
die Leitern hinaufgeschleppt worden, und man
hat ihnen den Strick um den Hals gelegt. Alles
ist still gewesen, und ich hab' mich auf die
Zehen gestellt, damit ich's besser sehen könnte,

denn grad' vor mir ist der Hofmetzger mit seinem breiten Buckel gestanden, und da —"

Der Wurzelpeter, der bisher unthätig seinen Gansflügel in der einen, das Messer in der andern Hand gehalten hatte, erinnerte sich jetzt des Leckerbissens und führte denselben zum Munde.

„Na Peter," drängte die alte Hanne, „und da — fahr' Er fort!"

Der Wurzelpeter grinste seine Jugendliebe an und fragte in zärtlichem Ton:

„Was krieg' ich zum Lohn, Jungfer Hanne, wenn ich die Geschichte zu End' erzähle?"

Er spitzte den Mund.

„Alter Narr!" erwiderte die erröthende Hanne, „wann wird Er einmal zur Vernunft kommen! Seinen Lohn hat Er schon, den Gans-flügel nämlich. Jetzt erzähl' Er weiter!"

Das Auge des alten Verliebten glitt von dem Antlitz der Hanne auf den Knochen in seiner Hand, und er fuhr fort:

„Der letzte Augenblick für die beiden Sünder war also gekommen. Da winkte plötzlich der Justitiarius mit dem Schnupftuch und rief: Halt! Dann zog er eine Schrift aus der Tasche und las etwas ab, was ich aber nicht verstehen konnte. Als er fertig war, da fing der ganze

Haufe an, laut zu schreien und zu lachen, und
die beiden armen Sünder wurden wieder von
der Leiter heruntergeholt. Ich wußte nicht,
was das zu bedeuten hatte, bis mir's Einer
erklärte. Daß ich's kurz mache, man hatte die
beiden Spitzbuben nur die Todesangst ausstehen
lassen, dann sollte ihnen das Leben geschenkt
sein, so hatte unser gnädigster Fürst befohlen,
und so geschah es auch. Meister Hämmerlein
zog ihnen das Armesünderhabit aus, und dann
wurden sie von den Grenadieren in die Mitte
genommen, um über die Grenze geschafft zu
werden. Aber das Gesicht, was der gewesene
Hanswurst machte, als er wieder auf dem Erd-
boden stand, das vergesse ich in meinem Leben
nicht."

Hanne hatte mit großer Verwunderung zu-
gehört, und als der Wurzelpeter geendet hatte,
schüttelte sie den Kopf.

„Wenn es nach mir gegangen wäre," sagte
sie, „so hätte man sie gehenkt; wer steht uns
dafür, daß sie nicht zurückkommen und uns den
rothen Hahn auf's Dach setzen?"

„Das werden sie hübsch bleiben lassen," versetzte der Wurzelpeter. „Wenn man Hasen mit
der Schlinge fängt, was eigentlich verboten ist,
und es kommt so ein Meister Lampe mit dem

Kopf glücklich wieder heraus, so hütet er sich, je wieder in die Gegend zu kommen, wo es ihm an den Kragen gegangen ist. Das ist bei den Spitzbuben ebenso."

Als die alte Hanne und der Wurzelpeter das Ereigniß noch besprachen, kam der Lehrling Kaspar und bestellte die Schaffnerin in das Museum des Herrn Xylander. Hanne, die seit der Katastrophe den Magister sehr rücksichtsvoll behandelte, befahl dem Kaspar, auf die Töpfe Acht zu haben und ging nach oben.

„Hanne," redete sie der Magister an, „hat Sie vielleicht ein weißes Kleid?"

„Das versteht sich," nickte die Alte, „ich habe ein prächtiges, weißes Gewand, welches mir des Herrn Thomasius Muhme selig auf dem Sterbebett geschenkt hat. Es ist zwar nicht ganz neu, aber doch sehr schön."

„Gut," erwiderte der Magister, „bringe Sie mir das Kleid!"

Hanne ging verwundert und kehrte mit dem Gewand auf dem Arm zurück.

„Paßt es Ihr noch?" fragte der Magister.

„Ich hab' es lange nicht getragen, da ich aber meinen guten Wuchs noch nicht eingebüßt habe, so wird es wohl noch passen."

„Ziehe Sie es einmal an!"

„Was, Herr Hofbibliothekarius? Ich soll das Kleid hier vor Euren Augen anziehen? Was muthet Ihr mir zu?"

„Ach was, genire Sie sich nicht. Ich sehe derweilen zum Fenster hinaus."

„Nein, das geht nicht, aber ich will das Kleid drüben in meiner Kammer anziehen und dann herüberkommen."

„Gut, Hanne, thu' Sie das!" —

Hanne kam wieder und präsentirte sich in dem Brautkleid der seligen Muhme Ursula. Der Magister betrachtete die Erröthende von allen Seiten mit kritischen Blicken und nickte endlich beifällig mit dem Kopf.

„Das Kleid ist gut. Nun geb' Sie Acht, Hanne! Ich habe ein Hochzeitsspiel gedichtet, und Sie muß in diesem Kleid mitspielen."

Hanne trat erschrocken einen Schritt zurück.

„Nein," sagte sie dann in bestimmtem Tone, „ich bin eine rechtschaffene Person, Komödie spielen thu' ich nicht."

„Hanne, sei Sie kein Kind! Ich bin auch eine rechtschaffene Person und überdies Hofbibliothekarius und spiele doch mit."

„Ihr spielt auch mit?"

„Das versteht sich; ich, Sie und ein Dritter
muß sich auch noch finden. Ich habe an den
Wurzelpeter gedacht."

„Das ist ein kluger Gedanke," nickte die
Alte, „der Peter ist dazu wie geschaffen. Als
die Else noch ein kleines Mägdlein war, hat er
einmal den Knecht Ruprecht gemacht, und ich
sag' Euch, er war ein Knecht Ruprecht, wie
ich keinen zweiten gesehen habe. Der Peter
ist just in der Küche, soll ich ihn holen?"

„Wartet erst noch ein paar Augenblicke,"
versetzte der Magister.

„Also Sie will mir helfen, Komödie spielen?"

„Meiner Else zulieb will ich's thun."

„Gut, Hannel Sie hat nicht viel zu sprechen,
nur ein paar Worte, die trichtere ich Ihr heute
Abend ein. Und hier hat Sie eine Schachtel,
darinnen sind Sternlein aus Silberpapier ge-
schnitten; die muß Sie auf das Kleid nähen.
Auch bekommt Sie eine silberne Krone; die ist
aber noch nicht fertig. So, nun geh' Sie und
schicke Sie mir den Wurzelpeter herauf. Und
noch eins, Hanne, halte Sie die Sache geheim,
damit die Überraschung recht groß wird."

Hanne versprach, ihr Möglichstes zu thun.

*　　*　　*

„Morgen ist Hochzeit in der Löwenapotheke, und das wird eine Hochzeit werden,
wie die Stadt Finkenburg noch keine gesehen hat."

So spricht der Herr Bürgermeister und er-
wägt, ob er bei der Vermählung seiner Käthe
wohl den gleichen Aufwand machen könne. So
spricht der Hofschneider, der die Pracht der Gewänder, die er für den Bräutigam und den
Brautvater gefertigt hat, nicht genug rühmen
kann. So spricht der Hofmetzger und rechnet
seinen staunenden Zuhörern an den Fingern
vor, wie viel Pfund Fleisch von jeder Thier-
gattung er zu liefern hat. So spricht der
Gaswirth und fügt hinzu, daß er seine drei
Küchenmägde für morgen zur Aushilfe in das
Hochzeitshaus geben müsse. So sprechen alle
Honoratioren, denn alle nehmen Theil an dem
fröhlichen Ereigniß und alle sind geladen. Auch
die Armen sprechen von dem morgen stattfin-
denden Fest, denn jeder erhält morgen von dem
Herrn Thomasius ein Pfund Fleisch, eine Metze
Mehl und drei Batzen baar Geld. Der Herr
Thomasius kann's aber auch, dem thut's an
Reichthum keiner gleich in Stadt und Land;
und das alles bekommt einmal der Tochtermann
aus der Fremde. Das ist der einzige bittere

Tropfen, der in den Freudenbecher fällt, aber es ist nur ein Tropfen.

Das alte Haus in der oberen Marktstraße sieht selbst aus wie ein Bräutigam oder vielmehr wie ein Jubelgreis, der seine goldene Hochzeit feiert. Wie funkelt der neuvergoldete Löwe in der Wintersonne, wie freundlich grinsen die steinernen Ungeheuer vom Giebel herunter! Im Innern ist alles spiegelblank, von den metallenen Knöpfen des Treppengeländers bis zu den Schlüsselschildern der Schreine und Truhen. Und die Schüsseln und Töpfe in der Küche klappern lustiger als sonst, und die Mörser im Laboratorium klingen wie festliches Glockengeläute. Denn morgen ist Hochzeit.

Wenn morgen Hochzeit ist, so ist heute Kranzbinden und Polterabend.

„Aber," hatte Herr Thomasius gesagt, „das Gepolter, das heißt das Töpfezerschlagen, verbitte ich mir; es wird so mehr als genug im Haus zerbrochen."

Kaspar, der Sohn des Ganswirths, befand sich im Hinblick auf die herrliche Gelegenheit, ungestraft nach Herzenslust Töpfe und Teller zerbrechen zu können, seit drei Tagen in freudiger Aufregung und hatte in der Stille bereits eine beträchtliche Anzahl alter Geschirre zu-

sammengetragen; aber das Gebot des Alten
mußte respektirt werden, und Kaspar begnügte
sich demgemäß, seine Thätigkeit auf das Ab-
brennen des Feuerwerks zu beschränken, welches
von seinem Vorgänger, dem nunmehrigen Subjekt, für den Abend vorbereitet worden war.

Die Feier des Kranzbindens wurde im Fa-
milienkreis begangen. Bürgermeisters Käthe
und Stadtschreibers Lore hatten die Myrten-
zweige zusammengeflochten, und die alte Hanne
hatte geholfen, das heißt, sie hatte die Haupt-
sache dabei gethan.

„Die Jungfer, welche den Brautkranz an-
gefangen hat, kommt zunächst an die Reihe,"
hatte Herr Thomasius gesagt und der schönen
Käthe zugenickt. Da war Käthe roth geworden,
und der Herr Hofbibliothekar hatte angelegentlich seine güldene Kette betrachtet, die er zur
Feier des Tages um den Hals trug.

Der Abend war herangekommen. Die kleine
Gesellschaft saß an dem großen runden Tisch;
man nippte hin und wieder von dem süßen
Wein, der den Frauen zu Ehren aufgetragen
worden war, und lauschte den Worten des
Hausherrn, welcher verschiedene Jugendabenteuer
zum Besten gab. Der Magister hatte das Zimmer verlassen.

Fritz und Else saßen im Schatten, sie hatten sich bei der Hand gefaßt und sprachen kein Wort. Während der Vater von den Städten und Menschen erzählte, die er in der Fremde kennen gelernt, flogen die Gedanken des Baccalaureus zurück in die Vergangenheit. Er sah das alte Pfarrhaus mit dem hohen Dach, umgeben von blühenden Obstbäumen, und die unbestimmten Schatten seiner Eltern glitten an ihm vorüber. Dann tauchte die alte Universitätsstadt mit ihren Giebeln und Thürmen vor ihm auf, und seine lustige Studentenzeit zog an seinem Geist vorbei. Nun kam's schwarz und düster; die Beschwörung, die Flucht, die Begegnung im Wald, das abenteuerliche Leben in der Gesellschaft des fahrenden Arztes — es war ein schlimmer Traum — vorbei, vorbei! Er drückte die Hand seiner Else und küßte sie auf die Stirn. — Zum Glück durch Leid! — Das Wanderlied zog ihm durch den Sinn:

    „Wohin des Wegs
    „Müd' Menschenkind?
    „Zum Glück durch Leid,
    „Zur Ruh durch Qual,
    „Über Berg und Thal —
    „Die Welt ist weit."

Ja, die Welt ist weit, aber früher oder später kommt der Wanderer doch zur Ruh.

freilich glückt's nicht jedem wie Fritz Hederich,
dem Baccalaureo.

„Ja, die Welt ist weit," sagte Herr Thomasius zu seinen beiden Zuhörerinnen, „aber
glaubt mir, Kinder, die Menschen sind überall
dieselben; Chinesen und Mohren machen vielleicht
eine Ausnahme, so weit bin ich auf meiner
Wanderschaft nicht gekommen — aber die Völker, die ich kenne, mögen sie nun Sachsen oder
Schwaben, Baiern oder Finkenburger heißen,
unterscheiden sich im Wesentlichen gar nicht.
Es ist überall wie bei uns, nur haben andere
Völker andere Namen für dieselbe Sache. So
zum Beispiel —"

Herr Thomasius konnte seine Rede nicht
vollenden, denn die Thür öffnete sich und herein
schritt eine kleine, mit einem langen flächsenen
Bart versehene Gestalt. Hinter der Gestalt
wurden zwei andere sichtbar, wie es schien eine
männliche und eine weibliche, beide in große
Tücher von Kopf bis Fuß eingehüllt.

„Was stellt denn das vor?" polterte Herr
Thomasius.

„St, Vater," sagte Fritz, „es ist der Magister
mit der Hanne und dem Wurzelpeter, sie wollen
einen Schwank aufführen."

Der Wurzelpeter, der in seiner Vermummung

kaum kenntlich war, trat, von dem hinter ihm
stehenden Magister in den Rücken gestoßen,
einen Schritt vor, machte einen ungeschickten
Bückling und hub im Bänkelsängerton an:

> „Schön' guten Abend! Ich bin der Meister
> „Aller unterirdischen Geister,
> „Der Gnomen, Kobold' und Erdmännlein,
> „Die wohnen unter dem Felsgestein.
> „Wir schmelzen, pochen, hämmern und schweißen
> „Das Gold, das Silber, das Kupfer und Eisen,
> „Wir schleifen mit kunstgeübter Hand
> „Den grünen Smaragd und den Diamant,
> „Den rothen Rubin, den gelben Topas,
> „Karfunkel, Granaten und Chrysopras.
> „Auch müssen wir emsig die Hände rühren,
> „Das große Erdenfeuer zu schüren,
> „Daß die Wurzeln und Samen nicht erfrieren.
> „Fürwahr, wir haben weidlich zu schaffen,
> „Nicht Zeit zum Spazierengehn und Gaffen,
> „Doch heute hab' ich mir Urlaub genommen
> „Und bin selbdritt hierhergekommen.
> „Die werthen Herr'n und schönen Frauen_
> „Schwankweis zu ergötzen und zu erbauen.
> „Heda, ihr Kobolde hinter mir,
> „Gold und Silber, tretet herfür!"

„Bravo, Wurzelpeter!" rief Herr Thomasius,
„komm Er her und trink' Er einmal!"

„Noch nicht, Herr Thomasius," wandte der
Gnomenkönig ein, „wir sind noch lange nicht
fertig."

Unterdessen war die eine der beiden Gestalten hervorgetreten und hatte die Hülle abgeworfen. Es war der Magister. Er hatte einen rothen, mit güldenen Sternlein beklebten Rock an und trug eine Krone von Goldpapier auf dem Kopf.

Die Mädchen kicherten. Herr Thomasius beugte sich tief hinunter und schaute nicht rechts, nicht links.

Der Magister machte einen zierlichen Kratzfuß und begann:

„Ihr Herr'n und Frauen seid mir hold
„Und hört meinen Spruch: Ich bin das Gold.
„Von allen Erdengeistern zumeist
„Bin ich ein fürnehmer, mächtiger Geist,
„Vor dem viel Tausend die Häupter neigen,
„Selbst Kaiser und König die Knie beugen.
„Der reiche Krösus war mein Sklav',
„Den König Midas nahm ich in Straf',
„Selbst Salomo, der weise König,
„War mir, dem Golde, unterthänig.
„Auch bin ich ein gar gewaltiger Held,
„Der immer siegreich ziehet zu Feld.
„Was ich begehr', das kann ich haben,
„Die stärksten Schlösser nehm' ich ein,
„Es hindern mich weder Wall noch Graben,
„Nicht Mauern und Thürme von festem Stein,
„Denn wo ich anklopfe, läßt man mich ein.

„Fürwahr, meine Kraft ist ohne Gleichen,
„Auch Götter müssen dem Golde weichen;

„Die blinde Göttin mit Waag' und Schwert,
„Frau Themis, hat oft auf mich gehört;
„Cupido mit seinem Bogen und Köcher
„Ist gegen mich nur ein armer Schächer,
„Zeus selber nur mit mir im Bund
„Die schöne Danae gewinnen kunnt.
„Wer ist auf Erden noch, sagt an,
„Der solche Wunder wirken kann?

„Drum muß ich oft im Stillen lachen,
„Seh' ich, wie es die Menschen machen,
„Wie sie sich plagen, wie sie sich mühen,
„Mit Mischen, Schmelzen, Kochen und Glühen,
„Mit Zauberwerk und geheimen Künsten
„Mich zu zwingen zu ihren Diensten.
„Vergebens ist all' ihr Sorgen und Plagen,
„Nimmer laß' ich in Fesseln mich schlagen,
„Ein König herrsch' ich über die Welt,
„Komme und gehe, wie mir's gefällt.

„Aus freien Stücken komm' ich heut',
„Zu grüßen die lieben Hochzeitsleut',
„Herr Hederich, den Baccalaureum,
„Jungfer Else und Herrn Thomasium.

„Durch mich gewannt Ihr viel Verdruß,
„Kummer und große Ärgernuß,
„Viel Pein und Trübsal und Bedrängniß
„Wie die Juden im babylonischen Gefängniß.
„Und da Ihr durch mich gekommen zu Schaden,
„So will ich mich neigen jetzt in Gnaden,
„Denn, wo Mann und Weib die Hände regen,
„Da bleib' ich nicht aus mit meinem Segen,
„Da zieh' ich mit meinem Glanze ein;
„Dann häufen sich die gelben Dukaten
„In des Mannes Truhen und Laden,

„Dann schimmert gülden der Hausfrau Schrein,
„Gülden der Faden auf ihrer Spindel,
„Gülden selber des Kindes Windel.

  „So will ich denn über Euer Haus
„Den Segen des Reichthums schütten aus,
„Dafern Ihr mich mit Kochen und Schmoren,
„Glühen und Mischen laßt ungeschoren.

„Und wenn ich Euch über fünfzig Jahr'
„Mit gülbenem Kranz im weißen Haar,
„Umgeben von Kind und Kindeskind,
„Glücklich annoch beisammen find':
„Will ich Euch fragen an diesem Ort,
„Ob ich nicht redlich gehalten Wort.
„Gehabt Euch wohl, Ihr lieben Leut',
„Amen, dixi. Ich tret' zur Seit';
„Du aber, Silber, komm' heran
„Und heb' Dein Sprüchlein zu sprechen an!"

Die zweite Gestalt trat vor und warf die
Umhüllung zurück. Die alte Hanne kam zum
Vorschein.

„Ich bitt' Euch inständig," flüsterte Else,
„lacht nicht!"

Aber dabei konnte sie selbst nur mit Mühe
ernsthaft bleiben, und Braut und Brautjungfern,
Bräutigam und Brautvater schnitten schreckliche
Gesichter, während sie sich bemühten, das Lachen
zu verbeißen. Die alte Hanne sah aber auch
zu sonderbar aus in dem weißen, mit Silber-
sternlein besetzten Brautkleid der seligen Muhme
Ursula und der silbernen Zackenkrone auf dem

Kopf. Hanne knixte tief und begann mit leiser Stimme:

„Ich bin das Silber — ich bin das Silber — ich bin das Silber —"

„Die bleiche Schwester des Golds," raunte ihr der Magister zu.

„Ich bin das Silber, die bleiche Schwester —"

Die Stimme der Alten zitterte, und ihre Hand fuhr mechanisch nach der Gegend des Schürzenzipfels, da aber die bleiche Schwester des Goldes keine Schürze anhatte, so gerieth sie völlig außer Fassung.

„Ach, es ist zu rührend!" winselte sie, „zu rührend!"

„Ich hab' mir's doch gedacht," knirschte der Magister, „daß Sie mit Ihrem Geflenne den ganzen Spaß verdirbt. Verlaß' sich Einer auf das Weibsvolk!"

Der Zorn des Goldes und die Rührung des Silbers zusammen wirkten so unwiderstehlich, daß die Zuhörer alle auf einmal herausplatzten. Und je lauter das Lachen schallte, desto mehr steigerte sich die Wuth des Magisters, desto reichlicher flossen die Thränen der alten Hanne. Wurzelpeter, der Geisterkönig, stand mit offenem Munde daneben und wußte sich nicht zu rathen und zu helfen.

„Beruhigt Euch, Herr Hofbibliothekarius,“ sagte Herr Thomasius mit thränenden Augen. „Das hätte ich Euch vorher sagen können, daß Euch die Hanne das nicht recht machen würde.“

„Wie kann man Komödie spielen,“ schluchzte Hanne, „wenn man vor Rührung zerfließen möchte? Das ist zu viel verlangt.“

Else beschwichtigte die Alte, und auch Fritz Hederich that das Seinige, den Frieden wieder herzustellen; aber wer weiß, wie lange dies bei der Aufregung des Magisters gewährt hätte, wenn nicht das unerwartete Erscheinen eines fürstlichen Dieners den Gedanken Aller eine andere Richtung gegeben hätte. Beim Eintritt des Boten hoben sich Gold und Silber eilig von hinnen, und der Magister folgte ihnen nach.

Als der Magister sich seines Geisterornates entledigt hatte und das Zimmer wieder betrat, hatte sich der Diener bereits entfernt. Fritz, Else und die Brautjungfern betrachteten einen silbernen Becher, Herr Thomasius hielt ein Schreiben, an dem ein großes Siegel hing, in der Hand.

Der Becher war äußerst kunstvoll gearbeitet, und oben auf dem Deckel stand ein Storch, der ein Bündelkind im Schnabel trug. Das war so

ein Spaß, wie ihn Serenissimus liebte. Während
das junge Volk den Pokal bewunderte, hatte
der Hausherr das fürstliche Schreiben zu Ende
gelesen und schritt jetzt mit strahlendem Gesicht
und gehobenem Kopf auf den Magister zu.

„Hier leset, Herr Hofbibliothekarius!" sagte
er und reichte ihm das Schreiben hin.

Der Magister las mit lauter Stimme:

„Wir Rochus von Gottes Gnaden Fürst
von Ammerstadt-Finkenburg 2c. 2c. ertheilen
Unserem lieben, getreuen Daniel Thomasius,
Inhaber der Apotheke zum goldenen Löwen,
den Titel eines fürstlichen Hofapothekers und
verfügen, daß dieser Titel dem jeweiligen Besitzer der genannten Apotheke verbleiben soll
für alle Zeiten. Gegeben u. s. w."

— Erstaunen, Glückwünsche, Händeschütteln! —

Herr Thomasius brummte zwar etwas in
den Bart, — aber aus dem kräftigen Hände-
druck, mit dem er jedem für die dargebrachte
Gratulation dankte, und aus seinen leuchtenden
Augen konnte man schließen, daß ihm seine
Rangerhöhung keineswegs gleichgültig war.

„Jetzt Hanne," befahl er, „bring' Sie ein
paar Flaschen vom Besten herauf! Wir wollen
den Becher einweihen."

„Setzt Euch, Kinder," rief Herr Thomasius „und nehmt Eure Gedanken zusammen, denn jeder muß einen Leberreim machen. Ich als Brautvater fange an. Achtung!"

Er stand auf und hob den blinkenden Becher.

„Die Leber ist vom Hecht und nicht von einem Spitz,
„Es leben meine Kinder, die Else und der Fritz!"

„Hoch! Hoch!"

„Jetzt kommst Du an die Reihe, Fritz."

Fritz Hederich hob den Pokal hoch und rief:

„Die Leber ist vom Hecht und nicht von einem Kater,
„Ich trinke auf das Wohl von unserem lieben Vater!"

„Hoch! Hoch! Hoch!"

„Nun kommt der Hofbibliothekarius dran. Gebt Acht, der versteht's!"

Der Magister schwenkte den Becher und rief:

„Die Leber ist vom Hecht und nicht von einer Kröte,
„Ich trinke auf das Wohl der schönen Jungfer Käthe!"

In diesem Augenblicke wurde sowohl der Magister als auch Käthe feuerroth. Aber nicht sie allein, sondern auch das Brautpaar, Herr Thomasius, Stadtschreibers Lore und die alte Hanne glühten in rothem Licht, denn drunten im Garten hatte des Ganswirths Kaspar soeben das Feuerwerk angezündet.

Alle traten an's Fenster.

Da krachten Böller, und mächtige Feuer-
garben loderten auf. Der Subjekt, der Lehrling, der Knecht, der Wurzelpeter und einige
Kameraden Kaspars, die zur Verstärkung
herangezogen worden waren, schrieen ein don-
nerndes Vivat in die Lüfte, und Jakob, der
Rabe, der mit den Andern im Garten war,
krächzte abwechselnd: Else, Jakob und Lump!
Unter dem alten Hollunderbaum aber standen
sechs Stadtzinkenisten, die bliesen einen Tusch,
daß es drüben von den Bergen widerhallte.

Herr Thomasius winkte von oben herunter,
und das Brautpaar ließ die Tücher aus dem
Fenster wehen.

Der ganze Garten schwamm in rothem
Feuer, und der Hollunderbaum neigte grüßend
seine dürren Zweige, und die steinernen Männer an der Mauer des Hauses verzogen grinsend die Gesichter und hätten vielleicht mit den
Andern Vivat geschrieen, aber steinerne Männer
können nicht schreien.

Buchdruckerei Julius Klinkhardt, Leipzig.